An I Can Read Book™

P9-CCO-716

Bravo, Amelia Bedelia!

by Herman Parish

pictures by Lynn Sweat

■ HarperTrophy®
An Imprint of HarperCollinsPublishers

Watercolor paints and a black pen were used for the full-color art.

HarperCollins®, ®, Harper Trophy®, and I Can Read Book®
are trademarks of HarperCollins Publishers Inc.

Bravo, Amelia Bedelia!
Text copyright © 1997 by Herman S. Parish III
Illustrations copyright © 1997 by Lynn Sweat
Printed in Mexico. All rights reserved.
www.harperchildrens.com

Library of Congress Cataloging-in-Publication Data
Parish, Herman.
  Bravo, Amelia Bedelia! / by Herman Parish ; pictures by Lynn Sweat.
    p.   cm. — (An I can read book)
  "Greenwillow Books."
  Summary: From the time she is sent to pick up the guest conductor, Amelia Bedelia's
normal confusion causes quite an uproar at the school concert.
  ISBN 0-688-15154-X — ISBN 0-688-15155-8 (lib. bdg.) — ISBN 0-06-444318-3 (pbk.)
  [1. Concerts—Fiction.   2. Humorous stories.]   I. Sweat, Lynn, ill.   II. Title.
PZ7.P2185Br   1997   96-09589
[E]—dc20   CIP
                                                                              AC

Originally published by Greenwillow Books,
an imprint of HarperCollins Publishers, in 1997.
❖
First Harper Trophy edition, 2002

For Rosemary,
my lova
—H.P.

For Jennifer
and Sarah
—L.S.

Bravo, Amelia Bedelia!

It was the day of the school concert.

Mrs. Rogers was very upset.

"Where is Amelia Bedelia?

I sent her to the station two hours ago

to pick up our new conductor.

The orchestra is waiting

to practice, and . . ."

"Yoo-hoo," said Amelia Bedelia.

"I'm back."

"Where is the conductor?"

said Mrs. Rogers.

"I told you to pick up the conductor."

"I tried my best," said Amelia Bedelia.

"But he was too big for me to pick up."

A large man in a blue uniform
followed Amelia Bedelia into the gym.
"Oh, no!" said Mrs. Rogers.
"This man isn't the conductor!"
"He sure is," said Amelia Bedelia.
"Look at his uniform."

"I did not mean a *train* conductor,"
said Mrs. Rogers.

"I meant a *musical* conductor."

"He is very musical,"
said Amelia Bedelia.

"He whistled all the way over here."

Just then a man

in a nice black suit

jogged into the gym.

"I am sorry I am so late," he said.

"No one met me at the station."

"The *real* conductor," said Mrs. Rogers.

"Thank goodness you are here."

"Look, lady," said the other conductor,

"I like music,

but I've got a train to catch."

"Catch a train!" said Amelia Bedelia.

"Be sure to use both hands.

Trains are heavy."

"Never mind," said Mrs. Rogers.

"I will drive him back to the station.

Amelia Bedelia,

you help the other conductor."

"Hurry back," said Amelia Bedelia.

"You do not want to miss the concert."

The conductor said hello
to the students. "Let's practice
a few numbers," he said.
He waved his baton to start the music.
"One, two, and *three*!"

Amelia Bedelia kept on counting:

"Four, five, and *six*!

Seven, eight, and . . ."

"Stop!" said the conductor.

"Did we practice enough numbers?"

asked Amelia Bedelia.

The children giggled.

"Don't count out loud,"

said the conductor.

"You can tap your toe, if you like."

Amelia Bedelia bent over

to reach her toes.

Tap, tap, *tap*! Tap, tap, *tap*!

The children began to laugh.

TAP, TAP, *TAP*!

went the conductor's baton.

"Quiet, please. We have to practice,"

the conductor said.

He waved his baton.

The orchestra began to play.

17

Amelia Bedelia was enjoying

the music until a bee flew in.

"Shoo!" said Amelia Bedelia.

"Go away!"

She tried to swat that bee.

She waved her arms around.

The conductor stopped the music.

"Miss Bedelia, *I* am the conductor.

Only *I* get to wave my arms around."

"Sorry," said Amelia Bedelia.

"There is a bee, see?"

"A-B-C?" asked the conductor.

"We are practicing music,

not the alphabet."

The orchestra started up again.

So did that bee.

"Excuse me," said Amelia Bedelia.

"May I borrow your pot lids?"

The boy laughed. "Sure. Here you go."

"Bye-bye, bee," said Amelia Bedelia.

Kee-RRRASH!

The music came to a halt.

"Miss Bedelia," shouted the conductor.

"We were playing a B-flat.

Would you call that a B-flat?"

Amelia Bedelia looked at the bee.

"Absolutely," said Amelia Bedelia.

"A bee couldn't get any flatter."

"So you read notes," said the conductor.

"Only if they are addressed to me,"

said Amelia Bedelia.

"Do you play?" asked the conductor.

"I play every day," said Amelia Bedelia.

"Mr. Rogers says

I'm an expert at fiddling."

The conductor handed her a violin.

"An expert fiddler," he said.

"Then you must play by ear."

"If you insist," said Amelia Bedelia.

She rubbed her ear across the strings.

"Ouch! Owie! Help!"

cried Amelia Bedelia.

A girl helped her untangle her hair.

"Expert fiddler indeed,"

said the conductor.

"Next time you should use a bow."

"I'll use ribbons and

barrettes, too," said Amelia Bedelia.

The conductor shook

his head.

"You should try

a different instrument."

"Which one?" asked Amelia Bedelia.

"Try the French horn,"

said the conductor.

"Or maybe another

wind instrument.

Or take up something

in the string section."

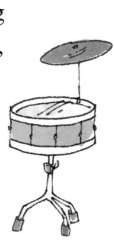

The audience began to come

into the gym.

It was almost time for the concert.

Amelia Bedelia looked sad.

"Is there something I could play today?"

asked Amelia Bedelia.

"Only this," said the conductor.

"Anyone can play the triangle."

Amelia Bedelia was so excited.

She hit the triangle very hard.

"Play it lower!" said the conductor.

Amelia Bedelia sat down on the floor.

"I give up," said the conductor.
"Just hit the triangle *once* after
the drum roll and when you hear this."
He signaled to a boy
to play the chimes.

"I'll get it," said Amelia Bedelia.

She ran for the nearest door.

"Come back here,"

said the conductor.

"Didn't you hear that doorbell?"

asked Amelia Bedelia.

"No one is at the door,"

said the conductor.

"When you hear those chimes,

you come in."

"That's easy," said Amelia Bedelia.

She opened the door and went out.

"Where are you going?"

said the conductor.

"I have to go out

before I can come in,"

said Amelia Bedelia.

She shut the door behind her.

"Good riddance!" said the conductor.

"I'll let her out

after the concert is over."

Every seat in the gym was filled.

Mrs. Rogers got back just in time.

"*Now* where has Amelia Bedelia gone?"

said Mrs. Rogers.

She introduced the conductor

to the audience.

He waved his baton

and the concert began.

Amelia Bedelia heard the music start.

"I must listen for when to come in,"

she said to herself.

She looked around the storeroom.

"While I wait, maybe I can find

those instruments he told me about.

Where would I find a string section?"

She picked up a piece of rope.

"This is the only string I see,"

said Amelia Bedelia.

"I'll cut off a section later."

Amelia Bedelia looked some more.

"Ah-ha! Wind instruments.

Should I try a big one or a little one?"

She took the little wind instrument.

"Where would they put a French horn?"

said Amelia Bedelia.

She sat down to think.

"YEOW!" she cried.

She looked where she had sat.

"Lucky me—I found *two* horns.

They may not be French, but they'll do."

"Whoops! There's that doorbell again,"
said Amelia Bedelia. "I'm late!"
She flung open the storeroom door.
"Gangway! I'm coming in!"

The cord from the wind instrument
got tangled in her legs.
"Watch out!" said Amelia Bedelia.
She fell into the big bass drum.

Baaa-BOOOOOM!

The drum began to roll.

It rolled right at the conductor.

"Stop!" he yelled. "I said *STOP!*"

It stopped . . . after it ran into him.

The conductor was very mad.

"You ruined my concert,

Amelia Bedelia!

What have you got to say for yourself?"

Amelia Bedelia didn't know what to say.

So she did what he had said to do.

She hit the triangle once.

All the students

began to clap and cheer.

"What a cool concert," said a boy.

"I want to play in the orchestra,"

said a girl.

"Me, too!" said each and every one.

The conductor pulled Amelia Bedelia
out of the drum.

"Was that a good drum roll?"
asked Amelia Bedelia.

"You played it by ear,"
said the conductor.

"I used my whole body,"
said Amelia Bedelia.

Everyone was

standing up

and clapping.

The conductor

and Amelia Bedelia

took a bow.

"My gracious!" said Mrs. Rogers.

"Are you hurt, Amelia Bedelia?"

"I had fun," said Amelia Bedelia.

"But I'd rather fiddle around at home."

"*That* is music to my ears,"

said the conductor.

The next day Amelia Bedelia made
a "thank you" note for the conductor.
She forgot to sign it.
But somehow the conductor knew
that it was from Amelia Bedelia.

Para
VIVIAN QUILES CALDERÍN,
con quien tanto he querido...

y a la memoria de mi hijo entrañable
MANUEL EMILIANO MALDONADO-IRIZARRY

PRÓLOGO

Eugenio María de Hostos, cuyo nombre recobró actualidad con motivo del sesquicentenario de su nacimiento, celebrado en 1989, debería mantenerse constantemente actualizado, con especial énfasis entre jóvenes, para quienes el insigne Maestro tiene un mensaje de perenne vigencia.

Hostos es el más grande pensador puertorriqueño de todos los tiempos, y uno de los más importantes exponentes de la larga y fecunda legión de pensadores hispanoamericanos, y aun del ámbito de la lengua castellana, que constituyen una nutrida tradición ensayística en nuestro continente. Tradición que en el siglo XIX se acrisola en figuras como Simón Bolívar, Andrés Bello, Simón Rodríguez, Domingo Faustino Sarmiento, Victorino Lastarria, Manuel González Prada, Rufino José Cuervo, Miguel Antonio Caro, Justo Sierra, Juan Montalvo, Enrique José Varona, entre muchos otros, y se prolonga en el presente siglo con nombres tan luminosos como los de José Enrique Rodó, José Carlos Mariátegui, José Vasconcelos, Baldomero Sanín Cano, Mariano Picón Salas, Aníbal Ponce, Pedro Henríquez Ureña, Alfonso Reyes, Juan Marinello, Enrique Bernardo Núñez, Lisandro Alvarado y muchos más.

Ésa es la estirpe a que pertenece el insigne puertorriqueño, y su pensamiento debe tenerse como permanente enseñanza, porque a pesar de las décadas transcurridas desde su muerte, sus ideas conservan su frescura y su vigencia, en un continente que aún no ha hallado su rumbo definitivo, sacudido como se encuentra todavía, de un lado por su propia indefinición histórica, por su inmadurez social, que genera un alto grado de inestabilidad política e institucional; y de otro, por fuerzas poderosas que lo acosan, impulsadas por la apetencia ante la enorme potencialidad de nuestras riquezas naturales y humanas, y por su estratégica situación geopolítica, vital para quienes, desde sus cercanías, pretenden conservar para siempre su hegemónico dominio imperialista sobre el resto del mundo.

Todo esfuerzo que se haga por mantener vivo el ejemplo de Hostos entre las sucesivas generaciones tiene una plena justificación histórica, y constituye, además, un acto de justicia. En los tiempos actuales no basta con la grandiosidad intrínseca de una figura, para que, una vez fallecida, conserve su presencia entre las nuevas generaciones. Una explicable paradoja determina que, en la medida en que más se desarrollan los medios de comunicación, más precaria es la obra de los intelectuales. Aun tratándose de grandes pensadores, artistas y hombres de letras, y por mucho que su obra posea valores esenciales de brillo perenne y de indiscutible actualidad, obra, nombres y figuras tienden a ser desplazados por los que siguen viviendo y por los que vienen luego, cuya presencia en los medios de comunicación los hace actuales, mientras los muertos se van olvidando, impedidos como están de compartir con los vivos las páginas de los periódicos y revistas, o las ondas eléctricas de la radio y la televisión. Por ello es imprescindible que las personas y las instituciones que estén en capacidad de hacerlo, se empeñen en mantener vivos a aquellos que ya no andan entre nosotros, pero cuyo pensamiento sigue siendo lección válida, sea en el terreno de la estética o de la moral, bien que su obra se inscriba en el campo del arte o del pensamiento.

Por ello es muy plausible la labor que Manuel Maldonado-Denis, uno de los más valiosos intelectuales del Puerto Rico actual, ha venido desarrollando para preservar del olvido el nombre y la obra de Eugenio María de Hostos. Maldonado-Denis es hoy, sin duda, la máxima autoridad mundial en cuanto al conocimiento y valoración del pensamiento hostosiano. Y gracias a él, y a los colaboradores cuyo trabajo ha sabido coordinar y dirigir, el gran Maestro puertorriqueño ha vuelto a estar presente, no sólo en su propio país, sino también en los demás del Continente, y aun en España y otras naciones europeas.

Harto significativo es que a Maldonado-Denis, de quien no es un secreto que no se identifica ideológicamente con el régimen político imperante en su país, se le haya encomendado presidir el comité oficialmente encargado de organizar los actos del sesquicentenario de Hostos, en 1989. Consciente de la importancia continental, y aun mundial, de esta gran figura puertorriqueña y latinoamericana, se esforzó por despertar el interés prácticamente de todos los países del Continente, a fin de que la efemérides hostosiana tuviese una repercusión continental. Pero no conforme con ello, llevó la misma preocupación a España y aun a la UNESCO, organismo que, gracias a sus gestiones y al respaldo y la cooperación que en tal sentido supo obtener de importantes funcionarios del mismo, se sumó a la conmemoración sesquicentenaria, dándole así a ésta un ámbito mundial.

Traspuesto ya el año hostosiano, Maldonado-Denis ha seguido en su empeño de mantener viva la imagen y la obra de su ilustre compatriota. Sus textos sobre Hostos se han publicado en periódicos y revistas de los más diversos países; los escritos de Hostos, además de estar en proceso de publicación en unas *Obras completas* que se aspira sean definitivas, han sido acogidos en importantes editoriales y colecciones, como la Biblioteca Ayacucho, que ya había publicado un valioso tomo, pero que, a solicitud de Maldonado-Denis, ha incluido en su magnífico catálogo un nuevo volumen de escritos hostosianos, además de otro con trabajos sobre Hostos de muy diversas procedencias. Las diferencias y lecciones magistrales de Maldonado-Denis sobre el mismo tema se han multiplicado en universidades y otras instituciones de numerosos países. Y, en fin, su trabajo hostosiano, en el que siempre ha mostrado una gran consecuencia y una acendrada devoción por el Maestro, en los últimos años se ha incrementado de manera considerable, contribuyendo enormemente a que la obra de Hostos sea de nuevo leída y comentada, en especial por las generaciones jóvenes, que son las más necesitadas de su lección siempre vigente y ejemplar.

Como un honroso reconocimiento a esa ingente labor, Manuel Maldonado-Denis fue designado en su momento Catedrático de Honor "Eugenio

María de Hostos" (1989-1991) por la Universidad de Puerto Rico, su Universidad, a la que igualmente ha servido por muchos años con devoción y entusiasmo, y hoy se precia de tenerlo como uno de sus más brillantes y prestigiosos catedráticos.

Este libro que hoy nos honramos en presentar es una buena muestra del trabajo hostosiano de Manuel Maldonado-Denis. Con atinada visión, ha reunido en él una veintena de textos, en los cuales, por una parte se resume muy bien la labor del autor sobre el gran pensador puertorriqueño, y por otra se presenta con bastante coherencia y exactitud lo esencial del pensamiento hostosiano, no de una manera escueta, que sería bastante, sino, además, con el comentario inteligente y oportuno del propio Maldonado-Denis, producto de sus tantos años de estudio y meditación acerca de tan importante personaje y tan valiosa obra. De este modo, el libro adquiere una enorme significación, como guía fecunda y eficaz para la lectura directa de los escritos de Hostos.

En fin, ponemos término a estas ligeras reflexiones, para dar paso inmediato a la lectura de los excelentes trabajos de Maldonado-Denis. Pero no quisiéramos dejar de decir que, si cada gran escritor hispanoamericano —pensador o literato— hubiese tenido, o tuviese, al morir alguien que cuidara de mantener siempre presente su nombre y su obra, como lo ha tenido Hostos en Manuel Maldonado-Denis, seguramente otro sería el panorama actual de nuestra cultura escrita, que tantas páginas magistrales nos ha dado desde siempre, pero que al mismo tiempo tan rápidamente caen en el olvido de las nuevas generaciones, sacudidas éstas por uno de los periodos más agitados y convulsos que ha conocido la historia universal.

ALÉXIS MÁRQUEZ RODRÍGUEZ
Catedrático Titular de la Universidad
Central de Venezuela

Caracas, agosto de 1990

INTRODUCCIÓN

Todo libro, es decir, cualquier libro, es, inevitablemente, uno de carácter autobiográfico, por cuanto marca un hito fundamental en la vida de quien lo escribe. Para aquellos que nos dedicamos al oficio de la escritura un libro es como si fuese una criatura forjada al calor de múltiples vicisitudes y vigilias. Ése es el caso del que presentamos ahora al público lector hispanoparlante. Dedicado, precisamente, a uno de los grandes maestros de nuestra lengua —Eugenio María de Hostos—, este libro tiene como propósito primordial la divulgación de un pensamiento social lamentablemente muy poco conocido, pero correspondiente a una de las figuras cimeras del pensamiento iberoamericano y universal. Nos mueve aquí, por consiguiente, la ingente tarea de rescatar para la posteridad el extraordinario legado espiritual de un hombre nacido en Mayagüez, Puerto Rico, el 11 de enero de 1839 y muerto sesenta y cuatro años más tarde, en Santo Domingo, el 11 de agosto de 1903. Nos legó una extensa obra escrita que fue recopilada en 20 volúmenes en 1939, año del centenario de su natalicio, gracias a la amorosa devoción de sus hijos Eugenio Carlos y Adolfo, así como de uno de sus más acuciosos biógrafos, el profesor Juan Bosch.

Escribir acerca de la vida y la obra de Hostos equivale a escribir sobre Puerto Rico y la América Latina, así como sobre esa gran patria de todos nosotros que llamamos la humanidad. La máxima figura intelectual que ha producido la isla de Puerto Rico a lo largo de su historia fue un modelo o arquetipo de la excepcional simbiosis entre el científico y el humanista, entre el teórico y el hombre de acción. Nadie ha habido en nuestra historia nacional capaz de superar la extraordinaria extensión y profundidad de su pensamiento. Pocos pensadores latinoamericanos pueden parangonarse a él en su rigor, método y sistema, elementos cardinales todos que signan el auténtico quehacer científico y verdaderamente humanístico.

Por eso, Eugenio María de Hostos ha sido, para varias generaciones de puertorriqueños, un modelo de excelencia intelectual difícilmente emulable, aunque no por ello ha sido menos capaz de convertirse en el paradigma de todo genuino esfuerzo de superación intelectual en nuestro ámbito nacional.

Por mi parte, puedo decir que Hostos ha sido, durante mis tres décadas de cátedra universitaria, mi compañero inseparable en la labor, siempre inconclusa, de la forjadura de varias generaciones de jóvenes puertorriqueños. Descubrir a Hostos, profundizar en el estudio de su vida y su obra, ha sido para mí una gran aventura de inigualable valor espiritual. Se ha tratado, ni más ni menos, que de la revelación de una gran figura histórica, de la toma de conciencia de que me hallaba frente a un gigante del pensamiento iberoamericano a quien no se le había consagrado la atención que su magna obra merecía.

Este libro es, en realidad, la decantación de diez años de producción intelectual dedicados a Eugenio María de Hostos. Algunos trabajos han sido publicados anteriormente, si bien han sido revisados y puestos al día por el autor a la luz de las nuevas aportaciones a los estudios hostosianos que se han producido con motivo de la conmemoración del sesquicentenario de su natalicio a partir del año 1989. Otros son inéditos, en los que se recoge el fruto de los estudios del autor acerca de diversas facetas de la obra hostosiana. Finalmente, aunque no por ello menos importante o significativo, está la obra periodística que he cultivado, durante los últimos dos lustros, en la cual he dedicado a Hostos una atención muchas veces prioritaria en el decurso de mis escritos.

Quiero dejar que los trabajos aquí recogidos hablen por sí solos, que sea el gran Maestro mayagüezano quien lleve su mensaje iluminador al lector hispanoparlante. Estoy seguro de que su lectura será una singular experiencia para todos cuantos estimamos y atesoramos las grandes obras de la cultura iberoamericana.

Como un elemental deber de gratitud quisiera dejar constancia de cuanto han significado para el autor de este libro, las seminales aportaciones al conocimiento de Hostos hechas por los profesores Juan Bosch, José Emilio González, Juan Mari Brás, Francisco Manrique Cabrera, José Ferrer Canales, Julio César López, Isabel Freire de Matos Paoli, Gabriela Mora, Carlos Rojas Osorio, José Luis Méndez, entre los más destacados por su gran devoción a la obra hostosiana. Pero no puedo dejar de consignar que este libro no hubiese llegado a feliz término de no haber sido por la más devota entre mis hostosianas, la más amorosa sostenedora del fruto de mis esfuerzos, la que fue la fuerza motriz que sirvió como el estímulo necesario para que pudiese presentar las páginas que someto ante el lector iberoamericano. Para ella, para Vivian Quiles Calderín, mi amada compañera, van dedicadas estas páginas sobre Hostos, fruto de mis reflexiones durante esta última década.

MANUEL MALDONADO-DENIS
Catedrático de Ciencias Políticas de la Universidad
de Puerto Rico
Escritor Distinguido de la Ciudad de San Juan
Catedrático del Centro de Estudios Avanzados
de Puerto Rico y el Caribe

A 1° de octubre de 1990

PRIMERA PARTE

I. UNA VIDA FECUNDA Y EJEMPLAR

EUGENIO MARÍA DE HOSTOS Y BONILLA nace en Mayagüez, Puerto Rico, el 11 de enero de 1839 y muere en Santo Domingo, República Dominicana, el 11 de agosto de 1903. Inquieto peregrino por la libertad de las Antillas y de la América Latina, Hostos nos brinda, mediante su acción ejemplarizante, el modelo del intelectual que no se arredra ante los sinuosos caminos de la acción política y revolucionaria. Muy por el contrario, su vida entera será, como lo expresa en su primera obra literaria *La peregrinación de Bayoán* (1863), "un grito sofocado de independencia" por la libertad de las Antillas.[1]

La reciedumbre revolucionaria de Hostos se manifiesta muy tempranamente en su trayectoria intelectual y política. Desde que inicia sus estudios en España en 1852, el joven antillano se familiariza con, y participa activamente en, la política de la Metrópoli. Milita con las fuerzas más progresistas de la España de su época. Es así como conoce a las grandes figuras intelectuales y políticas de la España del siglo XIX: Salmerón, Azcárate, Pi y Margall, Sanz del Río, Castelar.

Por eso se compromete con aquellos peninsulares que buscaban romper con el antiguo régimen español y que protagonizaron la Revolución septembrina de 1868. Su compromiso primordial, no obstante, seguirá siendo el que había contraído con la causa de la libertad de las Antillas. Es por ese motivo, que su entrevista con el general Serrano a raíz de los sucesos de 1868, resulta infructuosa: Hostos se convencería, allí y entonces, de que los liberales españoles anteponían un "honor nacional" mal entendido a la lucha por la libertad de Cuba y Puerto Rico y que nada había que esperar de España: las Antillas tendrían que conquistar su libertad arrebatándosela al decadente Imperio español o no serían libres e independientes. Nótese que los dos grandes acontecimientos que estremecen a ambas islas en esos momentos: el Grito de Lares del 23 de septiembre de 1868 en Puerto Rico, y el Grito de Yara del 10 de octubre del mismo año en Cuba, sorprenden a Hostos en suelo español. Allí, dedica sus esfuerzos a lograr la liberación de los presos políticos vinculados al Grito de Lares y se convierte en ardiente

---

[1] Haré referencia en lo sucesivo a Eugenio María de Hostos, *Obras completas*, San Juan, Instituto de Cultura Puertorriqueña, 1969, 20 tomos. Se trata de la edición conmemorativa del centenario de Hostos publicada originalmente en La Habana (1939) bajo la supervisión del profesor Juan Bosch, y más tarde publicada por el Instituto de Cultura Puertorriqueña en una edición facsimilar. De ahora en adelante nos referiremos a la obra como, *O.c.* Debemos señalar, en el contexto presente, que el Comité del Sesquicentenario de Eugenio María de Hostos y su sucesor, el Instituto de Estudios Hostosianos de la Universidad de Puerto Rico, han sacado a la luz ya cuatro volúmenes de una edición crítica de las *Obras completas* de Eugenio María de Hostos, publicada por la Editorial de la Universidad de Puerto Rico bajo la dirección del profesor Julio César López, actual director del Instituto. Esta nueva edición crítica, conforme a lo proyectado, constará de 30 volúmenes.

propagandista de la lucha por la libertad en Cuba y Puerto Rico. Así, por ejemplo, notamos que en carta al director de *El Universal* de Madrid, en octubre de 1868, manifiesta su inequívoca adhesión a la causa de la revolución antillana:

> Revolucionario en las Antillas como activa y desinteresadamente lo he sido, lo soy y lo seré en la Península; como debe serlo quien sabe que la revolución es el estado permanente de las sociedades, quien no puede ocultarse del movimiento, sin tener la necesaria propensión de las ideas a realizarse; revolucionario en las Antillas, forzosamente estacionarias y forzadamente propensas a moverse, quiero para ellas lo que he querido para España. Y así como lo primero que quería para España era dignidad, cuya falta me angustiaba, y más que otra cosa me obligó a emigrar, así lo primero que quiero para Puerto Rico y Cuba es dignidad.
>
> A esta premisa radical corresponden consecuencias radicales: por eso creo, por eso sé que Cuba y Puerto Rico no pueden estar contentas de su madre patria ni de sí mismas, hasta que se haya abolido la esclavitud y constituido en cada una de ellas un gobierno propio. Sin igualdad civil, sin libertad política no hay dignidad; sin dignidad no hay vida. Las Antillas no viven, languidecen como languidecía la tenebrosa España de Isabel de Borbón. (*O.c.*, t. I, p. 90)

Obsérvese que Hostos, además de independentista, es, desde luego, abolicionista: su lucha por la libertad de las Antillas no puede concebirse mientras permanezca en pie un solo día la inicua institución esclavista. Contrario a los autonomistas de su época —como Baldorioty de Castro— que favorecían la abolición de la esclavitud pero optaban por una solución autonómica para Puerto Rico, tanto Hostos como Betances y Martí, no podían concebir la transformación social sin la transformación política. Su clamor sería siempre por la abolición de la esclavitud y la independencia para las Antillas. Una cosa debía marchar de la mano con la otra.

Como es natural, eso llevaría a Hostos a una ruptura radical con España. Ese rompimiento definitivo con España lo podemos palpar en su famoso discurso y rectificación en la sesión celebrada por el Ateneo de Madrid el sábado 20 de diciembre de 1868. Allí, también, nos anunciará una de las ideas centrales que servirán como norte de su pensamiento político: la idea de la Federación Antillana. A partir de ese momento la suerte está echada: comienza entonces el peregrinaje que será característico de su vida y que dejará profundas huellas en su obra.

Luego de una breve estancia en París (1869), Hostos se dirige hacia Nueva York con el propósito de reunirse allí con los revolucionarios cubanos y puertorriqueños que luchaban por la independencia de las Antillas. Conoce entonces, por primera vez, al doctor Ramón Emeterio Betances, patriarca de la revolución antillana. En Nueva York, Hostos participa activamente junto a las emigraciones cubanas y puertorriqueñas en el esfuerzo por revolucionar a las Antillas. Si en Puerto Rico la lucha había sido sofocada por el poderío español, la lucha continuaba en la Cuba insurrecta. Convencido de la estrecha vinculación entre la causa cubana y la puertorriqueña, Hostos se convertiría en uno de los más ardientes propagandistas de la revolución cubana iniciada por Céspedes y Agramonte en 1868. Pero el encuentro con los emigrados antillanos deja en el Maestro un acre sabor. Idealista, no acierta a comprender cómo las rencillas y los odios personales pueden ponerse por encima de los intereses de la liberación antillana. Desilusionado y abatido, si bien nunca derrotado, toma la decisión de emprender lo que sería su primer viaje hacia el sur del Continente.

Hacia 1871, su decisión estaba tomada: partiría hacia América del Sur en su primer peregrinaje por esas tierras, convirtiéndose en portavoz de la lucha por la independencia de Cuba y de Puerto Rico. Su periplo lo llevaría a Colombia, Perú, Chile, la República Argentina y Brasil. Importa señalar que, de los países visitados por él en su primer viaje al sur, permanecerá por un tiempo más prolongado en Chile que en los demás países del hemisferio, cimentando una relación tan estrecha con esa nación austral sólo comparable con la que establecería, años más tarde, con el pueblo dominicano. En cuanto a su estadía sudamericana, creemos necesario hacer referencia a un documento de gran importancia en el pensamiento hostosiano: me refiero a la famosa "Carta al presidente del Perú" que aparecería en *El Argentino* de Buenos Aires, el 13 de octubre de 1873, y que nos revela al Hostos latinoamericano, el devoto luchador por la reivindicación de aquello que Martí llamaría, años más tarde, "Nuestra América". En verdad, el ilustre mayagüezano es un latinoamericanista que, ni por un momento, pierde de vista la inestimable contribución de las Antillas liberadas al equilibrio continental de las Américas. Por eso nos dice en la carta mencionada:

Yo creo, tan firmemente como quiero, que la independencia de Cuba y Puerto Rico ha de servir, debe servir, puede servir al porvenir de la América Latina.

Ha de servir, porque las Antillas desempeñan en el plan natural de la geografía de la civilización el papel de intermediarias del comercio y de la industria: el comercio es actividad aplicada a las necesidades, la industria es ciencia aplicada al bienestar de los hombres, y son conductores de ideas, como lo son de elementos físicos y bienestar; transmisores de progresos morales e intelectuales, como lo son de progresos materiales.

Debe servir, porque las Antillas son complemento geológico del continente americano, complemento histórico de la vida americana, complemento político de los principales americanos, y tienen el deber, no ya el derecho, de sustraerse a toda acción perturbadora de la unidad geográfica, histórica y política de América.

Puede servir, porque la independencia de las Antillas no es otra cosa que emancipación del trabajo, y por tanto, aumento de población, de producción, de recursos físicos para la civilización americana; no es otra cosa que emancipación del comercio y de la industria, y por tanto, eliminación de los obstáculos materiales que hasta hoy ha tenido la comunicación entre una gran parte de América y aquellas islas, que son mediadores naturales entre el Viejo y el Nuevo Continente; no es otra cosa que reconstitución geográfica del continente americano, y por tanto, unificación de todas las partes en el todo; no es otra cosa que continuación del movimiento histórico de la independencia continental, y por tanto, movimiento de las Antillas hacia el periodo necesario de su vida en que, disponiendo de sí mismas, contribuyen con toda la América Latina al porvenir esplendoroso de la nueva civilización que elabora el Nuevo Continente; no es otra cosa que aclamación de los principios morales y políticos en que se funda la democracia americana, y por tanto, definitiva dirección de toda la sociedad americana hacia fines propios, necesarios, connaturales, independientes de los fines que dirigen la sociabilidad europea. (*O.c.*, t. IV, pp. 36-37.)

Las noticias del fusilamiento de los expedicionarios del vapor *Virginius*, en 1873, sorprenden a Hostos mientras se encuentra en Argentina. Su indignación frente a la tropelía de los fusilamientos se desborda en una apasionada defensa de la revolución cubana y una rotunda condena del colonialismo español. Por eso escribe al director de *El Argentino* una carta donde expresa:

Una existencia consagrada a cosas buenas es una autoridad en todas partes. Yo tengo esa autoridad, y hoy, 9 de diciembre de 1873, cuarenta y nueve años después de Ayacucho, en el aniversario de aquel día americano, vengo, con la autoridad de una vida honrada, a pedir al pueblo argentino, que tan eficazmente intervino con sus Granaderos de a Caballo y sus heroicos Veteranos de los Andes, un grito de indignación, una protesta honrada contra los actos de barbarie que comete España republicana en Cuba, que comete la República española en la Isla mártir, que celebran con horrenda alegría los españoles de La Habana y de Madrid...

En tanto que se organiza esa protesta, no haya diario en Buenos Aires, no haya diario en la República, que no condene el inicuo fusilamiento, que no abomine de la horrenda complacencia con que los españoles de La Habana y de Madrid lo han acogido...

No haya nadie, ni aun los españoles que deben a la independencia de esta tierra la libertad de trabajo y bienestar que en ella gozan. Interés de ellos es demostrar que los españoles de La Habana y de Madrid, que han celebrado con alborozo esa catástrofe, son los que han venido explotando la esclavitud de las Antillas. La República española, que ha consentido ese fusilamiento inútil, ha perdido el derecho de ser estimada y ser creída; pero los españoles que protestan contra esa condescendencia, probarán, con su protesta, que saben ser lo que no son los que deshonran a la República y a España...

Cuanto más ame yo la causa que represento, tanto más dignos de ella deseo a sus enemigos; y lejos de encontrar un argumento en contra descubro un argumento en pro de la justicia, cuando la reconocen los mismos que, por interés o por confianza, por preocupación o por error, la combaten. Puede haber un sacrificio digno que no condene la injusticia...

Solos o acompañados, espero, de todos modos, que los argentinos me acompañen a condenar la nueva iniquidad de los que combaten contra Cuba. Si no se consigue más que una protesta nada importa: Cuba sabe amar y estimar los que la secundan y auxilian con sus votos... (*O.c.* t. IV, pp. 45-48)

El juicio certero de Hostos respecto a la política de la primera República española puede compararse con el enjuiciamiento que de ésta hace Martí para ese mismo momento histórico y que se resume en la famosa sentencia del gran revolucionario cubano: la República española, mediante su política antillana, de libertadora se convertía en liberticida.

Pero al inquieto peregrino no le basta con propagar la idea de la independencia de Cuba y Puerto Rico. Cree, como Martí, que "hacer es la mejor forma de decir" y rechaza la oferta que le hiciera Vicente Fidel López, rector de la Universidad de Buenos Aires, para ocupar una cátedra de filosofía en ese centro docente. Vuelve a los Estados Unidos con la intención de enrolarse en las filas de una expedición armada, capitaneada por el patriota cubano Francisco Vicente Aguilera, que tenía como objetivo la liberación de Cuba. Llega a Nueva York el 22 de abril de 1874 para unirse a los preparativos de la expedición. Los patriotas parten del puerto de Boston en el vapor *Charles Miller* el 30 de abril de 1875, pero la expedición no logra su propósito debido a las condiciones meteorológicas y a la patente infiltración en ella de los agentes del enemigo.[2]

Una vez fracasada la expedición de Aguilera, Hostos parte nuevamente de Nueva York, en lo que habría de ser su primera estancia en Santo Domingo. Estamos en 1875. El patriota se establecería en la ciudad dominicana de Puerto Plata donde, como escribiría algún día, "ignoraba que allí había yo de conquistar algunos de los mejores amigos de mi vida". Y, en efecto, es allí donde entabla una amistad imperecedera con el doctor Ramón Emeterio Betances, el general Luperón y don Federico Henríquez y Carvajal, para mencionar sólo algunos patriotas antillanos que se honraron y honraron al gran patricio con su amistad. En Puerto Plata, Hostos colabora estrechamente con los emigrados cubanos que se habían establecido en esa ciudad y que desarrollaban desde ella una intensa labor patriótica e intelectual. En la ciudad puertoplatense Hostos colaboraría en *Las Dos Antillas*, el cual al enfrentar la censura gubernamental, se constituiría más tarde en *Las Tres Antillas* y luego en *Los Antillanos*. Se trataba de un periódico semanal dedicado íntegramente a la defensa de la independencia de las Antillas y Hostos fue su espíritu animador y más preclaro.

(Merece párrafo aparte, en el contexto presente, la estrecha relación que establecerían Hostos y Luperón a partir de ese momento. De ello nos brinda testimonio fehaciente el destacado historiador dominicano, biógrafo de Luperón, el doctor Hugo Tolentino-Dipp. También consideramos pertinente destacar el hecho de que Hostos iniciaría en Puerto Plata la fecundísima labor pedagógica que habría de convertirlo en figura cimera de la pedagogía antillana en muy pocos años. Es así como quedaría fundada la sociedad-escuela *La Educadora*, el 5 de marzo de 1876, con el propósito expresado de "difundir los conocimientos esenciales para que puedan los habitantes de un país conocer el dictado de hombres libres; el pensamiento político, o sea, la consagración al servicio de los intereses de la libertad, extirpando con la mesura, prudencia y circunspección necesarias, los elementos hostiles al desarrollo de las instituciones republicano-democráticas; y el pensamiento moral o social dirigido a armonizar los intereses generales de

---

[2] La devoción y el respeto que Hostos siente por Aguilera se decantará en uno de sus más hermosos trabajos, "Retrato de Francisco V. Aguilera", publicado en Caracas, 1876, luego de la muerte del patriota cubano. *O.c.*, t, IX, pp. 124-152.

las tres Antillas Hermanas".) La consagración de Hostos a la educación dominicana muy pronto le granjearía el título de 'Maestro'.

Pero el viajero infatigable no se detiene. Obsedido por la idea de la revolución en Cuba, parte de Puerto Plata hacia Nueva York el 5 de abril de 1876 a bordo del vapor *Tybee*. Una vez en Nueva York, redacta el Programa de la Liga de los Independientes, cuyo objeto sería "trabajar material, intelectual y moralmente en favor de la independencia absoluta de Cuba y Puerto Rico, hasta conseguir su total separación de España y su indiscutible existencia como naciones soberanas". De ese documento extraemos estas sabias y proféticas palabras:

> Lo que no quiere la naturaleza no puede quererlo impunemente el artificio humano; y si hay algún castigo patente en la historia frecuentemente criminal de nuestra especie, es el que ha caído sobre todas las razas, y está cayendo sobre todas las naciones que han violado el principio de la libertad[...] La libertad es un modo absolutamente indispensable de vivir[...] La libertad está en correlación del derecho que todo ser racional tiene de vivir, de creer, de pensar, de ejercitar su actividad orgánica, moral e intelectual.

Martí, escribiendo en *El Federalista* de México el 5 de diciembre de 1876, llamaría al documento citado "Catecismo democrático" y sobre Hostos escribiría que: "Hostos, imaginativo porque es americano, templa los fuegos ardientes de su fantasía de isleño en el estudio de las más hondas cuestiones de principios, por él habladas con el matemático idioma alemán, más claro que otro alguno, oscuro sólo para los que no son capaces de entenderlo."[3]

Luego de una estadía de varios meses en Nueva York, parte Hostos nuevamente hacia el sur y llega a Venezuela el 28 de noviembre de 1877. Allí es nombrado rector del Colegio Nacional de Puerto Cabello.

En Venezuela contraería matrimonio con la joven cubana Belinda Otilia de Ayala, y sus padrinos de boda serían la gran poetisa y patriota puertorriqueña Lola Rodríguez de Tió y su esposo don Benocio Tió Segarra. A Hostos le tocará vivir un momento difícil en la historia de Venezuela: el de la dictadura de Guzmán Blanco. Es, mientras se encuentra en la cuna de Bolívar, cuando Hostos se entera de los acontecimientos que conducen a lo que se conoce como la Paz del Zanjón en Cuba (1878).

Hostos habría de criticar duramente esta decisión de pactar con España. A la manera de Maceo, pronuncia el equivalente de la famosa "Protesta de Baraguá". No obstante, decide aprovechar la amnistía decretada por los españoles y regresa a Puerto Rico en 1878. Pero su estadía en su patria será muy corta. Retornará a Santo Domingo el 22 de mayo de 1879 para lo que habría de ser el inicio de sus nueve años en Quisqueya.

La República Dominicana le acoge nuevamente con los brazos abiertos. Allí realizará una de las más fecundas labores educativas que registra la

---

[3] José Martí, *Obras completas*, 28 tomos (La Habana, Editorial Nacional de Cuba, 1963), tomo VII, p. 53.

historia de América Latina y el Caribe. Merece destacarse, sobre todo, la fundación de la Escuela Normal de Santo Domingo, fundada en 1880, desde la cual Hostos combate los moldes pedagógicos anquilosantes del escolasticismo y pone en práctica las más modernas técnicas de la pedagogía de su época. Al escolasticismo dogmático opondrá Hostos el método científico de investigación positivista. A los prejuicios patriarcales de la época opone la necesidad de educar integralmente a la mujer. Mientras tanto, no descansa en su apostolado por la independencia de Cuba y Puerto Rico. Además, ejerce la cátedra y publica obras sociológicas e históricas de gran importancia tales como sus *Lecciones de derecho constitucional* (1887) y *Moral social* (1888), entre otras.

La estadía de Hostos en Santo Domingo se ensombrecerá con el ascenso al poder del dictador Ulises Hereaux (Lilís) en 1887. Para el gran pensador puertorriqueño el gobierno despótico y unipersonal era una aberración producto de los frutos amargos del colonialismo y del atraso económico y social. Se decide por lo tanto a acceder a la petición del presidente José María Balmaceda para que regrese a Chile, y el 4 de febrero de 1889 arribará al puerto de Valparaíso para el inicio de su segunda estadía en ese hermano país austral.

En Chile fue electo rector del Liceo de Chillán (1889-1890) y luego del Liceo Miguel Luis Amunátegui, cargo que desempeñaría desde 1890 hasta su renuncia en 1898. Durante este periodo Hostos publica profusamente libros sobre los más diversos temas, haciendo gala en ellos de su extraordinaria erudición y de su profundidad en el análisis. Su viaje al sur no le impide mantenerse en contacto continuo con las fuerzas revolucionarias cubanas y puertorriqueñas. Por otra parte, José Martí fundaría el Partido Revolucionario Cubano en 1892. La aprobación de las Bases del Partido Revolucionario Cubano tendría lugar en Cayo Hueso el 10 de abril de ese año. Se consignaría, como primer punto del programa de éste, que el Partido Revolucionario Cubano se creaba "por todos los hombres de buena voluntad para luchar por la independencia absoluta de la isla de Cuba" y "auxiliar y fomentar la de Puerto Rico". Al iniciarse nuevamente la lucha en Cuba en 1895 Hostos siente latir el fervor revolucionario que le animó en sus años mozos. Betances, desde París, se ha unido al esfuerzo revolucionario cubano. En Nueva York se fundará la Sección Puerto Rico del Partido Revolucionario Cubano. La lucha se ha reiniciado bajo los auspicios de una nueva organización política producto del genio revolucionario de José Martí.

En 1895, Hostos, que se halla en Chile, es designado agente de la Junta del Partido Revolucionario de Cuba y Puerto Rico, de Nueva York, en la capital chilena. Conforme a su preocupación por el triunfo de la causa cubana y antillana, escribe en la prensa chilena una serie de artículos titulados "Cartas públicas acerca de Cuba" que se publican en Chile y la República Dominicana en 1897. El 16 de abril de 1898 sale de Santiago de Chile con destino a Nueva York. A su llegada a la urbe neoyorquina se incorpora, de inmediato, a las labores de la Sección Puerto Rico del Partido

Revolucionario Cubano. El 2 de agosto de ese mismo año funda la Liga de Patriotas Puertorriqueños, de la cual es nombrado presidente.

Consideramos de vital importancia que se entienda cabalmente lo que significó la Liga de Patriotas para la lucha libertadora puertorriqueña de fines de siglo. Lo primero que debemos notar, al leer los estatutos de la Liga, es que ésta era primordialmente una organización con propósitos cívicos y educativos, o, como diríamos hoy en día, que la Liga tenía como propósito promover en los puertorriqueños una "toma de conciencia" respecto a los problemas más urgentes del país en ese momento tan crucial de nuestra historia. La Liga de Patriotas —y así lo dice Hostos explícitamente— no se plantea, como el Partido Revolucionario Cubano, la toma del poder revolucionario. Su propósito es más bien didáctico, esclarecedor, ilustrador. El idealismo hostosiano se nos muestra nuevamente en este experimento que no logró rendir los frutos deseados. Cuando lo vemos hoy, con el beneficio de la perspectiva histórica, notamos que el patriota antillano consideraba que era posible convencer al gobierno imperialista de los Estados Unidos para que concediese la independencia a Puerto Rico. Firme en su creencia racionalista, Hostos el intelectual, el moralista, opacaría, como en tantas otras ocasiones, al Hostos político y revolucionario.

El 8 de septiembre de 1898 sale hacia Puerto Rico a bordo del vapor *Philadelphia*, y el 23 de octubre funda, en Juana Díaz, el primer capítulo de la Liga de Patriotas que se crea en suelo puertorriqueño. Su prédica patriótica caería en oídos sordos. El 21 de enero de 1899 se entrevista con el presidente de los Estados Unidos, William MacKinley, respecto al destino de la isla de Puerto Rico. Le acompañan los doctores Julio J. Henna y Manuel Zeno Gandía. La entrevista con MacKinley convence a Hostos de que los nuevos amos de Puerto Rico no abrigaban propósitos de liberación alguna con respecto a nuestra patria. A su regreso a la isla recibe una invitación para volver a Santo Domingo de parte del nuevo presidente de ese hermano país: Horacio Vázquez. Decide así volver a la República Dominicana para reanudar su labor pedagógica, interrumpida por la dictadura de Lilís.

El 6 de enero de 1900 pisa Hostos nuevamente tierra dominicana. Ya no habría de volver más a Puerto Rico. El 1 de junio de 1900 es nombrado inspector general de enseñanza pública y desde entonces se dedicará con ahínco a su apostolado pedagógico. Serán años de intensa labor didáctica. El 11 de agosto de 1903 Eugenio María de Hostos muere en Santo Domingo, República Dominicana. Allí descansan aún sus restos, en el Panteón Nacional de ese hermano pueblo tan amado siempre por el insigne Maestro antillano.

II. EUGENIO MARÍA DE HOSTOS: FUNDADOR DE LA SOCIOLOGÍA IBEROAMERICANA

En un memorable artículo tocante a la contribución de Eugenio María de Hostos a la sociología latinoamericana, el profesor Salvador Giner distingue nítidamente tres etapas en el pensamiento sociológico hispanoamericano:

1) *La fase presociológica* que se extiende desde la emancipación de la América española hasta fines del siglo xix y que se caracteriza por: *a*) la difusión del concepto e idea de sociología; *b*) la aplicación ocasional de modelos aislados e hipótesis sociológicos para interpretar la realidad política, religiosa o histórica; *c*) la mezcla de los dos elementos anteriores con la literatura ensayística y con la retórica liberal del tiempo. 2) *La fase fundacional* de la sociología, desde la aparición del libro de Hostos hasta las de los exiliados españoles publicados, aproximadamente, de 1940 a 1945. 3) *La fase de desarrollo*, caracterizada desde la posguerra, por: *a*) la multiplicación de los trabajos monográficos y el aumento de los empíricos; *b*) fundación de cátedras y hasta de algún departamento o facultad universitaria de sociología; *c*) sobre todo, la aparición del sociólogo profesional en Hispanoamérica, cosa que no puede decirse de otros periodos.[1]

Según esta periodificación del profesor Giner y sus observaciones subsiguientes, Eugenio María de Hostos pertenece, por derecho propio, a la *fase fundacional* de la sociología iberoamericana, es decir, que debemos ubicarlo entre los fundadores de la sociología en Iberoamérica. Más aún, el autor del artículo citado nos dice que Hostos:

escribió el primer tratado general (de sociología) en Hispanoamérica, al estilo de los que se escribían por aquel entonces en Europa sobre la materia.

Y ello se explica, toda vez que, aunque el *Tratado de sociología* de Hostos fue publicado póstumamente por sus discípulos un año después de su muerte, o sea en 1904, los lineamientos generales de esta obra habían comenzado a esbozarse tan tempranamente como en el año 1877, mientras estaba en Caracas, Venezuela.[2] Luego, a partir de 1883, estos lineamientos

---

[1] Salvador Giner, "El pensamiento sociológico de Eugenio María de Hostos" en: *Revista de Ciencias Sociales de la Universidad de Puerto Rico*, vol. VII, núm. 3, sept. de 1963, pp. 215-229:218.

[2] En 1877 Hostos se incorpora al Instituto de Ciencias Sociales en Caracas. Con tal motivo, pronuncia un discurso que luego fue publicado bajo el título "Las leyes de la sociedad", en el diario *La Tribuna Liberal* el 18 de junio del mismo año. Este trabajo podría considerarse como el primer intento por parte de Hostos de sistematizar los conocimientos sociológicos en América. Luego fue recogido por su hijo Eugenio Carlos de Hostos en *España y América* (París, Ediciones Literarias y Artísticas, 1954), pp. 347-359. Por otro lado, véase el libro *Hostos en Venezuela*, que con motivo de la conmemoración del sesquicentenario de su natalicio publicó La Casa de Bello. La recopilación de estos escritos fue realizada bajo la supervisión del doctor Óscar Sambrano Urdaneta, director de La Casa de Bello en dicho país.

adquirirán un carácter más formal al convertirse en las conferencias que dictará a sus alumnos dominicanos de la Escuela Normal. (El resumen de dichas "Nociones de sociología" figura como Libro Tercero del *Tratado de sociología*, ediciones de 1904, 1939 y 1969. En la edición de 1989, figura como "Prolegómenos".) Tampoco podemos pasar por alto el hecho de que *Moral social* (1888), producto también de la fructífera estadía del Maestro en Santo Domingo, es asimismo un tratado de profundas proyecciones sociológicas.

No se trata de que pretendamos conferirle a Hostos el título de Único Fundador de la sociología iberoamericana, pues no nos interesa en este capítulo establecer cuestiones atinentes a la precedencia o no precedencia de las aportaciones iberoamericanas al pensamiento sociológico universal. Lo que sí nos interesa dejar claramente establecido es que Eugenio María de Hostos abre nuevos campos, desbroza caminos inéditos en sus intentos de ofrecer una visión sistemática de la sociología: un nuevo enfoque científico de la realidad social que se asiente sobre el saber empírico y sobre la más rigurosa metodología científico-social.[3]

Hostos, como muy bien nos recuerda el profesor Giner, pertenece a la estirpe de los polígrafos, es decir, de aquellos hombres de vasta erudición que encarnaban, en una misma persona, el conocimiento de los más vastos campos del saber humano a la altura de su tiempo. El sociólogo antillano es un ejemplo preclaro de estos hombres cuya formación intelectual, decididamente humanística, se fundía, no obstante, con el saber de los más intrincados problemas científicos. C. P. Snow, el famoso científico inglés, que lamentaba en su opúsculo *Las dos culturas y la revolución científica,* el divorcio entre el saber humanístico y el saber científico que aqueja a nuestro tiempo, hubiera podido sin duda derivar algún consuelo para su pena en hombres como Eugenio María de Hostos, en quien se entrelazaba, imperceptiblemente, el espíritu geométrico y el espíritu de finura de que nos hablara el inmortal Pascal.

El polígrafo Eugenio María de Hostos no es, sin embargo, un simple diletante en el campo de la sociología. Por el contrario, su dominio de la materia nos hace pensar que dedicó muchas horas al estudio riguroso de las ciencias sociales y que se había familiarizado con el saber sociológico que se origina en Europa con el ascenso de la burguesía como clase hegemónica en el siglo XIX.

Para entender mejor a Hostos es necesario conocer las corrientes intelectuales que gravitaron sobre su pensamiento social y que dejaron su impronta en su quehacer sociológico. Nos referiremos aquí, primordialmente, a las dos principales corrientes filosóficas que, a nuestro juicio, inciden sobre el pensamiento hostosiano: el krausismo en su vertiente española, de una parte, y el positivismo comtiano de la otra.

Como es sabido, Eugenio María de Hostos adquirió su formación intelec-

---

[3] La Editorial de la Universidad de Puerto Rico publicó en 1989 una edición crítica del *Tratado de sociología* con un prólogo del doctor José Luis Méndez, que es la edición más completa que se ha realizado sobre esta importante obra sociológica.

tual, durante sus mocedades, en España. Es allí donde milita en los movimientos políticos que culminarán con la Revolución septembrina de 1868 en la Península. Será allí donde cobrará plena conciencia de que nada había que esperar de España en lo concerniente a las Antillas, pues, como diría con calidad profética el doctor Ramón Emeterio Betances: "La autonomía se refuta en una sola frase: España no puede dar lo que no tiene."

A Hostos le tomará más tiempo que a Betances llegar a esa contundente conclusión, pero los sucesos en España, sobre todo posteriormente a su entrevista con el general Francisco Serrano a que aludimos antes, se encargarían de ponerle en claro que los españoles, aun los más liberales, eran refractarios a toda solución que no fuese el perpetuo sometimiento colonial de las Antillas al colonialismo español.

Pero lo que reviste para nosotros un interés singular, es la influencia que ejerce sobre Hostos el krausismo en su versión española, en el momento en que éste consolida su formación intelectual en la Península. Es decir, la influencia que, sobre el pensamiento filosófico español de la época, ejercerá un filósofo alemán de nombre Karl Christian Friedrich Krause (1781-1832), sobre todo por conducto del filósofo y pedagogo español don Julián Sanz del Río.

Resalta, como hecho histórico curioso, que Karl Krause no haya merecido, fuera del ámbito intelectual español, la misma atención que habría de conferírsele en la España decimonónica. Es patente que no puede comparársele, ni remotamente, en cuanto a sus proyecciones filosóficas, con las figuras cimeras de Kant o Hegel, para no mencionar figuras aun menores que éstas en la filosofía alemana, pero cuyas aportaciones han captado la atención de los tratadistas de la historia de la filosofía. No obstante, nos dice el historiador del krausismo español Juan López Morillas, que Krause influye directamente sobre Sanz del Río y éste, a su vez, sobre toda una generación intelectual española que se albergaría en los recintos universitarios y en el Ateneo de Madrid hasta que fueron expulsados de sus cátedras con la caída de la primera República española.

El krausismo, en verdad, entrará en la corriente intelectual española con la carta del racionalismo, pues, como nos apunta López Morillas:

> no estaba la novedad del krausismo en abogar por la europeización de España, sino en identificar a España con la visión racional del mundo y, de conformidad con tal identificación en tratar de orientar la cultura española en dirección al racionalismo.[4]

O, como nos señala el profesor Pierre Vilar, refiriéndose a los movimientos intelectuales del siglo XIX:

> ese extraño "krausismo", importado de las universidades alemanas en los años 40 por un joven becario del gobierno, Julián Sanz del Río, cuya influencia entre

---

[4] Juan López Morillas, *El krausismo español* (México, Fondo de Cultura Económica, 1956), pp. 121, 123.

1855 y 1865 opera una pequeña "reforma". Se trata menos de ideas que de una actitud ante la vida. Pero de ahí salieron ese espiritualismo laico, esa rigidez de principios, esa fe en la educación que anima a los hombres de la primera República.[5]

No es éste el lugar para analizar a fondo la filosofía krausista y su influencia en España. Baste con señalar que el racionalismo, que le servía como norte, cobra singular importancia en una sociedad como la española del siglo XIX, coto cerrado del oscurantismo eclesiástico que se entrelazaba con unas relaciones de producción eminentemente feudales. Las mocedades de Hostos tendrán lugar en este ambiente donde el krausismo se presenta como una fuerza vivífica e ilustradora.[6] Precisamente allí, en España, publicaría su primera obra literaria, *La peregrinación de Bayoán* (1863) cuando contaba entonces 24 años de edad. Luego lo veremos comprometido con las grandes luchas sociales y políticas que tendrían como escenario a España en la segunda mitad del siglo XIX. No obstante, su estadía en la Península no sería obstáculo para que su lealtad primordial fuese con el porvenir de las Antillas y de América Latina.

Coincidimos con el profesor Salvador Giner, en el artículo antes citado, cuando éste nos dice que en la sociología de Hostos:

la huella del krausismo es casi imperceptible en lo que toca a la causa remota de esa ideología: la filosofía de Krause. Sin embargo, el que Hostos hubiese sido compañero de clase —y amigo de siempre— de Francisco Giner, Nicolás Salmerón o Gumersindo de Azcárate, mientras todos ellos escuchaban las lecciones de Sanz del Río no fue en vano, como tampoco lo fueron sus andanzas por el Ateneo madrileño, de las que nos ha dejado buena fe Benito Pérez Galdós. Como ha señalado algún escritor, hay en su intenso moralismo laico, en su búsqueda de la sobriedad y en su fe en la educación, algo eminentemente krausista que nos lo hermana a las figuras de aquel movimiento. Parte de todo esto se refleja en su sociología en la medida en que el *Tratado* quiere ser también un evangelio social.

Este "moralismo laico" de que nos habla el profesor Giner es, sin lugar a dudas, un rasgo medular de la sociología hostosiana; más aún, podríamos decir que de la vida y la obra de Hostos vista como una totalidad. Lo que nos importa destacar aquí, sin embargo, es el hecho de que el gran sociólogo antillano no adopta de manera acrítica ni la filosofía krausista ni ninguna otra filosofía, sino que las hace pasar por el prisma de su agudo intelecto a través de un complejo y preciso proceso de raciocinio que podemos llamar dialéctico.

[5] Pierre Vilar, *Historia de España* (París, Librairie Espagnole, 1975), pp. 99-100.
[6] Recientemente hemos presenciado en España un renovado interés por el estudio del pensamiento de Krause. Prueba de ello son las aportaciones más recientes de los profesores Elías Díaz y Eloy Terrón, así como de los seminarios realizados por la Fundación Friedrich Ebert sobre el tema. Merece destacarse, en tal sentido, la publicación del libro *El krausismo y su influencia en América Latina* (1989) publicado bajo la dirección de la profesora Teresa Rodríguez de Lecea. Véase la obra fundamental de Elías Díaz *El pensamiento social del krausismo español*.

Lo dicho vale también con respecto a la influencia positivista en su pensamiento sociológico. No hay duda alguna de que Augusto Comte (1798-1857) influyó con su filosofía positiva, no sólo sobre Hostos, sino sobre toda una generación de pensadores latinoamericanos. Prueba de ello son los dos volúmenes titulados *Pensamiento positivista latinoamericano*, publicados por la Biblioteca Ayacucho de Caracas, cuya compilación, prólogo y cronología estuvo a cargo del doctor Leopoldo Zea. Basta con leer *Moral social* o *Tratado de sociología* para percatarnos de la influencia del positivismo comteano en el pensamiento de Hostos. Aquí, una vez más, debemos destacar el hecho de que la filosofía comteana, al verse en el contexto europeo, demuestra una vertiente de indudables implicaciones conservadoras. No debe olvidarse la relación de Comte con el socialista utópico Saint-Simon, ni tampoco su clara preferencia por unos proyectos de "ingeniería social" en que se prescindiría de toda participación popular en los procesos políticos y se pondría el gobierno en manos de una élite ilustrada. El positivismo terminaría encerrando al ser humano en el más terrible de los determinismos, tornándose así en una ideología eminentemente conservadora y, en el caso de su influencia sobre el pensamiento iberoamericano, firmemente reaccionaria. Como nos señala agudamente Marcuse en su crítica de Comte:

Todos los conceptos científicos habían de estar subordinados a los hechos. La única función de estos conceptos era la de revelar las conexiones reales entre los hechos. Los hechos y sus conexiones representaban un orden inexorable que comprende tanto los fenómenos sociales como los naturales. Las leyes que descubría la ciencia positivista y que la distinguían del empirismo eran también positivas en el sentido de que afirmaban el orden predominante como una base para negar la necesidad de construir un nuevo orden.

El mismo autor nos indica también que la visión que se desprende de los escritos de Comte:

contempla un estado jerárquico omnicomprensivo, gobernado por una élite cultural formada por todos los grupos sociales y penetrada de una nueva moralidad que una todos los intereses diferentes en un todo real.[7]

Eugenio María de Hostos fue, por el contrario, un decidido demócrata. Al emplear el método positivista para analizar la realidad social que le tocó vivir, no lo hace con el propósito de justificar el orden establecido, sino de usarlo como un ariete que le permita golpear las concepciones tradicionales fruto del escolasticismo. No cabe duda de que se nota la impronta del positivismo en el discurso hostosiano, así como en las categorías utilizadas por éste para describir la realidad social. Pero, en todo caso, la aplicación del positivismo a la realidad caribeña y latinoamericana no se hizo de manera mecánica, ni tampoco se adoptó como un dogma sacro e incuestionable.

[7] Herbert Marcuse, *Razón y revolución, Hegel y el surgimiento de la teoría social* (Madrid, Alianza Editorial, 1970), pp. 338-347.

Pues, si se me permite la redundancia, podríamos decir que Hostos incorpora lo positivo en la filosofía positivista, vale decir, aquellos aspectos de ésta que representan un paso hacia adelante en el esfuerzo humano por conocer científicamente la realidad social. Visto desde ese ángulo, no hay duda alguna de que Hostos dirigía sus miradas en una dirección más acertada, que las de quienes se empecinaban en sus esquemas carentes de validez científica alguna.[8]

Como sabemos, el siglo xix europeo es el de las teorías grandiosas, de los esfuerzos por arribar a conclusiones científicas acerca de las leyes que rigen tanto la naturaleza como la conducta humana, de la fe en el progreso y de la labor libertadora de la educación. En tal sentido es el siglo donde notamos la presencia, en el escenario histórico, de una burguesía pujante e innovadora, la misma que recibiría de la pluma de su principal antagonista, Karl Marx (1818-1883), los más encendidos elogios en su famoso folleto *Manifiesto del Partido Comunista*, publicado en 1848. Esta burguesía, cuyos reclamos por el poder y su lucha contra la hegemonía feudal habían cristalizado en el gran movimiento social y político que culmina con la Revolución francesa de 1789, es la misma que concibe su papel histórico como uno donde la ciencia —concebida, según el aforismo de Bacon, como un quehacer donde "el conocimiento es poder"— pondría en manos de la humanidad los instrumentos necesarios para conocer, y al mismo tiempo dominar y encauzar, el cambio social por la vía del progreso. Así, por ejemplo, John Stuart Mill nos dice en su *Autobiografía* que su padre, el utilitario James Mill, creía que, si se hiciesen los frutos de la educación accesibles a todos, la humanidad marcharía hacia formas superiores de convivencia humana y todo sería para lo mejor.

Pero el siglo xix es, al mismo tiempo, la centuria donde ocupa la escena, como protagonista del proceso histórico, la clase trabajadora europea. De igual forma se generan en el seno de aquella sociedad europea las teorías irracionalistas y racistas que, más tarde, servirán como caldo de cultivo para los grandes movimientos de masas que, en el siglo xx, culminan con el auge del fascismo europeo. Dentro de ese marco, hemos visto cuál fue la función ideológica del positivismo europeo. No obstante, dicha escuela filosófica rebasaría los límites de la sociedad que le sirvió como cuna e irradiaría su influencia hacia América Latina. Sobre eso ya hemos hablado, si bien someramente, en páginas anteriores. Lo que nos importa destacar en este momento es que el positivismo tendrá, en América Latina, consecuencias muy diversas al ser aplicado en un nuevo contexto social e histórico.

Así, por ejemplo, surgen los ideólogos del "gendarme necesario", del déspota ilustrado que guiará a la América Ibérica por la senda del progreso. El profesor Leopoldo Zea nos dice en la obra antes citada:

Los políticos seguidores del orden en México, serán designados significativamente por quienes los sufrían como los "científicos". Eran éstos los guardianes

[8] Véase en cuanto a Comte la excelente introducción de Gertrude Lenzer al volumen *August Comte and Positivism -the Essential Writings* (Nueva York, Harper and Row, 1975).

del orden que convenía a los intereses de la clase que había adoptado el positivismo, de la burguesía, o seudoburguesía, que soñaba, como ayer soñaron los liberales, en convertir a estos sus pueblos en naciones semejantes a las construidas por las burguesías de Europa y Norteamérica, aunque para lograrlo tuviesen que aceptar la conducción de los mismos, había que unirse al carro del progreso, aunque fuese como furgón de cola del mismo.

Sin embargo, Hostos no cae en la trampa del caudillismo militarista, sino que, por el contrario, se dedica a diagnosticar, con filo crítico, las causas profundas de ese endémico mal iberoamericano. Si para algo sirve la sociología del puertorriqueño es para esclarecer, ilustrar y educar, no para servir a los propósitos de la dominación y la opresión de los pueblos, sino para educarlos en el culto a los principios de la justicia y libertad. Más aún, el sociólogo antillano predicará con el ejemplo. Al igual que Martí, prefiere el exilio a la tolerancia de los tiranos. Es por ello que, primero, Guzmán Blanco en Venezuela y luego Lilís Hereaux en Santo Domingo obligarán a Hostos a emprender el duro camino del exilio hacia otras latitudes, aun cuando a éste le hubiese sido dable vivir cómodamente bajo el ojo avizor de los caudillos que intentaron, repetidamente, halagarlo y atraerlo a sus designios de dominación unipersonal.

En todo caso, para nuestro autor el positivismo es una metodología que permite el análisis científico de la realidad social. No es un dogma ni una religión secular. Por eso, la ideología que en el caso de Europa y de otras latitudes, se inclina hacia una concepción marcadamente conservadora de la rebeldía social, en las manos de Hostos se convierte en un ágil instrumento al servicio de la razón humana y de la liberación de los pueblos.

En Santo Domingo, Hostos se vio obligado a enfrentarse a un aparato educativo que veía con suspicacia —cuando no con abierta hostilidad— sus esfuerzos por revolucionar la pedagogía para implantar el método racionalista en la enseñanza. Esperaba así dotar a los educandos de una sólida formación científica que les permitiese ponerse a la par con las más avanzadas técnicas pedagógicas. Pero de Hostos el educador hablaremos más adelante. Baste por el momento con decir que su sociología y su pedagogía, su política y su moral, marchan de la mano en todo momento.

Una vez discutidas, aunque someramente, las influencias ideológicas que más incidieron sobre Hostos el sociólogo, consideramos importante proceder al análisis de su pensamiento sociológico. Hemos reclamado para Hostos el calificativo de ser uno de los fundadores de la sociología iberoamericana, y estimamos que dicho aserto debe sustanciarse. Queremos, eso sí, aclarar que no le estamos adjudicando al gran pensador antillano el carácter de un demiurgo sociológico, sino que lo consideramos como uno de los más importantes entre los fundadores de esa disciplina en Iberoamérica.

La sociología moderna, tal y como la conocemos hoy en día, surge al calor del desarrollo del capitalismo y de la burguesía en la Europa Occidental. Se trata, por lo tanto, de una disciplina que emerge en el campo del saber científico bajo una doble vertiente: de una parte se encuentra la clase social que busca romper con las viejas relaciones de producción feudales, que entorpecían el desarrollo de las poderosas fuerzas productivas capitalistas gestadas en el seno del *ancien régime*, y, de otra parte, tenemos el surgimiento y desarrollo de una clase trabajadora que se libera de las trabas ancestrales del trabajo servil o esclavo, y que se sitúa justamente en el centro del proceso productivo capitalista. En esa coyuntura histórica las diferentes escuelas sociológicas revelarán, mediante la forma y el contenido de sus doctrinas, no sólo el origen de clase de quienes las sustentan, sino el papel ideológico que dichas doctrinas están llamadas a jugar en el proceso de lucha de clases. Una vez dicho esto, resulta palmaria la noción de que el cuerpo del saber sociológico no es algo fraguado al margen o por encima de los conflictos y luchas sociales en un determinado momento histórico, sino que trae al mundo desde su nacimiento la marca de estas luchas.

Es precisamente Karl Marx la figura cimera de la sociología europea en el siglo XIX porque logra, mediante su concepción de las ideologías, desenmascarar todas las presuntas posturas cientificistas que proliferaban en el campo de las ciencias sociales en esa época. Esto lo podemos notar claramente, no sólo en su obra *La ideología alemana* (1846), sino también en la obra de Federico Engels *Del socialismo utópico al socialismo científico*. En ambas obras los autores desarrollan lo que hoy denominamos "el pensamiento crítico", con miras a distinguirlo de las formas ideológicas que caracterizaron al pensamiento sociológico burgués del siglo XIX.

No obstante, como ha señalado muy acertadamente el doctor Adolfo Sánchez Vázquez, conforme a su fina distinción entre ciencia e ideología, no todo el pensamiento burgués, por el mero hecho de serlo, está desprovisto de aportaciones importantes al saber científico universal.[9]

Vale decir que no es lícito ubicar el pensamiento burgués en un callejón sin salida unidimensional que desemboque inevitablemente en ideología, todo ello en contraposición al pensamiento científico auténtico. Lo que acabamos de decir es válido para el positivismo en cuanto se trata de un esfuerzo por sistematizar y analizar la realidad social, aunque siempre manteniendo en mente las observaciones que hicimos anteriormente sobre el carácter esencialmente conservador de esa teoría dentro de la sociedad europea que lo prohíja.

No hay que olvidar, además, que las aportaciones de Hostos a la sociología, si bien aparecen en forma sistemática en su *Tratado*, se hallan, sin lugar a dudas, dispersas a todo lo largo de su extensa obra literaria. Éste será el caso, por ejemplo, de su ensayo dedicado al poeta Gabriel de la Concepción Valdés (Plácido) en el que nos brindará un estudio sociopsicológico del fenómeno colonialista que revestirá una gran importancia histórica y sociológica. Veamos.

En las Antillas y la América Latina —pero sobre todo en las primeras— era necesario elaborar una teoría que estuviese en consonancia con socie-

---

[9] Véase Adolfo Sánchez Vázquez, "La ideología de la neutralidad ideológica en las ciencias sociales" en *Historia y Sociedad* (México, 1972), núm. 7.

dades coloniales o que estaban recién emergentes del colonialismo. En este último aspecto nos parecen atinadas las observaciones sociológicas y psicológicas que Hostos hace del colonialismo, aun cuando no haya tratado el tema de manera sistemática. En cualquier caso el krausismo germinaría en uno de los países más rezagados en el desarrollo capitalista europeo como lo era España. Cuando Hostos lo presenta como parte de su bagaje intelectual en tierras americanas, introducirá, también, una actitud crítica frente a las fuerzas que reproducían en América muchos de los vicios y lacras que aquejaban a la España del siglo XIX. Por eso lo que, visto desde la perspectiva de lo más avanzado del pensamiento político europeo de la época —me refiero al marxismo—, podría parecer como un pensamiento retrasado frente al imperativo de los tiempos, al examinarse desde la concepción de sociedades lastradas por el colonialismo y su secuela de males pueden aparecer como representantes de una tendencia progresista. Porque el imperativo de Hostos, como el de Betances y Martí, no es el de alcanzar el socialismo, ni cosa que se parezca, sino el de luchar por la independencia de unos pueblos antillanos sometidos al yugo colonial español que enfrentaban a fines del siglo XIX la inminencia de la intervención norteamericana en el espacio caribeño e iberoamericano.

En otras palabras, Hostos será creatura de su tiempo y de su circunstancia. Hay que recordar que, una vez éste abandona Europa para dedicarse a la lucha por la libertad de las Antillas, su horizonte será el de los pueblos caribeños e iberoamericanos. Europa ha quedado atrás, irremisiblemente, y lo que Hostos busca ahora es comprender la realidad de unos pueblos, algunos de los cuales —como su propia tierra esclavizada— luchaban aún contra las coyundas de la esclavitud negra y del colonialismo.

Ahora bien, no olvidemos que Hostos es, al mismo tiempo que un científico, un hombre de acción, un revolucionario que no vacilaría en unirse a una expedición que busca la liberación de Cuba y de Puerto Rico. ¿Cómo entonces, debemos preguntarnos, puede reconciliarse el carácter conservador del positivismo europeo con el proyecto revolucionario hostosiano? Para lograr una respuesta a esta pregunta debemos ver la obra de Hostos en su totalidad. Pues resulta manifiesto que el pensador antillano no ha limitado su quehacer sociológico a su *Tratado de sociología* o a su *Moral social*, sino que su agudo intelecto aplica el método científico a las más diversas áreas de la conducta humana. La lucha del positivismo y del krausismo se nos muestra en sus escritos a cada paso. Debemos por lo tanto salir al encuentro frontal de la pregunta que acabamos de hacernos. Para ello veamos qué lecciones podemos derivar de la obra sociológica hostosiana, que es aquello que se decanta primordialmente en las dos obras que acabamos de citar, si bien no podemos excluir de nuestro análisis los conceptos sociológicos que se nos ofrecen en toda la voluminosa obra del prócer mayagüezano.

Lo primero que debemos notar es que Hostos no calca servilmente el positivismo comteano sino que adopta una postura crítica frente a éste. Además, sus análisis y sus síntesis tienen como eje central su experiencia caribeña y latinoamericana, órbita vital de su pensamiento. A lo que vamos es a que el enfoque positivista que Hostos adopta se da en el marco de una lucha ideológica primordial contra el escolasticismo, escuela intelectual cuyo dogmatismo proverbial tenía un efecto anquilosante sobre las juventudes iberoamericanas. El escolasticismo era la ideología de los sectores más atrasados ideológicamente del régimen que hombres como Hostos, Betances y Martí querían sustituir por uno de corte republicano y democrático. En países donde imperaban aún relaciones de producción basadas en el trabajo servil o esclavo —recuérdese que la esclavitud no es abolida en Puerto Rico hasta 1873 y en Cuba hasta 1886— no era de esperarse que Hostos y sus contemporáneos vislumbrasen una sociedad donde el proletariado industrial representara un reto viviente a la hegemonía burguesa. De otra parte el colonialismo español usaba también, como su principal apoyo ideológico, los esquemas caducos del monarquismo, el clericalismo y el absolutismo. Ante un cuadro semejante, el racionalismo que sirve como norte al positivismo y su método de abordar la realidad social por medio de la investigación empírica, era una cosa diferente en Europa y otra en las Antillas en lucha por su liberación nacional. El pensamiento hostosiano, pues, cuya impronta krausista y positivista no podemos ni pretendemos negar, tiene, en el marco particular de la sociedad en que le tocó vivir, un carácter progresista y democrático. Eso en cuanto a los aspectos ideológicos del pensamiento de Hostos, aspecto que, desde luego, no nos es dable separar de las vertientes científicas y morales de su quehacer intelectual.

El Maestro antillano, al brindarnos una obra sistemática sobre el tema de la sociología, no cae en el formalismo abstracto que tanto habría de caracterizar a esta ciencia en años posteriores, sobre todo en su vertiente norteamericana. Está plenamente consciente de que no puede haber un estudio sociológico cabal si éste no se asienta sobre el estudio de la historia. Al interrogarse cómo se presentan en la historia los hechos sociales, nos advierte:

Ésta, que es una verdadera serie de hechos, se puede completar por otra y más servir, con sólo consultar la actividad cotidiana de cualquier grupo social; pero como el estudio más completo de la vida de los hombres corresponde a la historia, y como de la historia es de donde efectivamente surgió en la mente de los pensadores la ciencia social, completemos esta busca de hechos llamados a patentizarnos la realidad de la vida de las sociedades, con el examen del movimiento, de la historia, en la evolución general de los conocimientos humanos. De ese modo, al par que veremos consagrada en la historia la indudable existencia del ser uno y vario que llamamos sociedad, veremos también los cambios de método en la historia que han servido para sugerir la realidad de la ciencia social. (O.c. t. XVII, p. 22.)

No obstante, Hostos procede a distinguir entre la historia narrativa y la "historia crítica" o "crítica histórica", entre las ficciones y la realidad del desarrollo histórico. Desde esta perspectiva, el ámbito de estudio de la sociología se amplía extraordinariamente y abarca así el análisis del desarrollo de la especie humana. En el caso presente la sociología se funde imperceptiblemente con la antropología, con la historia de la civilización. Como todos los grandes sociólogos del siglo XIX, el Maestro antillano se preocupará por el estudio de la transición del hombre del estado de barbarie al de la civilización. Pero sin caer en las redes en que habría de caer Sarmiento con su clásica dicotomía entre barbarie y civilización, pues Hostos se internará en el campo de los estudios antropológicos para verter luz sobre el problema recién apuntado, como veremos a continuación.

Hoy sabemos que el estudio de las sociedades donde imperaba un modo de producción conocido como la comunidad primitiva es parte integral del estudio sociológico y antropológico. Sabemos, también, de los excepcionales avances que se han hecho en los estudios arqueológicos y etnológicos, sobre todo en lo que respecta a las comunidades primitivas. Se sabe, además, que Marx y Engels se interesaron vivamente en el estudio de los modos de producción precapitalistas tanto como de la influencia que sobre ellos tuvieron estudiosos tales como Lewis Morgan y Sir Maine. Cuando analizamos a Hostos en el contexto de su época tenemos que entender que el estudio de la antropología como la conocemos hoy en día estaba apenas comenzando. Influido, sin duda, por la teoría comteana de los tres estados de la civilización: el religioso, el metafísico y el científico, Hostos presenta sus concepciones en su estudio del tránsito salvajismo-barbarie-civilización. Impresiona, no obstante, su acumen al distinguir entre el nomadismo y el comienzo de la agricultura, así como la fina distinción que establece entre las etapas pre y postcivilizatorias. En todo caso Hostos ve la civilización como un proceso, un proceso civilizatorio. Así nos dirá, por ejemplo:

En realidad, y por dos razones, la civilización no es positivamente un estado social: primera razón, porque nunca llega a ser un estado definido; segunda razón, porque todo el proceso de la vida de las sociedades humanas desde el punto de partida hasta el punto de término, es un proceso ascensional en que se elevan desde el bajo nivel del salvajismo hasta el alto nivel del industrialismo, del intelectualismo y del moralismo que debía caracterizar los periodos de civilización completa. (O.c. t. XVII, p. 100.)

El pasaje recién citado puede parecernos hoy, cuando lo leemos a la luz de la situación por la cual ha atravesado la humanidad durante este siglo, como una expresión un tanto ingenua de la creencia, tan difundida en aquel entonces, sobre la inevitabilidad del progreso de la humanidad. La idea del progreso fue el producto de una clase social en ascenso histórico. Mas con la decadencia del sistema social que prohijó dicha clase, la barbarie revierte con múltiples formas pero en un nivel mucho más destructivo que en su manifestación primitiva. Pero Hostos, como todo pensador, es, después de todo, creatura de su época.

Interesa notar, sin embargo, que cuando Hostos nos habla de civilización no hace a ésta sinónimo de la civilización occidental. Por el contrario, su visión se amplía más allá del ámbito de eurocentrismo, tal y como lo demuestra en el pasaje siguiente de Moral social:

Con la historia del mundo sucede lo que con la historia de lugares determinados del espacio; fija la atención del historiador en los actos de la porción de humanidad cuya vida expone, prescinde casi por completo de las otras porciones humanas. De aquí resulta que, para los historiadores de la vida europea y americana, toda la historia y todos los ejemplos de la historia están en la actividad que han desarrollado los hombres de Europa y sus descendientes los de América. Y de tal modo ha influido en la razón común esta exclusión de los hombres que precedieron en la civilización a americanos y europeos, que cuando una historia más reflexiva ha intentado presentar el cuadro de la vida y la actividad de la especie humana entera ya las ideas vulgares se habían ceñido de tal modo a la noción primera de la historia, que no considera como hombres de la misma especie sino como apariciones extrañas, a los que, durante siglos antes y después de Europa fabricaron y siguen fabricando una civilización distinta, pero en fundamentos tan humanos como la civilización occidental. (*O.c.* t. XVI, p. 339.)

Y es que el Maestro antillano ya parece anticiparse a su tiempo en el rescate de la historia de eso que hoy llamamos el Tercer Mundo y que, en su día, era el espacio ocupado por los imperios europeos que en el último cuarto del siglo XIX extendieron su dominio sobre dos terceras partes de la población mundial. Por eso llega a describirnos la expansión imperialista europea en los siguientes términos:

El culto a la civilización, que de ningún modo más efectivo y más digno tan en el primer grado de sociabilidad, y ayudando en su tarea de civilizarse a los que la han comenzado con obstáculos que, abandonados a sí mismos, no pueden o no deben superar, ni siquiera es un deber a los ojos de los Estados. Se buscan acá y allá, principalmente en América y en Oceanía, islas estratégicas que gobiernen mares, estrechos y canales y que aseguren la primacía comercial y en caso de querella la prepotencia militar del ocupante; se rebuscan los escondrijos de nuestro continente que se cree o se aparenta creer que no tienen dueño; se registra de norte a sur, de este a oeste, de Guinea a Egipto, del Delta al Níger, el continente negro; en África y en Oceanía, hoy como en los siglos XV y XVI, se ocupan territorios y jurisdicciones con la misma llaneza con que Colón ocupa las Antillas, con que Vasco Núñez de Balboa toma posesión del mar del sur, con que Vasco de Gama declara portuguesa una población de más de doscientos millones de hindúes, con que Cortés y Pizarro arruinan, en honor de España, dos civilizaciones que hubieran podido y debido utilizarse.

Ello se patentiza también en los agudos análisis que hace el sociólogo mayagüezano del fenómeno colonialista. Hoy, cuando tenemos en nuestro haber los estudios sobre el colonialismo tales como *Los condenados de la tierra* de Franz Fanon y el *Retrato del colonizado* de Albert Memmi, debemos retrotraernos hasta la disección que hace Hostos del complejo síndrome creado por el colonialismo en aquellos que lo padecían. Tomemos como ejemplo de lo dicho el siguiente pasaje del ensayo dedicado a Plácido:

En cuanto sirven para demostrar, por contraste, hasta qué punto se descomponían en aquella atmósfera infecta el sentimiento de la dignidad por la indignidad reinante; la noción de lo bueno y lo justo, por el mal omnipotente y por la iniquidad procaz; el concepto del derecho individual y social por el desprecio de la autoridad hacia el derecho, por el abatimiento de la sociedad, por la fuerza del egoísmo individual; la abjuración de la libertad por el instinto de seguridad; el orden moral, por el soborno de caracteres y conciencias; la moralidad intelectual, por el escepticismo, en cuanto sirven para demostrar la hedionda lacería que gangrenaba a aquella infortunada sociedad, aún no formada y ya postrada, aún no organizada y ya desorganizada, cadáver de un cuerpo no desarrollado, esqueleto de un muerto que no había vivido, infante contaminado desde el claustro materno por la mortal enfermedad de sus generadores, las páginas dedicadas por Plácido a adular el mal circunstante, el vicio circunstante, la injusticia omnipotente, son preciosas. Con ellas en la mano, y sin otro dato que ellas y sin otro instrumento de análisis que la comparación de esos versos bochornosos con las demás poesías que constituyen la honra y la gloria del poeta, puede el hombre de espíritu elevado conocer la horrenda situación de las Antillas, odiarla, condenarla y maldecirla. (*O.c.* t. XVI, p. 99.)

El lector sin duda notará que la descripción de los efectos del colonialismo que Hostos acaba de hacer va acompañada de una profunda indignación moral. Podemos asimismo notar el uso del lenguaje metafórico a cada paso. Pero ninguna de las dos observaciones desmerece del análisis sociológico hostosiano. En cuanto a lo primero, porque la llamada *value free social science* que se puso en boga por mucho tiempo dentro de la sociología norteamericana no deja de ser un mito hábilmente urdido para ocultar las verdaderas inclinaciones ideológicas de sus propulsores; en cuanto a lo segundo, porque las ciencias sociales no pueden prescindir del lenguaje metafórico y analógico en su esfuerzo por describir la realidad social. Lo que importa, en el contexto presente, es la gran agudeza de Hostos y la aplicación de su acumen sociológico a esa realidad que acogotaba a las Antillas en el momento que le tocó vivir. /

Merece destacarse, además, la concepción que Hostos tiene de la sociedad como una totalidad orgánica. De esta manera se ubica en una gran corriente de pensamiento cuyo más alto exponente es Karl Marx, y que concibe a la sociedad humana como una "totalidad orgánica". Se procede así, en el análisis de ésta, a un método que luego el famoso sociólogo italiano Wilfredo Pareto llamaría de "aproximaciones sucesivas". Es decir, se trata del proceso mediante el cual el sociólogo adquiere un cuadro integral de la realidad, yendo del todo a las partes y de las partes al todo, en un análisis y síntesis de la realidad social. Así, el sociólogo irá aproximándose, sucesivamente, al objeto de estudio como quien se mueve en círculos concéntricos desde lo general hasta lo particular y desde lo particular hasta lo general. Hostos hace lo propio cuando, luego de criticar la teoría socialista —a la que concibe en términos muy negativos— y a la teoría sociocrática de Comte —si bien la llama "la más juiciosa"— propone una interpretación que "consiste en afirmar que la sociedad es una ley a que el hombre nace sometido por la naturaleza, a cuyos preceptos está obligado a vivir sometido; en tal modo que, mejorando a cada paso su existencia, contribuye a desarrollar y mejorar la de la sociedad. En esta teoría el individuo no pasa por más de lo que es, ni la sociedad por más de lo que debe ser; de modo que, relacionados, uno y otra con el mismo fin, que es el mejoramiento de la especie humana, cada uno de ellos contribuye más y mejor a ese fin, cuanto más y mejor cumple los suyos propios". (*O.c.* t. XVII, pp. 235-236.) Como puede notarse en la cita presente, Hostos aspira a una síntesis entre las necesidades del individuo y las de la sociedad. Se trata de un problema sempiterno de la teoría política y sociológica que podemos encontrar en los orígenes mismos del pensamiento político. Como puede verse, Hostos opta por una solución idealista que no podemos menos que denominar ecléctica. Pero, al mismo tiempo, reconoce que no puede haber verdadera sociología si la realidad social no se concibe como una totalidad orgánica, como un todo cuyas partes se hallan ligadas inextricablemente. He ahí otro de sus aciertos indiscutibles.

Es claro que, muchas veces, conforme a las corrientes intelectuales de su tiempo, Hostos usa la analogía del organismo humano para referirse a la sociedad. Ello, como bien señalaría el profesor Giner, crea dificultades para expresar sus conceptos sociológicos fundamentales. No obstante, es imperioso que se distinga entre "el organismo" que postula la sociedad como "una realidad viva y activa" y el concepto de la sociedad como una totalidad orgánica como a la que acabamos de referirnos.

Debemos recalcar también el papel preponderante que ocupa, en la teoría sociológica de Hostos, el trabajo humano. Para el sociólogo puertorriqueño

no hay ninguno de los cien mil actos de carácter individual y colectivo de carácter biótico e histórico que diariamente realiza el hombre congregado con el hombre que no sea un acto de trabajo. En la menor aldea y en la mayor ciudad, los mil actos industriales en el hogar, en el taller, en la labranza, en el movimiento de mercaderías, en la locomoción de individuos, en los cambios de moneda, en las especulaciones azarosas de las Bolsas, en las combinaciones del ahorro, en los cálculos de la cooperación, en los esfuerzos de colectivismo, en las esperanzas del socialismo, en los tranquilos pasos del productivismo, en las guerras de tarifas, en la amplia libertad del comercio, en la calculada guerra a los productos exteriores hecha por el proteccionismo nacional, en todos los fenómenos de su distribución, cambio y consumo; lo que se ve cada día en mayor o menor escenario y en estado de mayor o menor excitación, es la función del trabajo social, función primaria de la sociedad, equivalente en su vida colectiva a la función de la nutrición en la vida individual. (*O.c.* t. XVII, pp. 29-30.)

Como puede verse, el trabajo humano es la raíz nutricia de la sociedad. Es claro, sin embargo, que Hostos no deriva de esa proposición tan acertada las consecuencias lógicas que se derivan de ella. John Locke y David Ricardo habían planteado, mucho antes que Hostos, la famosa teoría del valor-trabajo, es decir, la teoría según la cual el trabajo humano es lo que le confiere el valor a las mercancías. Marx, profundizando aún más en el concepto, llega a la conclusión de que bajo el capitalismo el trabajo humano mismo es una mercancía como cualquiera otra, pero con una cualidad muy particular: que produce un valor, es decir, valoriza el capital por encima del valor de cambio que el trabajo humano tiene en el mercado. Se trata, ni más ni menos, que de la teoría del plusvalor, eje central de la teoría marxista de la explotación. Hostos, desde luego, no llega ni siquiera a rozar con este concepto. No obstante, de su caracterización sobre la índole axial del trabajo humano se pueden derivar múltiples consecuencias que no podemos saber si el sociólogo antillano compartiría.

De lo dicho hasta aquí podemos tener una mejor idea sobre la sociología esbozada por Hostos. Dejemos que lo defina el propio autor:

> La sociología es la ciencia de la sociedad, o en otros términos, es la ciencia que tiene por objeto el estudio de las leyes de la sociedad, con el fin de facilitar el conocimiento de las bases naturales de la organización social, en primer término, y en segundo término, con el fin de obtener así la mayor felicidad social que sea posible. (*O.c.* t. XVII, p. 202.)

Para Hostos, como para Comte, como para Marx, la sociología es la ciencia maestra, aquella que estudia los fenómenos sociales desde los más diversos y complejos hasta los más simples y sencillos. Es partiendo de esa base que se ha desarrollado un campo de saber sociológico conocido como la sociología del conocimiento, el cual busca comprender la forma como se ha producido el pensamiento —incluyendo el científico— en el proceso histórico-social mismo. Hostos no va tan lejos, pero ello queda implícito en su concepción de la sociología.

De todo lo expuesto debe quedar claramente establecido que el sociólogo antillano nacido en Mayagüez merece figurar entre los más importantes sociólogos del siglo XIX y, por ende, de la época moderna. El hecho de que sea poco conocido fuera del ámbito iberoamericano se debe, en gran medida, a la escasa difusión de su obra fuera de dicho contexto. No olvidemos, además, que su obra se produce en un continente que en ese momento histórico comienza a hacer sentir su presencia en la historia universal, pero que la propia naturaleza de sus estructuras socioeconómicas lo rezagan considerablemente tanto de la América del Norte como de Europa, sobre todo en cuanto al radio de influencia de sus primeros creadores intelectuales.

No debemos olvidar, además, que el pensador antillano es algo más que un sociólogo: es un crítico social. O, tal vez, deberíamos mejor decir que es un crítico social precisamente porque es un gran sociólogo. De ahí que Hostos hace crítica social desde una perspectiva sociológica en toda su vasta obra literaria, desde el *Diario* hasta los *Ensayos didácticos*. Hoy, cuando la especialización es la orden del día en el campo de las ciencias sociales, todo el aspecto de la crítica social hostosiana podría considerarse como rayano en el campo de lo puramente especulativo. Los que así piensan, no obstante, pasan por alto que la gran tradición sociológica desde Marx y Max Weber hasta C. Wright Mills es una en donde la observación aguda de la realidad social trasciende el marco de lo puramente descriptivo y se interna en el reino del análisis crítico de esa misma realidad.

Ahora bien, como ya resultará manifiesto, la sociología de Hostos no puede concebirse como aislada de su visión de la moral y de la educación.

Siguiendo una tradición que se remonta a los grandes precursores del pensamiento político —una de cuyas cumbres, Aristóteles, nos brindó allá por el siglo IV a.c. su famosa *Ética a Nicómaco*— el apóstol de la libertad antillana concebirá su labor sociológica y política como una inextricablemente ligada al desarrollo de una axiología, es decir, a una teoría de los valores. Huelga decir que la pedagogía es, por su propia naturaleza, un quehacer profundamente imbricado con la moral humana. Hostos no pierde nunca de vista esta realidad y, en su gran obra sobre la moral, busca precisamente dejar en claro que la educación existe para el mejoramiento progresivo de la condición humana. Por eso, de igual manera que no puede separarse la moral de la educación, tampoco puede desvincularse a la ética de la política. Si hay alguien que, mediante sus escritos y su propia vida, niegue la teoría de Maquiavelo de que la política se rige por una legalidad que le es propia, independientemente de la moral vigente, ése es Eugenio María de Hostos.

En todo caso Hostos, hechura de su tiempo, entiende que el método racionalista abre luminosas perspectivas para el desarrollo pleno del ser humano. No obstante, existe un rezago entre el progreso material y el progreso moral o espiritual. Por eso nos señala en *Moral social* (1888) lo siguiente:

> Después de emancipada la razón, y cuando un método seguro la guía en el reconocimiento de la realidad y en el conocimiento de la verdad; después de emancipada la conciencia, y cuando tiene por norma infalible la fe en su propia virtud y potestad; después de emancipado el derecho, y cuando tiene en sus nuevas construcciones sociales la prueba experimental de su eficacia; después de la emancipación del trabajo, y cuando basta su reciente libertad para fabricar un nuevo mundo industrial que todos los días se renueva, surgiendo todos los días de la fecunda, la prolífica aplicación de las ciencias positivas, y cuando a la ciega fe en los poderes sobrenaturales ha sucedido la fe reflexiva y previsora en la potencia indefinida de los esfuerzos industriales, multiplicados por los esfuerzos de la mente; en suma, después de la conquista de todas las fuerzas patentes de la naturaleza, y cuando nos creemos, y efectivamente estamos, en el primer florecimiento de la civilización más completa que ha alcanzado en la Tierra el ser que dispone del destino de la Tierra, la divergencia entre el llamado progreso material y el progreso moral es tan manifiesta, que tiene motivos la razón para dudar de la realidad de la civilización contemporánea. (*O.c.* t. XVI, pp. 94-95.)

Pero esta condición es transitoria toda vez que el proceso civilizatorio avanza hacia lo que Hostos llama, mediante un neologismo, *concisfacción*, algo que es más que racionalización puesto que "todo proceder de la razón de menos a más, es proceder de menos conciencia a más conciencia, y en vez de hacerse más consciente a medida que se hace más racional, el hombre de nuestra civilización se hace más malo cuanto más conoce el mal, o se hace más indiferente al bien cuanto mejor sabe que el destino final de los seres de razón consciente es practicar el bien para armonizar los medios con los fines de la vida".

No obstante, el sociólogo está consciente de lo precario que resulta ese proceso, ya que "debajo de cada epidermis social late la barbarie". Una de las manifestaciones de esa barbarie es, precisamente, el colonialismo, es decir, la subyugación e incluso el exterminio de pueblos enteros en aras de una presunta civilización superior. Así, el sociólogo nos advierte:

Hombres a medias, pueblos a medias, civilizados por un lado, salvajes por el otro, los hombres y los pueblos de este florecimiento constituimos sociedades tan brillantes por fuera, como las sociedades prepotentes de la historia antigua, y tan tenebrosas por dentro como ellas. Debajo de cada epidermis social late una barbarie. Así, por ese contraste entre el progreso material y el desarrollo moral, es como han podido renovarse en Europa y en América las vergüenzas de las guerras de conquista, la desvergüenza de la primacía de la fuerza sobre el derecho, el bochorno de la idolatría del crimen coronado y omnipotente durante veinte años mortales en el corazón de Europa, y la impudicia del endiosamiento de la fuerza bruta en el cerebro del continente pensador.

Así, por esa inmoralidad de nuestra civilización, es como ha podido ella consentir en la renovación de las persecuciones infames y cobardes de la Edad Media europea, dando Rusia, Alemania, los Estados Unidos, los mismos Estados Unidos (¡qué dolor para la razón, qué mortificación para la conciencia!) el escándalo aterrador de perseguir las unas a los judíos, de perseguir los otros a los chinos. Así, y por esa inmoralidad constitucional del progreso contemporáneo, es como se ha perdido aquel varonil entusiasmo por el derecho que a fines del siglo XVIII y en los primeros días del XIX, hizo de las colonias inglesas que se emancipaban en América, el centro de atracción del mundo entero; de Francia redimida de su feudalismo, el redentor de los pueblos europeos; de España reconquistada por sí misma, la admiración y el ejemplo de los mismos pisoteados por el conquistador; de las colonias libertadas por el derecho contra España, inesperados factores de civilización; de Grecia muerta, un pueblo vivo. Ese entusiasmo por el derecho ha cesado por completo, y Polonia, Irlanda, Puerto Rico, viven gimiendo bajo un régimen de fuerza o de privilegio, sin que sus protestas inermes o armadas exciten a los pueblos que gimieron con ellos. (*O.c.*, t. XVI, pp. 98-99)

El camino de la civilización, con todo lo accidentado que puede ser, es, sin embargo, un camino que podremos recorrer a medida que el ser humano, adquiriendo mayor conciencia de sus deberes como tal, se vaya humanizando progresivamente, es decir, haciéndose cada vez más ser humano. El humano es, al propio tiempo, un ser que se rige por las leyes de la naturaleza y por las leyes que le dicta su deber como ente que puede distinguir entre el bien y el mal. El propósito fundamental de la moral social no puede ser otro sino el bien social. Así nos lo señala explícitamente Hostos:

Ciencia como es, la moral no se funda más que en realidades naturales, y no se nos impone, ni gobierna la conciencia, sino en cuanto sus preceptos se fundan en relaciones naturales. Estamos ligados por nuestro organismo corporal con la naturaleza de que es parte, y de ese vínculo natural entre todo y parte se derivan las relaciones de la moral natural. Nos relaciona de un modo más inmaterial con nuestros organismos intelectivo, volitivo y afectivo la que llamamos naturaleza moral o humana, y en todas las relaciones de ese orden se funda la moral individual. Pues de una serie de relaciones con la naturaleza social nace la rama de la moral que tiene por objeto patentizar y hacer amables los deberes que hacen efectivo el bien social (*O. c.*, t. XVI, pp. 114-115.)

Ahora, bien, Hostos no nos define claramente en qué consiste ese "bien social". Sí nos habla de que "el hombre, en cuanto ser social, es un compuesto de esos cinco elementos infalibles: la necesidad, la gratitud, la utilidad, el derecho, el deber". Al leerlo detenidamente nos percatamos de que el moralista le da lugar preminente en su jerarquía al deber. El deber, nos dice, "es el freno de la conciencia. Sin él, la conciencia se desboca". Por eso añade más adelante en su obra:

Sólo efectivamente por la acción del deber sobre la íntima esencia de la naturaleza humana en cada ser, es como se consigue de ella la manifestación de toda su fuerza, de toda su dignidad, de toda su superioridad, de toda su alteza. Ningún hombre más fuerte que el hombre que cumple con su deber: ningún hombre más grande que el hombre que se vence a sí mismo por cumplir con su deber: ningún hombre sublime, sino el hombre que ha doblegado tan eficazmente sus inclinaciones desordenadas, que jamás falta a sus deberes. Testimonio viviente de la virtud de la ley a que obedece, con su propia vida muestra que, si a un cumplimiento excelso del deber corresponde un excelso desarrollo de conciencia, es porque el régimen de ella está fundado en la satisfacción de su naturaleza. Conciencia es conocimiento íntimo del ser por el ser mismo[...] La virtud, lo que consagran con ese nombre los idiomas, aquella exaltación de la personalidad o la impersonalidad que lleva hasta el heroísmo o el martirio, no es un bien sino en el caso de ser un deber, ni es un deber sino cuando es un bien. En otros términos: la conciencia no obedece a la virtud, ni la virtud es una condición de la conciencia, sino en los casos en que la virtud sea tal forma del deber, que sea deber. (*O. c.* t. XVI, pp. 137-138)

Cuando leemos este pasaje no podemos menos que pensar en que el arquetipo del pensamiento hostosiano no es otro sino el propio Eugenio María de Hostos. Estudiar su vida y su obra nos brinda una ilustración viviente de lo que significa en un hombre la devoción por el deber. Hostos el hombre, el pensador y el revolucionario forman una magnífica unidad de propósito cuya fuerza animadora es, precisamente, el deber de luchar contra la opresión y a favor de la libertad.

El propósito del capítulo que precede esta presentación de la obra sociológica de Eugenio María de Hostos no puede, desde luego, abarcar toda la polifacética actividad intelectual y política del Maestro antillano. Así, por ejemplo, no hemos hecho referencia aquí a una de las más importantes facetas de la vida del sociólogo: me refiero a su dimensión como patriota y como revolucionario antillano y latinoamericano. La devoción hostosiana por la causa de la Cuba revolucionaria; su compromiso con las fuerzas democráticas y progresistas en Santo Domingo; su inquebrantable devoción por la causa de la independencia de Puerto Rico así lo demuestran. Su espíritu iberoamericano e internacionalista lo ubican junto a las grandes figuras que han luchado por la liberación de nuestro continente. Por eso no podemos separar, en esa vida cristalina y ejemplar, al sociólogo, al maestro y al revolucionario. Hostos, hombre de una sola pieza, es todas esas cosas a la vez.

Sorprende, por ello, la feliz vigencia que tienen muchas de sus observaciones para el Puerto Rico de hoy. Más aún, cuanto hay de significativo en su obra para el porvenir de las Antillas en estos momentos aciagos que vive el Caribe como frontera imperial de los Estados Unidos.

De Hostos puede decirse lo que él mismo dijera acerca de Luperón, que "no tuvo más incentivo que la resuelta resolución de no consentir amos en su tierra". Precisamente por "no consentir amos en su tierra" es que Hostos se opondría tenazmente a la anexión de Puerto Rico a los Estados Unidos producto de la Guerra Hispano-cubano-norteamericana de 1898. De igual forma se había opuesto a la anexión de Santo Domingo o de cualquiera de las Antillas por el pujante expansionismo estadounidense. Por eso escribía en su *Diario* correspondiente al miércoles 12 de enero de 1870 lo siguiente:

> Las Antillas tienen condiciones para la vida independiente y quiero absolutamente sustraerlas a la acción [norte]americana. Los otros creen que sólo se trata de libertarlas y libertarlos de la opresión de España y conculcan la lógica, la dignidad y la justicia con tal de conseguir tal fin. Yo creo que la anexión sería la absorción, y que la absorción es un hecho real, material, patente, tangible, numerable, que no sólo consiste en el sucesivo abandono de las islas por la raza nativa, sino en el inmediato triunfo económico de la raza anexionista, y por lo tanto, en el empobrecimiento de la raza anexionada.

Y es que Hostos, como Martí, visualiza con meridiana claridad la verdadera naturaleza del expansionismo estadounidense y sus implicaciones para el porvenir de las Antillas. Ello puede captarse fehacientemente en la carta que le escribe al director de *La Correspondencia de Puerto Rico* en octubre de 1900:

> Yo no creo digna de admiración a la fuerza bruta, ya la vea en la historia cada día, ya me la presenten adornada, adulada y admirada en la historia escrita, pero creo digno de la mayor atención o del mayor cuidado el hecho manifiesto de que los norteamericanos enviados a Puerto Rico y los norteamericanos del Gobierno que los envía, están procediendo en Puerto Rico como fuerza bruta. ¿En qué dirección va encaminada esa fuerza bruta? En dirección al exterminio. Eso no es ni puede ser un propósito confeso; pero es una convicción inconfesa de los bárbaros que intentan desde el Ejecutivo de la Federación popularizar la conquista y el imperialismo que para absorber a Puerto Rico es necesario exterminarlo; y naturalmente ven como hecho que concurre a su designio que el hambre y la envidia exterminan a los puertorriqueños y dejan impasibles que el hecho se consuma. (*O.c.*, t. V, p. 301.)

El amor de Hostos por los pueblos antillanos e iberoamericanos puede palparse en su entrañable afecto por Santo Domingo, país al cual dedica muchos años fructíferos de su fructuosa vida. Ante la indiferencia con que acogen sus proyectos los líderes puertorriqueños que recién consumada la invasión de nuestro territorio nacional, ya se apresuraban a servir al nuevo colonizador, el revolucionario antillano decide echar su suerte con el pueblo dominicano. Así, escribiría con un dejo de amargura las siguientes palabras:

La patria se me escapa de las manos. Siendo vanos mis esfuerzos de un año entero por detenerla, el mejor modo de seguir amándola y sirviéndola es seguir trabajando por el ideal que, independiente Cuba y restaurada Quisqueya en su libertad y en su dignidad republicana, ni siquiera es ya un ideal; tan en la realidad de la historia está la Confederación de las Antillas. Hacia ella, por distinto camino, ya que así lo quiere la mayor parte de sus hijos, caminará Borinquen, aunque su generación actual no comprenda que ése es el porvenir positivo de las Antillas, y que a él asentiría desde ahora el nobilísimo pueblo americano, si se le probara, como yo quería le probáramos que el lógico propósito de nuestra vida es, como debe ser, constituir una confederación de pueblos insulares que ayuden a los pueblos continentales de nuestro hemisferio occidental a completar, extender y sanear la civilización; a completarla, dando a la rama latina de América la fuerza jurídica que tiene la rama anglosajona; a extenderla, llevándola a Oriente, a sanearla, infundiéndole el aliento infantil de pueblos nuevos.

A ese propósito sagrado contribuirá en las Antillas cualquier antillano que empiece por amarlas a todas como su patria propia; por amar su patria en todas ellas juntas, y cumplir en todas y en cada una, con la misma devoción filial y el mismo desinterés de toda gloria y todo bien, el deber de tener tan clara razón y tan sólida conciencia como de todos la exigen el presente sombrío y el porvenir nublado de la familia latina en todo el Continente. (*O.c.*, t. IV, pp. 229-230.)

Consideramos innecesario, en el contexto presente, exaltar la figura de Hostos más allá de su exacta dimensión histórica. Baste, para cerrar estas líneas, que lo definamos a él como él mismo definiera a Garibaldi:

Pudo ser poderoso y no quiso; pudo poner precio a sus servicios y no lo puso; pudo gozar de todos los bienes materiales que se piden a la fama o que se obtienen de ella, y los desdeñó. Carencia tan completa de ambición, unida a tal aptitud para fabricar poderes, sólo en los tiempos heroicos se nos presentan como ideal inaccesible: desinterés tan absoluto acompañando a tal capacidad de mover y conmover los intereses más estimulantes, pocos son capaces de apreciarlo en este siglo codicioso: abnegación tan fácil de los bienes y placeres y delicias con que adulan los hombres las debilidades de los héroes, sólo con su fácil heroísmo se concibe. (*O.c.*, t. XIV, p. 34.)

III. HOSTOS, REVOLUCIONARIO ANTILLANO

Cuando hablamos de "El Antillano" nuestra imaginación, invariablemente, se fija en Betances, puesto que fue el Padre de la Patria puertorriqueña quien utilizó como seudónimo el término que para él representaba algo más que un mero calificativo, implicando, como implicaba, no sólo una teoría acerca de nuestras Antillas, sino un compromiso práctico para la liberación de éstas. No obstante, la idea antillana no fue en modo alguno patrimonio exclusivo del gran caborrojeño, sino que sirvió como norte inspirador para otros grandes espíritus antillanos como Gregorio Luperón en Santo Domingo, José Martí en Cuba, así como para el más grande entre los pensadores puertorriqueños del siglo XIX: Eugenio María de Hostos. Por ese motivo he utilizado el sustantivo como adjetivo de uno de los grandes patriotas puertorriqueños de todos los tiempos, ya que me parece un acto elemental de justicia el dejar consignado que en el abrazo de aquel peregrino de la libertad de América, éste unía en su efusión amorosa, a aquellas tres Antillas las cuales, como diría Martí, juntas habrían de salvarse o juntas habrían de perecer, en el recuento de los pueblos libres del mundo.

La preocupación antillanista de Hostos se hace patente desde la aparición de su primer libro, publicado en 1836: *La peregrinación de Bayoán*. En el prólogo que escribe años más tarde desde Chile, cuando publica la segunda edición de éste, Hostos nos patentiza el profundo sentido simbólico que esta obra juvenil encerraba desde el punto de vista de la ingente labor de liberar a las patrias irredentas de la férula colonial española. Así, nos dirá, refiriéndose a su novela: "Quería que Bayoán, personificación de la duda activa, se presentara como juez de España colonial en las Antillas, y la condenara; que se presentara como intérprete de los deseos de las Antillas en España, y lo expresara con la claridad más transparente: las Antillas estarán con España si hay derechos para ellas; contra España, si continúa la época de dominación." Esta obra, que podemos considerar como autobiográfica, representa ya el clamor de aquel joven de veinticuatro años en pro de la libertad de Cuba y Puerto Rico. Pero el autor muestra aún algunas esperanzas en la posibilidad de lograr alguna fórmula conciliadora con España que evite lo que más tarde verá como inevitable: la revolución emancipadora. Los propios desengaños en suelo español terminarían por convencerlo de la inutilidad de toda gestión conciliadora. Su centelleante discurso en el Ateneo de Madrid en 1868, la seca respuesta de Castelar: "Soy español primero que republicano" y la arrogante actitud del general Francisco Serrano al ser interpelado por Hostos en su defensa del porvenir antillano, sellan definitivamente el porvenir del gran patriota./

(Es en extremo interesante la reacción de Betances ante *La peregrinación de*

45

Bayoán, tal y como nos la relata Hostos al referirse a su libro como "un grito sofocado de independencia por donde empecé yo mi vida pública". Cuenta Hostos que Betances le dijo en respuesta a su libro: "Cuando se quiere una tortilla, hay que romper los huevos: tortilla sin huevos rotos o revolución sin revoltura no se ven." Hostos reconocerá que Betances estaba en lo cierto cuando, en su opúsculo *Recuerdos de Betances*, luego de la muerte de éste, escribe sobre cómo persistió por unos años: "en la ilusión de hacer tortilla sin romper huevos, porque escrito ha sido a costa de un millón de seres inhumanos a quienes no se les ha ocurrido verter sangre por su patria, que la independencia con sangre entra, y que Borinquen no había de ser independiente por voluntad ni sacrificios de unos cuantos, sino por voluntad y sacrificio de todos, por sangre y lágrimas de todos". A partir del momento en que Hostos se convence de que —para usar las palabras de Betances— "España no puede dar lo que no tiene", comienza en su peregrinación por tierras de América con el dolor de sus Antillas a cuestas y con el convencimiento de que sólo la revolución podía salvar a nuestras sociedades de la ignominia del coloniaje.)

El amor de Hostos por estas tierras americanas es algo más que amor por el terruño que le vio nacer. Es, más bien, lo que hoy llamaríamos un sentir existencial por todo cuanto une a las tres Antillas: la geografía, la fauna y la flora, sus mujeres, sus razas acrisoladas, su tierra feraz, su mar eternamente azul. Por eso Marién* se siente desfallecer ante las nebulosas europeas y parece renacer nuevamente cuando ve y siente salir el sol vibrante de nuestras tierras. Como el legendario Anteo, el peregrino de la libertad antillana anhela, necesita pisar nuevamente nuestro suelo para revivir sus fuerzas exangües, y por eso se extasía en el valle del Cibao, describe amorosamente la emoción del oriente cubano, anhela pisar nuevamente el suelo de aquella Madre Isla que aún hoy espera sus restos.

Hombre de profundo sentido patriótico cree, al igual que Martí, que no hay mar entre Cuba, Santo Domingo y Puerto Rico. Luchar por la liberación de cualquiera de las islas —como luchar por la liberación de la patria grande que es la América Latina— es, no sólo un derecho que le asiste a todo hombre nacido en estas tierras que se extienden desde el Río Bravo hasta la Patagonia, sino un deber insoslayable e impostergable. El porvenir de los pueblos latinoamericanos está íntima e inextricablemente ligado al porvenir de las Antillas. Así lo comprendió el Libertador, Bolívar, así lo comprendieron también aquellos hombres preclaros que, como Hostos, vincularon nuestra suerte como nacionalidad a la más amplia nación que nos servía como tronco cultural y espiritual. En carta al redactor de *El Argentino*, José Manuel Estrada, fechada el 9 de diciembre de 1873 Hostos manifiesta su profunda indignación por el fusilamiento de los expedicionarios del vapor *Virginius* y recaba la solidaridad de todos los pueblos latinoamericanos para con "la Cuba armada y el Puerto Rico inerme", añadiendo que su exilio doloroso es un intento de llamar la atención de la

* Uno de los personajes principales de *La peregrinación de Bayoán*. [N. del E.]

América Latina hacia los desmanes y atropellos cometidos por el Imperio español contra nuestras dos Antillas. He aquí sus palabras desde el exilio:

> Durante esos tres años [de exilio en el sur del Continente] a toda hora, en todos los momentos, asociándome con presurosa conciencia a cuanto intento he secundado rechazando con indignada conciencia cuanto mal para América me ha salido al paso: durante esos tres años, consagrados con mi voz, con mi pluma y con el ejemplo de una vida desinteresada a la confraternidad de todos estos pueblos, a la defensa de todos los desheredados, fueran "rotos" y "huasos" y araucanos en Chile, fueran chinos o quechuas en Perú, sean gauchos o indios en la Argentina; durante esos tres años dedicados a pedir práctica leal de los principios democráticos, formación de un pueblo americano para la democracia, educación de la mujer americana para precipitar el porvenir de América, nunca, en un solo momento, en la vida activa y en la vida sedentaria, hablando para uno o para todos, ante el público o ante un alma ignorante y generosa, nunca he dejado de invocar a América para que me secundara en la santa obra que no debe un solo hombre realizar. No debe, porque el porvenir de América no es competencia de un solo americano, sino de todos los americanos, y todos ellos tienen el derecho de poner su óbolo en la obra de redimir a las Antillas. Redención de las Antillas y porvenir de América Latina son hechos idénticos. El tiempo, mejor argumentador que ningún hombre, argumentará por mí. (*O.c.*, t. IV, p. 44.)

Mediante este llamamiento, Hostos quiere despertar la conciencia aletargada de nuestra América para que ésta se alce en una gestión común capaz de poner fin en forma definitiva a los últimos vestigios del colonialismo español en las Antillas. Asimismo, el prócer mayagüezano se opone tenazmente a cualquier intento de anexionar las Antillas a los Estados Unidos o de que se perpetre el desafuero de un Santo Domingo recolonizado por España. Su oposición tenaz a la artería entreguista de Santana y Báez en Santo Domingo y su apoyo y simpatía por el gran patriota dominicano, el general Gregorio Luperón, son pruebas fehacientes que corroboran este último aserto. De ahí que, cuando habla de "situarme en mi teatro, en esa América a cuyo porvenir he dedicado el mío", Hostos no concibe cómo pueda labrarse el porvenir de ésta sin que se hayan incorporado Cuba y Puerto Rico "en el recuento de los pueblos libres" del Continente.

Para Hostos, las Antillas constituyen una entidad cultural con personalidad propia, o para ser más preciso, una nacionalidad. Su ubicación geográfica, su composición étnica, sus comunes experiencias históricas, así lo han determinado. En lo que hoy podríamos llamar una sociología del *homo caribiensis*, Hostos procede a señalar los rasgos culturales que nos hacen una comunidad, reservándonos de paso un papel de capital importancia en el devenir histórico de las dos Américas. La cuestión queda precisada en las siguientes palabras extraídas del *Diario*:

> En las Antillas, la nacionalidad es un principio de organización en la naturaleza; porque completa una fuerza espontánea de la civilización; porque sólo en un pacto de razón puede fundarse, y porque coadyuva a uno de los fines positivos de las sociedades antillanas y al fin histórico de la raza latinoamericana…

De ahí que el principio de organización natural a que convendrá la nacionalidad en las Antillas,

> es el principio de unidad en la variedad. La fuerza espontánea de civilización que completará, es la paz. El pacto de razón en que exclusivamente puede fundarse, es la confederación. El fin positivo a que coadyuvará, es el progreso comercial de las tres islas. El fin histórico de raza que contribuirá a realizar, es la unión moral e intelectual de la raza latina en el Nuevo Continente. (*O.c.,* t. I, p. 253.)

"¿Qué son las Antillas?", se pregunta también en la obra ya citada. Y contesta:

> El lazo, el medio de unión entre la fusión de tipos y de ideas europeas de Norteamérica y la fusión de razas y caracteres dispares que penosamente realiza Colombia [la América Latina]: medio geográfico natural entre una y otra fusión trascendental de razas, las Antillas son políticamente el fiel de la balanza. El verdadero lazo federal de la gigantesca federación del porvenir; social, humanamente, el crisol definitivo de las razas.

Como hombre de avanzada de su tiempo, el gran pensador puertorriqueño entiende, correctamente, que la fusión de las razas no implica ni remotamente la degeneración de alguna de éstas. Por el contrario, habla con gran admiración de los grandes patriotas negros que sirvieron heroicamente a la causa de la emancipación de las Antillas: Plácido, el martirizado poeta; Luperón y Maceo, los grandes guerreros. Las Antillas son en ese sentido "crisol de razas", porque en éstas puede darse una verdadera democracia racial que sirva como modelo para otras sociedades corroídas por el germen del racismo. Más aún, el corazón de Hostos va hacia el cholo y el huaso, hacia todos los "condenados de la tierra" de su época, y su alegato en pro de la liberación de los pueblos y de los hombres es hecho desde una perspectiva ecuménica, internacionalista. El papel de las Antillas es, pues, uno de carácter positivo, ya que les toca el carácter de fuerza equilibradora en el hemisferio. Pero las Antillas no podrán ejercer esta fuerza equilibradora mientras se hallen dominadas por España o en inminente peligro de ser anexionadas por los Estados Unidos. De ahí que la independencia sea un imperativo categórico sin cuya obtención continuaremos sumidos en ese círculo vicioso del colonialismo que procrea y genera la abyección y el servilismo como su secuela inevitable de vicios.

Es muy significativo el hecho de que Hostos, así como Betances y Martí, hayan tenido la visión profunda de las nefastas consecuencias que el colonialismo acarrea para los pueblos que lo sufren. Mucho antes que ese profeta portavoz de los anhelos de los pueblos colonizados que se llama Frantz Fanon, hombres como Hostos y Martí habían hecho también a su manera el "retrato del colonizado", que nos describe Albert Memmi.

El efecto corruptor, degradante, inmoral del colonialismo es un fenómeno social que afecta aun a las personas de extraordinario talento y pureza personal. Éste es el vicio principal que sume a nuestros pueblos en el abatimiento, en la docilidad, en eso que nuestro ensayista Antonio S. Pedreira llamaría, años más tarde, nuestro "aplatanamiento".

Las sociedades coloniales, nos dice Hostos, por ser hijas del despotismo, nacen muertas. Son cadáveres antes de nacer porque se han desenvuelto en un ambiente que apoca y disminuye al colono frente al colonizador. "Los pueblos educados en el espectáculo de la esclavitud —nos dice— están obligados a sufrir una lenta reconstitución de sus órganos morales. Sólo la independencia puede proporcionarla." Vale decir que sólo la independencia puede proporcionar a nuestros pueblos la fuerza moral regeneradora necesaria para aniquilar los vicios del régimen colonial, vicios que Hostos resume de la siguiente manera: "Ese régimen es una imposición de los antecedentes sociales que estableció el coloniaje. Entre ellos, los tres que hacen al caso: el primero, la costumbre hecha derecho y hecha ejemplo, de una autoridad personal, indiscutida e indiscutible; el segundo, la desigualdad en el goce del poder; el tercero, la falta o carestía de hombres aptos para el manejo de una cosa pública a la cual nadie tenía acceso, fuera del número diminuto de privilegiados."

Si éste es el legado del coloniaje, y si no hay alternativas para su erradicación sino la independencia de todas las Antillas, ello es debido a que los vicios y los hábitos del despotismo calan hondo en la conciencia colectiva de los pueblos. La liquidación del colonialismo es, pues, la clarinada para el nacimiento de una nueva sociedad que habrá de surgir, como el ave fénix, de entre las cenizas de la moribunda. Como todo hombre imbuido de un profundo sentido libertario, Hostos confiere un papel regenerador a la independencia y a la libertad. "Libertad —nos dice— es sanar: sanar es devolver a un organismo el uso regular, normal, natural de cada uno de los órganos que conjuntamente fabrican la salud." Que la independencia es posible lo demuestran las antiguas colonias españolas, que, habiendo superado el peso muerto del coloniaje, "habiendo salido del claustro materno tan muertas, estén tan vivas y sin enamorarse apasionadamente de sociedades tan estúpidamente menospreciadas por los superficiales, y tan merecidamente admiradas por los reflexivos[...] Por eso mismo —añade Hostos— esos antecedentes gustarían para alentar a los que no han querido sacrificar el presente al porvenir; pero hay en los mismos elementos compositivos de la vida antillana, lo que sobra para una reconstrucción sólida de los órganos, para una reconstrucción sana de la vida, y para un restablecimiento efectivo, o (diciendo la verdad con la exactitud de la verdad) por el establecimiento efectivo en un Estado de derecho y de cultura."

Es decir, que están presentes las condiciones para la emancipación de las Antillas una vez que Cuba y Puerto Rico se hallen liberadas. Dicha liberación es una condición indispensable para la creación de la Federación Antillana, que fue sueño hostosiano y martiano, y que más tarde serviría también de inspiración a José de Diego y Pedro Albizu Campos.

Hemos visto cómo Hostos concibió durante algún tiempo la posibilidad de que la liberación de las Antillas pudiese alcanzarse en paz y amistad con la metrópoli española. También notamos, anteriormente, los rudos despertares que hubo de sufrir ante su sueño. Una vez convencido de la imposibilidad e inutilidad de lograr un entendimiento con España respecto a la libertad de las Antillas, llega por fuerza a la misma conclusión a que llegaron Betances y Ruiz Belvis: no hay otro camino hacia la independencia que no sea la revolución. Revolución que no puede ser sino antillana, puesto que deberá contar con el concurso y colaboración activa de cubanos, puertorriqueños, dominicanos y haitianos. En un elocuente pasaje de su *Diario*, Hostos nos justifica de esta manera la necesidad de llevar a cabo una revolución en las Antillas:

> En las Antillas se viola la justicia: violación contumaz en la subsistencia de la esclavitud; violación irritante en la gestión económica; violación feroz en la represión horrenda que se hace en Cuba, que se prepara en Puerto Rico; violación insensata en esta isla aplazando indefinidamente la satisfacción de sus tímidos deseos, mintiendo intenciones que nunca se realizan, disfrazando en apariencias de derecho la burla que se hace a su necesidad de justicia y libertad. ¿Se argumenta con la pasividad del país y lo poco dispuesto que estaría en seguirme? Respondo que éste es un vicio necesario, de que son irresponsables, hasta hoy, todos los pueblos, porque para agradecer es necesario conocer el servicio recibido, y la vida y sentimiento que hacen las sociedades conocidas, que hacen más las sociedades nacientes, obedecen harto poco a la razón para que sea ella la que las guíe en los juicios que forman de los hombres y de los hechos. Hay injusticia en culpar a los pueblos por su pasividad y por su ingratitud, manifestaciones ambas de la necesidad de las revoluciones[...] las revoluciones son tanto más necesarias cuanto mayor sea la pasividad de los pueblos antes de la revolución, y mayor la ingratitud que, después de ella, se prevea. (*O.c.*, t. I, pp. 120-121).

En suma, que para sacar a los pueblos del marasmo colonial, no hay otro remedio, no existe otra cura que no sea la revolución. En el caso patético de los pueblos coloniales la revolución es una necesidad. No surge por lo tanto del capricho de unos pocos hombres que anhelan ensangrentar la tierra amada, sino que es un deber impuesto por las circunstancias mismas. Meditando sobre la muerte del general Antonio Maceo, el Titán de Bronce, Hostos nos expresará claramente su sentir sobre la revolución muchos años más tarde de haber escrito el pasaje recién citado. En sus *Temas cubanos* escribe:

> Todo un siglo, o casi todo un siglo, consagrado por un pueblo a soñar y realizar una revolución, es un dato bastante en demostración de su necesidad. A la revolución, aunque efectivamente no fuera, como es, un hecho necesario, una crisis fatal en el desarrollo de las colonias; a la revolución no va por gusto ningún pueblo. Van, primero, los más altos de pensamiento y los más prontos de corazón; después, los peor hallados en su suerte; en seguida, los afines en ideas, sentimientos e intereses; por último, la masa. Cuando la masa se pone en movimiento, la revolución es un hecho incontrastable...
> La revolución habría seguido hasta el fin, y habría triunfado, si la masa hubiera tenido tiempo para entrar en ella, pero el desamparo, el cansancio, el soborno y la traición, precipitaron la revolución en aquel pacto lastimoso que dejó en suspenso la guerra de Independencia, y que mostró a la luz de la evidencia que aún no tenía Cuba la fuerza orgánica que desprende de su núcleo de for-

mación a los organismos sociales ya constituidos por su fuerza interna. Hoy, cuando concurren en la revolución todas las condiciones de la ley histórica que la produce, es imposible que la Independencia caiga en la fosa de Maceo. (*O.c.*, t. IX, pp. 473-475.)

He ahí la claridad hostosiana: denuncia del Pacto del Zanjón, exaltación del pueblo como fuerza motriz de toda revolución, fe en que la muerte de Maceo no marca el fin de la revolución cubana. La convicción de que nada puede hacerse sin el pueblo, sin las masas. He ahí el meollo del asunto.

Cuando miramos hacia atrás logramos comprender la corrección del juicio de Hostos. No retrocede ante las consecuencias inevitables de toda revolución y se resigna —aun siendo un hombre de paz— a que Maceo tenía razón cuando afirmaba que la libertad se conquista con el filo del machete.

"Son perjuros de la revolución cuantos no quieren sus fines lógicos", nos dirá en su *Diario*. Y, ¿cuáles son esos "fines lógicos" de todo revolucionario? O, mejor dicho, ¿quiénes no alcanzan esa categoría al no cumplir con sus imperativos? Comentando la efemérides del 10 de octubre de 1868 (Grito de Yara), nos dice el Maestro mayagüezano:

No el patriotismo charlatán, no la literatura engalanada, no la oratoria de los días de fiestas; el patriotismo mudo, la literatura de la conciencia imperativa, la historia de los días de luto, es lo que debe inspirar a los revolucionarios.

No son revolucionarios los que, teniendo un deber que cumplir, un propósito que realizar, una alta aspiración que satisfacer, ven pasar horas y días y semanas y meses y años, años enteros para la patria mártir, sin idear otra cosa que la muerte de la idea en el cansancio, sin hacer otra cosa que sobornar la conciencia para ahogarla.

No son revolucionarios aquellos, cuya tibieza, cuya lentitud, cuya infecundidad de medios y recursos, los declara inferiores al deber.

No son revolucionarios aquellos que no saben llevar a cabo sus propósitos.

No somos revolucionarios los que de la misma grandeza de nuestras aspiraciones no sabemos sacar otro fruto que la estúpida virtud de la paciencia.

No somos revolucionarios los que, a pesar de las congojas diarias, tenemos paciencia para ver, con los brazos cruzados, en tanto que chorrea sangre el corazón, pasando inútilmente los días en que el más leve de los sacrificios aceptados con resignación imbécil, bastaría para hacer poderosa la impotente inercia en que nos desesperamos y nos debilitamos.

En efecto, la definición de Hostos, centrada en la característica de quienes "no son revolucionarios", cuadra perfectamente a todos cuantos, ante el atropello padecido por Cuba y sufrido por Puerto Rico, se conformaban con solicitar meras reformas de régimen colonial sin pretender erradicar de raíz los males que éste necesariamente apareja. Los reformistas, los autonomistas, los liberales de aquel entonces eran los que —tanto en Cuba como en Borinquen— consentían, mediante su política contemporizadora, a la continuidad del régimen degradante que padecíamos. Es esta indignación, esta ira santa frente a la insensibilidad y cobardía de los políticos oportunistas de la Colonia, lo que pone a Hostos, a Betances y a Martí en una categoría aparte en el espacio político antillano.

En su momento, Hostos no puede permanecer neutral en la contienda que se libra en Cuba. Porque Cuba representa, en aquel instante, la vanguardia de la lucha revolucionaria antillana. Allí, junto al Titán de Bronce, se halla el bravo general puertorriqueño Juan Rius Rivera, de igual forma que lo había hecho, en su día, el general Antonio Valero de Bernabé al lado del Libertador Bolívar. Hostos cifra sus esperanzas en que la liberación de Cuba será la clarinada definitiva para la derrota final del imperio español en América. El destino de Cuba y el de Puerto Rico estaban inextricablemente entrelazados. Y también el de Santo Domingo. Por eso recaba —como Betances— la cooperación y el activo concurso de los patriotas dominicanos, pero sobre todo de ese gran soldado de la libertad de Quisqueya que fue el general Gregorio Luperón.

En su viaje por el sur del continente americano, Hostos se convierte en el más celoso, en el más ferviente propagandista de la causa cubana. Su indignación no tiene límites cuando se entera del asesinato de los expedicionarios del vapor *Virginius* en 1873. Exalta las figuras heroicas del poeta Plácido y de todos los fusilados con él por la libertad de Cuba y la abolición de la esclavitud. Su grito será un grito de guerra ante la política genocida del imperio español que implantaría Valeriano Weyler, iniciador de esa política de "tierra quemada" que indignó a la humanidad que presenció sus efectos en Vietnam. Su labor en pro de la Cuba insurrecta es incansable, inagotable. Estudia la historia de Cuba, sus grandes héroes y mártires. Ama a Cuba como su propia tierra porque en verdad era su tierra, tierra antillana.

Lucha, a su vez, contra la anexión de Santo Domingo e influye decisivamente sobre el pensamiento del general Gregorio Luperón en lo que a la idea de la Federación Antillana respecta. Nos dice el doctor Hugo Tolentino en su ensayo *Perfil nacionalista de Gregorio Luperón*, que éste, en Puerto Plata, junto con Hostos y a través de "la Liga de Paz, insuflaba a toda una nueva generación del espíritu patriótico y el amor a la nacionalidad. A la propia nacionalidad dominicana, desde luego, pero también a aquellas de los pueblos que, como Cuba y Puerto Rico, buscaban florecer por los caminos de la libertad". El estudioso dominicano afirma, además, que Hostos redactaba muchos de los manifiestos del insigne patriota dominicano, a quien le unía una muy estrecha amistad. Conforme con esta realidad, Hostos se mantuvo en irreductible oposición a los enemigos del patriota dominicano y a los que representaron la antítesis de su obra libertadora: Pedro Santana, Buenaventura Báez, Ulises Hereaux.

Espíritus alertas como los de Hostos, Betances, Martí y Luperón eran conscientes de que pesaba sobre las Antillas el peligro perenne de la anexión a los Estados Unidos. Martí, sibilino, había dado la voz de alerta al expresar que había quienes tenían puestas en Cuba "miras de factoría y de pontón estratégico". La cuestión no escapa al juicio perspicaz de Hostos. Le toca muy de cerca la tramoya de Buenaventura Báez al intentar éste anexar Santo Domingo a los Estados Unidos. Se sabe, además, que el sentimiento anexionista venía haciendo mella entre algunos sectores de la oligarquía criolla en Cuba y Puerto Rico. Consciente de lo que significaba para la independencia de nuestros pueblos el enorme poderío de los Estados Unidos —ya en franca actitud expansionista—, Hostos escribe al señor Francisco Sellén, el 12 de julio de 1896, las siguientes proféticas palabras: "Nacer bajo su égida [la de los Estados Unidos] es nacer bajo su dependencia: a Cuba, a las Antillas, a América, al porvenir de la civilización no conviene que Cuba y las Antillas pasen del poder más positivo que habrá pronto en el mundo. A todos y a todo conviene que el noble archipiélago, haciéndose digno de su destino, sea el fiel de la balanza: ni norte ni sudamericanos: antillanos; sea ésta nuestra divisa, y sea ése el propósito de nuestra lucha, tanto de la de hoy por la independencia, cuanto la de mañana por la libertad." Esta postura antianexionista de Hostos serviría como el eje central de su quehacer patriótico. En su *Diario* correspondiente al miércoles 12 de enero de 1870, anotaría:

Las Antillas tienen condiciones para la vida independiente, y quiero absolutamente sustraerlas a la acción [norte]americana. Los otros creen que sólo se trata de libertarlas y libertarlos de la opresión de España, y conculcan la lógica, la dignidad y la justicia con tal de conseguir su fin. Yo creo que la anexión sería la absorción, y que la absorción es un hecho real, material, patente, tangible, numerable, que no sólo consiste en el sucesivo abandono de las islas por la raza nativa, sino es el inmediato triunfo económico de la raza anexionista, y por lo tanto, en el empobrecimiento de la raza anexionada.

O, lo que no es sino lo mismo, que la anexión de las Antillas significa la asimilación cultural de éstas, su desaparición como nacionalidades iberoamericanas. Bajo tales circunstancias, el patricio mayagüezano se resiste a la idea de la anexión y clama una y otra vez por la independencia y la liberación de las Antillas. Anexar a las Antillas, dice, "sería una indignidad y una torpeza", como también afirma que son "apóstatas de la patria-suelo y de la patria-libertad cuantos venden los dolores de la independencia por la felicidad de la anexión".

No. Hostos ni por un momento flaquearía en su creencia de que la independencia y la libertad eran el único camino a seguir por las Antillas. Cuando, al retornar de Chile a Puerto Rico pasa por Nueva York, concibe la necesidad de un plebiscito para que los puertorriqueños puedan decidir entre la independencia y la anexión a los Estados Unidos. Entiende el plebiscito como una consulta necesaria para pulsar la opinión de quienes nunca fueron consultados por las potencias que participaron en su canje. A bordo del vapor *Philadelphia*, el 11 de septiembre de 1898, presiente la inutilidad de su retorno patrio cuando escribe que "vamos camino de la tierra infeliz que parece condenada a no ser nunca poseída por sus hijos". Su magna creación, la Liga de Patriotas, se estrella contra la indiferencia de los políticos coloniales ahítos para abrazar el nuevo amo que hoy se asentaba en La Fortaleza. La Sección Puerto Rico del Partido Revolucionario Cubano, fundado por Martí con el propósito manifiesto de "auxiliar y fomen-

tar la independencia de Puerto Rico", quedaba disuelta al predominar en
su seno el sector anexionista.

Hostos no aceptaba la anexión porque hacerlo equivaldría a convertir en
derecho un acto de fuerza. La fuerza no crea el derecho, ni es digna tampoco de admiración cuando se usa para subyugar un pueblo pequeño y
débil. Luego de su paso efímero por Borinquen, y convencido ya de que,
como hubiese hecho Martí, "cambiar de dueño no es ser libre", escribe en
octubre de 1900, desde Santo Domingo, la siguiente misiva al director de *La
Correspondencia de Puerto Rico*:

> Yo no creo digna de admiración a la fuerza bruta, ya la vea en la historia de cada
> día, ya me la presenten adornada, adulada y admirada en la historia escrita, pero
> creo digno de la mayor atención o del mayor cuidado el hecho manifiesto de que
> los norteamericanos enviados a Puerto Rico y los norteamericanos del Gobierno
> que los envía, están procediendo en Puerto Rico como fuerza bruta. ¿En qué
> dirección va encaminada esa fuerza bruta? En dirección al exterminio. Eso no es
> ni puede ser un propósito confeso; pero es una convicción inconfesa de los bár-
> baros que intentan desde el Ejecutivo de la Federación popularizar la conquista y
> el imperialismo, que para absorber a Puerto Rico es necesario exterminarlo;
> y naturalmente, ven, como hecho que concurre a su designio, que el hambre y la
> envidia exterminan a los puertorriqueños, y dejan impasibles que el hecho se
> consume. (*O.c.*, t. V, p. 301.)

Nótese que, al escribir estas líneas, el gran pensador antillano se encuentra de nuevo en Quisqueya, a donde ha retornado a requerimiento de sus
discípulos y amigos. Va allí también a su patria, pero a aquella porción de
ésta que podía considerarse libre. Desde allí vuelve por sus fueros indepen-
dentistas al afirmar: "Hay que insistir todos los días en decir y repetir que
Puerto Rico ha sido robada de lo suyo, de su libertad nacional; de su dignidad nacional; de su independencia nacional, que ni los españoles ni los
[norte]americanos podrán ni han podido poner en mercería." Y así morirá
en suelo quisqueyano, como un convencido defensor de la independencia
de las Antillas.

Hostos amó profundamente a estas tierras del Caribe, pero no hay duda
de que su amor por Santo Domingo era un amor entrañable, profundo. Por
eso acepta la invitación que le hace el presidente Horacio Vázquez para
que retorne a Quisqueya, y lo hace con profundo sentir antillanista al
escribir:

> La patria se me escapa de las manos. Siendo vanos mis esfuerzos de un año
> entero por detenerla. El mejor modo de seguir amándola y sirviéndola es seguir
> trabajando por el ideal que, independiente Cuba y restaurada Quisqueya en su
> libertad y en su dignidad republicana, ni siquiera es ya un ideal; tan en la reali-
> dad de la historia está la Confederación de las Antillas. Hacia ella, por distinto
> camino, ya que así lo quiere la mayor ración de sus hijos, caminará Borinquen,
> aunque su generación actual no comprenda que ése es el porvenir positivo de las
> Antillas, y que a él asentiría desde ahora el nobilísimo pueblo americano, si se le
> probara como yo quería le probáramos, que el lógico propósito de nuestra vida

es, como debe ser, constituir una confederación de pueblos insulares que ayude a los pueblos continentales de nuestro hemisferio occidental a completar, extender y sanear la civilización; a complementarla, dando a la rama latina de América la fuerza jurídica que tiene la rama anglosajona, a extenderla, llevándola a Oriente, a sanearla infundiéndole el aliento infantil de pueblos nuevos.

A ese propósito sagrado contribuirá en las Antillas cualquier antillano que empiece por amarlas a todas como a su patria propia; por amar su patria en todas ellas juntas y cumplir en todas y en cada una, con la misma devoción filial y el mismo desinterés de toda gloria y todo bien, el deber de tener tan clara razón y tan sólida conciencia como de todos la exigen el presente sombrío y el porvenir nublado de la familia latina en todo el Continente. (*O.c.*, t. IV, pp. 229-230.)

Algunos años antes de escribir esta carta, el prócer antillano Hostos le había escrito a Luperón una carta profética donde le hace ver al patriota dominicano su deseo de yacer en tierra quisqueyana después de su muerte. Dice así: "Para mí que amo tanto a Santo Domingo como a mi propio Borinquen, y que probablemente la elegiré, como patria nativa de la mayor parte de mis hijos, para residencia final y sepultura, empezar por la libertad de Quisqueya es tan natural, que no hago, con pensarlo y desearlo, más que un acto de egoísmo paternal; pero, en el fondo de las cosas, es tan esencial la libertad de Quisqueya para la independencia en Cuba y Puerto Rico, que si acaso la de Cuba sobreviene sin ella, lo que es la de Puerto Rico y la Confederación no." Su exilio voluntario a Santo Domingo es a manera de un acto de protesta contra la perpetuación del colonialismo en Puerto Rico. Se retira al suelo querido de Quisqueya hasta tanto Puerto Rico pueda ser digno de él. Ello puede colegirse de la carta que escribe al señor Ramón Vélez López, de Sabanahoyos, fechada el 21 de noviembre de 1899, cuando le dice: "Mucho me complace su reiterada adhesión a mis doctrinas. Yo, para hacerlas más honradas en la sociedad que mejor las ha adoptado, aceptaré el llamamiento que a ese país me hacen los dominicanos. Entre ellos trabajaré, como siempre lo hice, por Puerto Rico, por Cuba, por las Antillas confederadas, por la civilización americana, pero no, de ningún modo, por la absorción de nuestras islas. Cuando para eso me necesite Puerto Rico, que me llame."

Pero el llamado nunca llegó. Hostos muere en tierra quisqueyana, donde aún reposan sus restos. Cayó en oídos sordos su admonición. Era ilusorio pensar, que en aquel momento, los puertorriqueños, los líderes políticos puertorriqueños, iban a llamar a Hostos. Pues con la anexión forzada de la isla a los Estados Unidos, los puertorriqueños de fines de siglo se parecían a aquellos de quien Betances había escrito en 1872, con amargura: "Puerto Rico está en una borrachera completa. Allí están borrachos con las reformas que no les han dado. Se han embriagado por el olfato. Es el espectáculo más raro y triste, el de todo un pueblo —chicos y grandes— celebrando las libertades que creen tener y que no tienen." Hostos, que avizoraba el porvenir, ¡cuántas veces habrá recordado el patricio, durante su último y definitivo peregrinaje a la República Dominicana, las palabras escritas por él sobre Segundo Ruiz Belvis en Chile en 1873: "¡Ruiz, Segundo Ruiz! ¡La patria está en peligro de perpetua esclavitud!"

Pero quedó allí el patricio. El hombre sobre quien Rufino Blanco Fombona escribió que había enseñado a pensar a un continente. El esclavo del deber y el adalid del derecho. El educador progresista cuya obra pedagógica hizo alterar las más arraigadas nociones imperantes bajo un sistema educativo caduco. El pensador que puso en jaque al oscurantismo eclesiástico que pesaba como un íncubo sobre la formación intelectual de tantas generaciones de jóvenes latinoamericanos. El crítico literario que haría historia con su interpretación del *Hamlet*. El sociólogo positivista que contribuiría a la creación de un enfoque científico de la realidad latinoamericana. El moralista insigne que hizo del deber el primer imperativo de toda moral social.

Sobre todo, quedó allí el patriota, el patriota antillano. Sería preferible, en ese sentido, que dejásemos al propio maestro antillano hablarnos acerca de quienes él admiraba. Pues en estos juicios podemos hallar un reflejo fiel del propio Hostos. En efecto, de él puede decirse, sin temor a equivocarnos, lo que nos dice acerca del general Gregorio Luperón: "no tuvo Luperón más incentivo que la resuelta resolución de no consentir amos en su tierra". Igualmente aplicable sería, en el caso presente, el juicio de Hostos sobre Garibaldi, el gran revolucionario italiano, "el soldado de la libertad", como lo llamaría:

Pudo ser poderoso y no quiso; pudo poner precio a sus servicios y no lo puso; pudo gozar de todos los bienes materiales que se piden a la fama o que se obtienen de ella, y los desdeñó. Carencia tan completa de ambición, unida a tal aptitud para fabricar poderes, sólo en los tiempos heroicos se nos presentan como ideal inaccesible: desinterés tan absoluto, acompañando a tal capacidad de mover y conmover los intereses más estimulantes, pocos son capaces de apreciarlo en este siglo codicioso: abnegación tan fácil de los bienes y placeres y delicias con que adulan los hombres las debilidades de los héroes, sólo con su fácil heroísmo se concibe. (*O.c.*, t. XIV, p. 34.)

Así es, en efecto, que mejor se rinde homenaje a Eugenio María de Hostos. El colonialismo, esa hidra de mil cabezas, ha contribuido a la total distorsión de su figura histórica, reservando su recuerdo para los discursos de ocasión y haciendo de su obra como patriota y revolucionario una infeliz insignificancia. No obstante, el gran luchador anticolonialista no ha podido ser vencido por el sistema que él tanto combatió y su recuerdo cobra vigencia en las nuevas generaciones que quieren emularle en su gesta en pro de la liberación de Puerto Rico.

En una de sus páginas leemos lo siguiente: "Tener antecesores gloriosos, tener ejemplares eternos de la humanidad virtuosa en sus anales, es feliz providencia de todos los pueblos que tienen historia; pero ser siempre merecedores de ellos y contribuir con su vida a hacerlos recordar perpetuamente, no es gloria que saben recoger todos los pueblos."

Puerto Rico es un pueblo con una rica historia, aun cuando nuestra auténtica, nuestra verdadera historia de pueblo que lucha por su libertad está aún por escribirse. Dentro de esa historia de lucha por nuestra liberación tiene un lugar prominente Eugenio María de Hostos. Llegará el día en que seremos merecedores de él, como de otros muchos héroes de la historia puertorriqueña. En ese día glorioso, el Maestro verá cumplido su sueño de libertad y podrá reposar al fin en esta Antilla que lo vio nacer.

SEGUNDA PARTE

IV. MARTÍ Y HOSTOS: PARALELISMOS EN LA LUCHA POR LA INDEPENDENCIA

I

Cuando estudiamos con detenimiento las figuras históricas de los grandes revolucionarios del siglo XIX antillano: Betances, Hostos, Martí, Luperón, Maceo, Gómez, no podemos menos que notar un hecho histórico muy importante: a todos les une una preocupación singular: la liquidación definitiva del colonialismo español con toda su secuela de males. Los más perspicaces entre ellos, los que aciertan a ver con sibilina claridad lo que se avizora en el porvenir para las Antillas en lucha por su liberación nacional, no pueden sino notar que otro peligro aún mayor se cierne sobre los pueblos de América: el que representa la América del Norte, que, en palabras de Martí, ansía "ponerse sobre el mundo". Pero hay más. Las repúblicas antillanas que nazcan como resultado de la derrota del colonialismo español deben cuidarse de los errores y desaciertos cometidos por nuestras "dolorosas repúblicas" una vez obtenida la independencia, a la vez que no deben imitar, servilmente, los modelos exóticos que buscan injertarse mecánicamente en un medio donde no podrían florecer. Por eso, el desiderátum que se impone por la fuerza misma de la realidad social antillana y latinoamericana debe emanar de la entraña de la vida de nuestras sociedades y no de la mimesis de los modelos europeos o norteamericanos. Es en ese contexto que nos proponemos analizar las similitudes y diferencias entre dos figuras cimeras del pensamiento latinoamericano del siglo XIX: José Martí (1853-1895) y Eugenio María de Hostos (1839-1903). El tema es de suyo intimidante, dada su amplitud y la obra vastísima de los dos grandes maestros (las obras de Hostos abarcan veinte volúmenes y las de Martí veintiocho, de manera que un intento como el presente representa, en verdad, una tarea de proporciones titánicas). Claro que lo que nos proponemos realizar en este trabajo es abordar un aspecto particular de la vasta producción hostosiana y martiana, es decir, aquel que se refiere a cómo ambos enfocan el problema de la democracia en el porvenir de las Antillas y de la América Latina.

A riesgo de caer en lo anecdótico creemos importante señalar que para la fecha del nacimiento de Martí, Hostos es ya un adolescente que cursa estudios de secundaria en Bilbao y que, además, cuando el Maestro mayagüezano publica su primera obra literaria, *La peregrinación de Bayoán* (1863), Martí tiene sólo diez años de edad. Hostos habrá de formarse intelectualmente en España. Más aún, participará activamente en las grandes luchas políticas y sociales que caracterizan la década de 1860 en España. Cuando

61

Martí es encarcelado a la temprana edad de quince años, Hostos milita en las filas de la Revolución septembrina en la Metrópoli. Ello le sirve para aquilatar las verdaderas intenciones de los liberales españoles respecto de las Antillas y su condición colonial. Es por eso que resulta decisiva para su trayectoria política posterior la entrevista que sostiene en 1868 con el general Serrano a raíz de la Revolución septembrina española de 1868. Allí y entonces Hostos pudo comprender que no había diferencia esencial entre liberales y conservadores españoles cuando del porvenir de las Antillas se trataba. La posición hostosiana frente al colonialismo español será expuesta con toda claridad en su famoso discurso y rectificación en la sesión celebrada en el Ateneo de Madrid el 20 de diciembre de 1868. En esa ocasión se hace patente su ideario independentista, abolicionista, así como su concepción de lo que habrá de ser eje del pensamiento de Betances y Martí sobre las Antillas. Me refiero a la idea de la Federación Antillana. Es bueno notar en el contexto presente que el adolescente Martí paga con la cárcel su inequívoca adhesión a la independencia de las Antillas, que se resume en su planteamiento de que había que echar la suerte con Yara o con Madrid, de que no había instancias intermedias entre los dos polos del dilema. Lo que Martí aprenderá en las canteras de San Lázaro quedará expresado literariamente en su opúsculo *El presidio político en Cuba* (1871), será captado meridianamente por Hostos en el seno mismo de la Metrópoli. Es así como comienza su primera peregrinación por las tierras de América en 1869, poco tiempo después del Grito de Lares en Puerto Rico y del Grito de Yara en Cuba.

Hostos parte de Europa hacia Nueva York para allí hacer causa común con los revolucionarios cubanos y puertorriqueños que habían fundado en la gran urbe la Sociedad Republicana de Cuba y Puerto Rico. Es en Nueva York donde Hostos y Betances se conocen. Ya el patriarca de la revolución antillana (Betances) se disponía a continuar sus esfuerzos infatigables por prender la llama revolucionaria en Borinquen, que amenazaba con extinguirse definitivamente luego de la sofocación del Grito de Lares (23 de septiembre de 1868). El encuentro entre los dos grandes antillanos desilusionará a Hostos, quien, pletórico de idealismo, confronta la señera figura del hombre de acción que siempre latió en Betances. (Años más tarde, Hostos, recordando a Betances, señalaría que éste le había dicho que no podía hacerse una tortilla sin romper los huevos y que no podía haber revolución sin revoltura.) Desilusionado por las luchas intestinas de las emigraciones cubanas y puertorriqueñas en ese momento histórico, Hostos emprenderá su famoso viaje al sur, convirtiendo su periplo en total devoción por la causa de la revolución antillana.

A partir de ese momento Hostos se convertirá en el más ardiente y preclaro propagandista de la causa cubana en la América Latina. El sociólogo mayagüezano veía en la liberación de Cuba la rotura de un eslabón vital del colonialismo español en América. De ahí que dedique prácticamente el resto de su vida a servir como abanderado de la libertad de Cuba y, desde luego, de las Antillas. Su vasta obra muestra su profunda admiración por la

Cuba revolucionaria de aquel entonces: trabajos dedicados a Francisco Vicente Aguilera, a Plácido, a Maceo; en fin, que Hostos siente y padece la causa de Cuba como la suya propia. Cuando se funda el Partido Revolucionario Cubano, en 1892, Hostos se encuentra en Chile. Allí había alcanzado no sólo el reconocimiento generoso del pueblo chileno por su ingente labor pedagógica, sino también las más altas distinciones académicas. En 1895 Hostos es designado agente de la Junta del Partido Revolucionario Cubano. Tres años más tarde funda la Liga de Patriotas, organización cívico-política que intentaría establecer —infructuosamente— en suelo puertorriqueño, luego de su retorno a Borinquen posteriormente a la invasión norteamericana. Desilusionado por el sesgo que tomaron los acontecimientos políticos en Puerto Rico luego de 1898, Hostos decide regresar a Santo Domingo para continuar la labor pedagógica que había interrumpido en la hermana Antilla cuando asciende al poder Lilís Hereaux en el decenio de 1880. Allí le sorprendería la muerte el 11 de agosto de 1903.

II

Antes de continuar, consideramos imperativo hacer una importante salvedad. A diferencia de Martí quien, según la doctora Isabel Monal, "salvo de versos, no llegó nunca a escribir un libro. No obstante, su extensa y prolífica labor de prosista llena varias decenas de volúmenes. Las expresiones que dejó de su pensamiento político y social ha habido que rastrearlas, dispersas, a lo largo de crónicas, artículos, discursos, cartas, etc." ("José Martí: del liberalismo al democratismo antiimperialista", *Casa de las Américas*, [La Habana], núm. 76, enero-febrero de 1973), Hostos sí es un pensador con una obra sistemática, condensada muchas veces en densos tratados como los que dedicó al derecho constitucional y a la sociología. Es importante notar el hecho de que Hostos nunca cultivó la poesía, y que su lenguaje sobrio y preciso contrasta vivamente con el fogoso, vibrante y metafórico de Martí. En el artículo que acabamos de citar, la doctora Monal indica la influencia del pensamiento de Henry George sobre las ideas de Martí en torno a la economía política. En Hostos, por otra parte, encontramos una marcada influencia del krausismo —sobre todo en su vertiente española— y del positivismo de Augusto Comte. Hay que recordar que Eugenio María de Hostos es uno de los precursores de la sociología latinoamericana, y que escribe una obra sistemática dedicada al tema —su *Tratado de sociología*, publicado póstumamente en 1904—, donde se percibe con toda claridad la influencia del positivismo en su pensamiento social y político. No obstante lo dicho, es forzoso señalar que tanto Martí como Hostos no calcaron acríticamente aquellas teorías sociales y políticas.

Todos conocemos el llamado a la autenticidad y a la grandeza de nuestros pueblos que nos hace Martí en su afamado ensayo "Nuestra América". Como se recordará, en ese ensayo el libertador cubano establece un agudo y justiciero contraste entre la América de Juárez y la de Lincoln. Nos pide, además, que no imitemos servilmente los modelos extranjeros que tan mal sientan a las necesidades reales de nuestros pueblos. Pues bien, si alguien cumple con el mandato de conocer la historia de nuestra América de los incas hasta el presente, ése es Eugenio María de Hostos. En toda su obra captamos su preocupación americanista, su conocimiento profundo de la historia pre y poscolombina, su agudo y certero análisis de la realidad social del continente latinoamericano. Si Martí nos dice que mientras no se haga andar al indio no habrá de andar bien la América, Hostos abarca también con su abrazo generoso a todos los desheredados de América.

Nuestro sociólogo estudiará el problema de las inmigraciones chinas en Perú, la condición de los campesinos en Chile y Argentina, la presencia africana en Brasil. Es decir, tenemos a un Hostos con raigal conciencia social e histórica que quiere encontrar en la fuerza generada por nuestros pueblos la energía necesaria para que la América nuestra pueda superar sus lacras seculares y encauzarse por el camino del verdadero porvenir. Hostos no tendría, como Martí, el beneficio de haber vivido en las entrañas del monstruo por un largo tiempo. Máxime cuando es precisamente en los últimos cuatro lustros del siglo XIX, cuando vemos con meridiana claridad el auge del imperialismo. Hostos, como Sarmiento, admira en los Estados Unidos sus instituciones democráticas y su pujanza económica. No acertará a ver, quizás, con la claridad que habría de captarlo Martí, que el apetito expansionista estadounidense no se saciaría sino con la anexión de más territorios dentro de su órbita imperial. Aún así, Hostos fue, como Martí, antianexionista: lo es en el momento en que los Estados Unidos se ciernen amenazadores sobre Santo Domingo con el propósito de anexárselo, lo será cuando se haya consumado la anexión del territorio nacional puertorriqueño a los Estados Unidos como secuela de la guerra hispano-cubano-norteamericana. Creemos que es importante destacarlo: Hostos, como Martí, es antimperialista, y lo demostró con su palabra y con su acción. Es cierto que, en un determinado momento de su vida, considera que la anexión de Puerto Rico a los Estados Unidos, si sobreviniera como resultado de un plebiscito que cumpliese las normas del derecho internacional, debería ser acatada como resultado de la voluntad popular. Pero queda claro en todo momento que su preferencia —su única preferencia— es la independencia de Puerto Rico y de todas las Antillas. Tanto es así, que cuando ve frustrada su gestión patriótica iniciada con la fundación de la Liga de Patriotas, opta por emigrar voluntariamente a Santo Domingo y pide como último deseo que se le dé sepultura en Quisqueya mientras Puerto Rico fuese una colonia de los Estados Unidos.

El segundo paralelismo que cabe entre Hostos y Martí es el atinente a la oposición de ambos al autonomismo como solución al problema colonial en las Antillas. Como es sabido, el autonomismo fue, tanto en Cuba como en Puerto Rico, la solución mediatizadora, la fórmula política intermedia que señalaba el camino del reformismo. Si el anexionismo es la solución concebida por esa "sacarocracia" antillana [dueños de plantaciones de azúcar] que tan brillantemente nos ha descrito el doctor Moreno Fraginals en su clásica obra *El ingenio*, el autonomismo es la solución política de la débil burguesía criolla atada por lazos de profunda dependencia a la metrópoli española. Martí combatirá frontalmente esta tendencia, y su posición ha sido resumida magistralmente durante el famoso discurso pronunciado el 21 de abril de 1879 en el banquete al periodista Adolfo Márquez Sterling. Podemos decir, sin temor a equivocarnos, que Martí nunca fue autonomista. Hostos, por el contrario, abrigó ilusiones en sus años mozos sobre la posibilidad de una política conciliadora de España en las Antillas, pero fueron de corta duración. En cuanto a su postura sobre la presencia estadounidense en Borinquen a partir de 1898, puede conocerse en la fundación de la Liga de Patriotas, organismo cívico-político concebido con el propósito de hacer respetar el derecho del pueblo puertorriqueño a su autodeterminación e independencia nacional.

En tercer lugar debemos notar que Hostos, como Martí, es un firme y tenaz adversario del colonialismo en todas sus formas y disfraces. Martí compara el colonialismo con un tigre, siempre agazapado y esperando su presa. Ése fue el caso de los países recién independizados, porque la Colonia continuó viviendo bajo la república y era menester que los pueblos de la América nuestra entendiesen que su lucha debería ser, de una parte, contra los viejos rezagos colonialistas fruto de la liberación colonial española, y de la otra, contra la potencia imperialista que hacía el "convite" a la América Latina bajo condiciones desventajosas para ésta. Desde fines de la década de 1880 Martí proclamaría que había llegado la hora para que los pueblos de América que se extienden desde el Río Bravo hasta la Tierra del Fuego declararan su segunda independencia, esta vez de la tutela de los Estados Unidos. Hostos no iría tan lejos como Martí en este aspecto. No obstante, compartía plenamente con el libertador cubano su aborrecimiento por el colonialismo. Podríamos citar innumerables pasajes de la obra de Hostos que abonarían lo que acabamos de decir, pero sus agudas observaciones sobre el fenómeno colonialista se hallan luminosamente presentes a lo largo de toda su obra.

Porque para Hostos, como para Martí, el colonialismo es una institución que, entre su secuela de males, trae la degradación del carácter y la procreación de la abyección y el servilismo. Hoy, cuando conocemos los estudios sobre el colonialismo de Cesaire, Fanon, Memmi, Fernández Retamar y muchos otros, comprendemos hasta qué punto calaron hondo los dos próceres antillanos en la descripción de esa institución inicua hoy universalmente condenada por la humanidad.

En cuarto lugar debe señalarse la tenaz oposición de ambos revolucionarios a las tiranías que para aquel entonces —y aún hoy— asolaban a nuestra América. Es sabido cómo Martí optó repetidamente por el exilio en Guatemala y Venezuela al enfrentarse allí con el asomo de regímenes tiránicos. Martí, asimismo, disecta con agudeza insular las causas de estas tiranías y previene a los revolucionarios cubanos contra la repetición de los mismos males que plagaban a las repúblicas latinoamericanas. Así, por ejemplo, considera que toda revolución, si bien no puede prescindir del elemento militar, debe no obstante responder primordialmente a un liderato civil. Vale decir, la victoria revolucionaria será el resultado de la feliz conjunción de lo político y militar, pero donde la política mande sobre lo militar. Prueba fehaciente de ello es su ya famosa carta a Máximo Gómez y su determinación de alejarse momentáneamente de la política con miras a forjar el instrumento de lucha que luego plasmaría en el Partido Revolucionario Cubano. Encontramos en Hostos una postura similar. Tenemos por lo menos dos instancias que revelan su oposición militante frente a tiranías unipersonales y su determinación de escoger el exilio antes que el sometimiento a hombres como Antonio Guzmán Blanco, en Venezuela, o Ulises Hereaux, en Santo Domingo. De igual manera Hostos, en su análisis sociológico de la realidad latinoamericana y antillana, coincide de manera impresionante con el análisis martiano. Para Hostos, como para Martí, las lacras del caudillismo y del personalismo son la secuela de males que aparejan el desigual reparto de la tierra, las rémoras del colonialismo y la triste condición del campesinado latinoamericano.

Los males de nuestros pueblos no son, por ende, de carácter endémico. Son antes bien el producto de situaciones sociohistóricas muy concretas. Por eso el camino de la democracia deberá ser signado previamente por la transformación de las estructuras sociales que producen y reproducen males tales como el caudillismo y el caciquismo. Por eso Hostos, tanto como Martí, conciben una revolución antifeudal y democrática que transforme las relaciones de producción existentes y pavimente la vía para un régimen auténticamente democrático. Ninguno de los dos podía, en ese momento, y dadas las circunstancias que les tocó vivir, concebir la posibilidad del establecimiento de un régimen socialista en las Antillas. Si tomamos en consideración que el problema del trabajo esclavo y servil era el eje de la política antillana por lo menos hasta 1886 —cuando queda abolida la esclavitud en Cuba—, no podía ser de otra manera. En todo caso, creemos importante señalar que, a diferencia de Martí, no hay en toda la vasta obra hostosiana referencia alguna a Marx, y que sus breves menciones del socialismo demuestran que el gran pensador antillano entendía muy poco de su verdadero significado histórico.

En quinto lugar, tenemos la concepción hostosiana de la revolución. Aquí hay importantes similitudes —aunque también diferencias— entre ambos. Contrario a la imagen que muchas veces se presenta de un Hostos puramente académico, del intelectual puro que no se contaminaba con los inciertos avatares de la política, Hostos fue un hombre profundamente comprometido con la causa de la revolución antillana. Ya hemos notado que en 1869 se unió a los exiliados cubanos y puertorriqueños que conspiraban desde Nueva York para derrocar el régimen colonial español en las Antillas. Hemos hecho referencia también a su ingente labor como propagandista de la causa independentista cubana y puertorriqueña en toda la América del Sur. Pero merecen destacarse otras instancias del Hostos revolucionario: participará en la frustrada expedición del patriota cubano Francisco Vicente Aguilera. El 29 de abril de 1874 parten de Boston los patriotas en el vapor *Charles Miller* con destino a Cuba, pero la expedición fracasa debido a las condiciones meteorológicas así como por la intervención enemiga. Una vez fracasada la expedición, Hostos no se da por vencido y se dirige a Santo Domingo, donde junto a Betances y Luperón continúa su prédica por la liberación de las Antillas. En 1876 redacta el Programa de la Liga de los Independientes, cuyo objeto sería el de "trabajar material, intelectual y moralmente en favor de la independencia absoluta de Cuba y Puerto Rico, hasta conseguir su total separación de España y su indiscutible existencia como naciones soberanas". Cuando Martí lee el documento, escribe un significativo artículo sobre Hostos en *El Federalista,* de México, el 5 de diciembre de 1876 que titulará "Catecismo democrático". Como indicamos anteriormente, una vez consumada la invasión de Puerto Rico en 1898, Hostos funda la Liga de Patriotas y continuaría su tarea esclarecedora en pro de nuestra independencia hasta el momento de su exilio voluntario en Santo Domingo.

Es indudable que Martí concibió que el proceso revolucionario debería canalizarse a través de su vanguardia: el Partido Revolucionario Cubano. Martí es, además, el organizador infatigable, el hombre de espíritu práctico que combina su extraordinaria visión poética con la tediosa labor cotidiana de aunar las voluntades más dispares. No es por cierto el suspirante romántico de la rosa blanca en que pretenden convertirlo los enemigos de la revolución que él contribuyó a iniciar mediante su verbo y su acción. El proyecto revolucionario martiano es, no obstante, de una dimensión que trasciende al hostosiano. Nos referimos primordialmente al hecho de que, para Hostos, organismos tales como la Liga de Patriotas se concebían más bien con el propósito de educar y esclarecer al pueblo como paso previo a la toma del poder político, mientras que, para Martí, el Partido Revolucionario Cubano era el instrumento para la toma del poder revolucionario. A pesar de lo dicho, creemos que ambos concebían la revolución antillana como democrática, republicana, populista, anticolonialista y antimperialista.

En sexto lugar habría que puntualizar la gran obra pedagógica que epitomizan estos dos grandes maestros antillanos del siglo XIX. La labor pedagógica de Eugenio María de Hostos es, sin lugar a duda, una de las más extraordinarias realizadas por educador alguno en la América Latina. De ello tenemos pruebas fehacientes en su vida misma, que es siempre la del educador y el maestro, y, más específicamente, por su apostolado pedagógico en Santo Domingo y Chile. Hostos trae a la pedagogía de la época las más modernas técnicas en la materia —como las de Froebel y Pestalozzi—, así como el espíritu racionalista y, por ende, antiescolasticista, que emana directamente de las profundas influencias krausistas y positivistas que inciden decisivamente en su pensamiento sociológico. Así, como parte integral de su labor pedagógica en la República Dominicana, Hostos se sitúa en abierta oposición a las anquilosantes técnicas pedagógicas de una educación oscurantista y autoritaria. Por ello se gana la hostilidad inmediata de los sectores eclesiásticos que ven el nuevo método científico presentado como algo que atentaba contra el orden establecido. La batalla de Hostos por los principios que guían la fundación de la Escuela Normal en Santo Domingo merecerían una extensa exposición que no nos es dable hacer aquí. Baste con decir que, como todo gran revolucionario, Hostos concibe a la pedagogía como un instrumento en la toma de conciencia que debe preceder a todo cambio social realmente profundo. En esto es claro su paralelismo con Martí.

En una memorable conferencia pronunciada en la Universidad de Puerto Rico titulada "Martí: maestro y revolucionario", la doctora Fina García Marruz aclaró certeramente la dimensión del Martí mentor, de la gran obra pedagógica del alumno preclaro del maestro Mendive. Sin duda la obra multifacética de Martí es una gigantesca contribución a la didáctica, una demostración viviente de un hombre con una profunda vocación pedagógica. Esta vocación encuentra una de sus más finas expresiones en esa obra admirable que es *La Edad de Oro*,* o quizá en cada oración del famoso ensayo "Nuestra América", donde nos pide que estudiemos a fondo la historia de nuestros pueblos aunque no conozcamos con igual profundidad la de los arcontes de Grecia. Martí, como Hostos, favorece una pedagogía conforme a las necesidades y las realidades específicas de nuestros pueblos, no aquella que se edifica sobre modelos falsos concebidos bajo circunstancias diametralmente opuestas a las nuestras. También, como Hostos, cree en combatir el oscurantismo y el dogmatismo eclesiásticos, el autoritarismo y el caudillismo, en fin, todos los males sempiternos de una América cuya salvación consiste precisamente en la superación de esas lacras heredadas del colonialismo español y su secuela de males bajo la independencia precariamente conquistada. Martí es también, como Hostos, sociólogo en nuestra América, aunque no lo es en el sentido sistemático en que sí lo fue el último. Podemos por eso decir, sin temor a equivocarnos, que en ambos la historia de la humanidad es el esfuerzo consciente del ser humano por conocerse y conocer a su mundo circundante, de transformarse y transformar la naturaleza hasta humanizarla, es decir, hacerla parte de nuestro mundo. Para ambos, el magisterio que practicaron y vivieron fue un quehacer entrañablemente ligado a sus vidas como revolucionarios.

En séptimo lugar, no podemos pasar por alto que ambos pensadores antillanos fueron sin lugar a duda grandes moralistas. De hecho, una de las más famosas obras de Eugenio María de Hostos se titula precisamente *Moral social* (1888). En ella, Hostos estudia y analiza todo lo atinente a los deberes del hombre con los demás hombres, incluyendo aquello que él llama "el deber de los deberes". En la lectura de ese texto, así como en la obra misma del Maestro mayagüezano, notamos de inmediato la importancia capital que reviste para él eso que llama "el deber" y que es piedra angular de toda su concepción ética. Más aún, la vida misma de Hostos es una especie de monumento viviente al principio del deber, tal y como lo demuestra esa admirable autobiografía que constituye su *Diario*. De igual forma, Martí es un gran moralista, un hombre cuya trayectoria política

---

* Hay edición del Fondo de Cultura Económica.

responde, íntegramente, a su concepto del deber. Deber que implica al unísono la devoción total al esfuerzo revolucionario antillano que, a su vez, se entrelaza con los deberes de lucha por la igualdad racial, contra las profundas desigualdades sociales, contra los enemigos de nuestros pueblos como el colonialismo y el imperialismo, así como en pro de la independencia de las Antillas, de la Federación Antillana, del establecimiento de gobiernos democrático-republicanos en toda la América nuestra. En todo caso Martí sería el admirable precursor de la frase que más tarde recorrería el mundo: "el deber de todo revolucionario es hacer la revolución".

Por último, Hostos, al igual que Martí y Betances, concibió la idea de la Federación Antillana como un proyecto de gran significado histórico que redundaría en beneficio de todas las Antillas, no sólo de las Mayores. La visión martiana de una Federación Antillana es bien conocida. Bastaría aquí con recordar su famoso ensayo "Las Antillas y Baldorioty de Castro", donde nos habla de las tres Antillas como "tres tajos de un mismo corazón sangriento", y nos advierte que las Antillas "han de sostenerse juntas, o juntas han de desaparecer, en el recuento de los pueblos libres". Más aún, recordemos su última carta a Manuel Mercado, donde advierte que si triunfa el imperialismo norteamericano en sus designios expansionistas, caerá "con esa fuerza más, sobre nuestras tierras de América". Hostos tiene una visión análoga a la de Martí en lo que respecta al papel extremadamente importante de las Antillas en el equilibrio político de los dos continentes. En una fecha tan temprana como 1868, sustenta el principio de la Federación Antillana como proyecto histórico.

El sociólogo Hostos nos habla sobre este ente caleidoscópico que es el Caribe, lugar donde han convergido todos los imperios y donde la fusión de razas ha hecho de la nuestra lo que Martí llamaría "la América mestiza". Dentro de ese contexto, la solidaridad antillana será un paso hacia la Federación de las Antillas, que de esta forma podrá convertirse en una gran fuerza política que impida el expansionismo y la anexión eventual de ellas, concebidos por los Estados Unidos. Pues para Hostos, como para Betances y Martí, el destino de las Antillas y de los pueblos que la componen no puede ser otro que el de la independencia. Muestra palpable de esta solidaridad antillana lo es su devoción por la causa de la independencia de Cuba, su identificación con el destino de Santo Domingo y su inquebrantable fervor por la causa que no abandonó ni un solo momento: la independencia de Puerto Rico.

Creemos que lo dicho hasta aquí perfila, si bien no agota, naturalmente, los paralelismos entre estos dos singulares revolucionarios antillanos. Pero es un primer esfuerzo en esa dirección.

III

Para concluir este capítulo quisiéramos referirnos a la relación que medió entre estos dos grandes maestros antillanos. Cuando decimos relación no queremos decir que Hostos y Martí se hayan conocido en algún momento de sus vidas. Nos referimos más bien al hecho de que la obra y la acción de Hostos y de Martí es algo que podemos considerar como hechos por ambos conocidos. Ello es así, sin lugar a duda, en el caso de Martí. Así, por ejemplo, y bajo el título "Oradores", de los fragmentos de Martí publicados en el tomo XXII (p. 172) de sus *Obras completas*, encontramos una referencia a "Hostos, el profundísimo orador de Puerto Rico". También en un artículo publicado en *Patria*, el 21 de noviembre de 1893, titulado "A tres antillanos".

Martí, refiriéndose a las fiestas del descubrimiento de América en Santo Domingo, nos habla de que entre las composiciones elegidas para esa ocasión se encuentra una de Federico Henríquez y Carvajal "dedicada, con hondo pensamiento a tres antillanos que no descansan en la obra de contribuir al rescate, equilibrio y bienestar de nuestra América: a Betances, a Hostos y a Martí". Ese mismo año, el 14 de marzo de 1893, en un artículo titulado "¡Vengo a darte Patria!", escribe Martí en el mismo órgano respecto de un discurso de Gonzalo de Quesada donde se hacía referencia a Eugenio María de Hostos, "menos seguido de lo que se debió en los tiempos confusos en que la revolución de Cuba iba como al garete, entre la guerra poco ayudada de afuera en el interior, y el parlamento indeciso que imperaba entre los cubanos de la emigración".

Pero donde Martí demostraría en forma superlativa su gran admiración por Hostos sería antes. Hostos había publicado, como ya dije, su importante Programa de la Liga de los Independientes en 1876. Martí, en *El Federalista*, de México, el 5 de diciembre de ese año, llamará al documento "Catecismo democrático", y escribirá que "Eugenio María de Hostos es una hermosa inteligencia puertorriqueña cuya enérgica palabra vibró rayos contra los abusos del coloniaje, en las cortes españolas, y cuya dicción sólida y profunda anima hoy las columnas de los periódicos de Cuba Libre y Sur América que se publican en Nueva York". Como puede notarse tenía una excelente opinión de Hostos como orador, como escritor y como hombre comprometido con la causa revolucionaria.

V. PARALELISMOS ENTRE HOSTOS Y MARTÍ:
UN REEXAMEN

Los días 17, 18 y 19 de enero de 1980 tuvo lugar en La Habana el primer Simposio Internacional sobre Martí y el Pensamiento Democrático Revolucionario. En aquella ocasión presentamos una ponencia sobre el tema "Martí y Hostos: paralelismos en la lucha de ambos por la independencia de las Antillas en el siglo XIX", trabajo subsiguientemente publicado en el *Anuario del Centro de Estudios Martianos* ese mismo año.* En la versión original sometida ante el Simposio señalé por lo menos ocho paralelismos en la vida y la obra de estos dos grandes pensadores y revolucionarios antillanos. Considero hoy, casi diez años después, que el trabajo, en su conjunto, puede permanecer tal cual fue escrito, en términos generales, pero creo que es necesario que sea revisado y revaluado a la luz de nueva evidencia histórica, aparte de que estimo imperativo puntualizar y rectificar algunos juicios emitidos por mí en aquel entonces que hoy veo con un matiz distinto.

Vale destacar el hecho de que no tenemos constancia, en las obras recopiladas de estos dos maestros, de que haya habido algún intercambio epistolar entre ellos, para no hablar del hecho de que nunca se conocieron personalmente. Sí sabemos, no obstante, que José Martí conoció la obra intelectual de Hostos desde antes de 1876, año en que aquél se halla en México, donde escribe "Catecismo democrático", una nota breve acerca de la serie de artículos que Hostos publicó en el semanario de los emigrados cubanos en Nueva York, *La Voz de la Patria*, que apareció en dicho órgano entre el 31 de octubre y el 24 de noviembre de 1876 con el título de "Programa de los Independientes". El trabajo de Martí, por otra parte, ve la luz pública en *El Federalista* de México el 5 de diciembre del mismo año, es decir, unas dos semanas más tarde.

Es de suponer, desde luego, que durante su estadía en México, Martí recibía publicaciones de los residentes cubanos en los Estados Unidos y que fue así como pudo leer el escrito de Hostos. No tenemos evidencia histórica alguna tendente a demostrar que Hostos le haya enviado copia del "Programa" a Martí, aunque ello parece muy improbable. Lo que sí queremos dejar claro es que la obra de Hostos no pudo haberle sido extraña a Martí, no empece el hecho de que, cuando éste escribe "Catecismo democrático", apenas contaba los 23 años de edad, mientras que Hostos tenía, a la sazón, 36 años. Esta diferencia generacional entre uno y otro no deja de ser importante, y ello no sólo en el caso de Hostos, sino también en el de Betances, quien, nacido en 1827, era la figura patriarcal de este excepcional trío de antillanos.

* Dicho texto compone el capítulo IV de este libro. [N. del E.]

Vale la pena que examinemos detenidamente este escrito de Martí sobre Hostos por ser la primera vez que hallamos referencia a éste en la obra martiana y porque es muy revelador de este encuentro intelectual entre ambos. Siempre he creído que cuando abordamos la obra de los grandes maestros de la palabra debemos siempre hacerlo atentos al hecho de que cada vocablo escrito por ellos, cada metáfora, cada símil, tienen un propósito que no es otro sino el de enriquecer, profundizando, la mejor comprensión del lector que se aproxima, quizás por primera vez, a la obra discutida. El "Catecismo democrático" de Martí es una buena ilustración de ello.

Comencemos por el título mismo del artículo. Martí ve en el "Programa de los Independientes" escrito por Hostos una especie de catecismo de la democracia, término que, despojado de sus connotaciones teológicas o dogmáticas, no significa otra cosa sino, sugerimos, un abecedario de la democracia. Los que hemos estudiado a fondo el documento no podemos estar más de acuerdo con Martí: se trata, sin duda, de un extraordinario manifiesto en favor del establecimiento en las Antillas de un régimen político asentado sobre la democracia representativa y la defensa de los derechos humanos. Volveremos más adelante sobre este mismo tema. Baste por ahora con dejar sentado el hecho de que, con proverbial tino, Martí define en dos palabras el alcance del planteamiento medular de nuestro más grande pensador.

El libertador cubano señala en su artículo que "Eugenio María de Hostos es una hermosa inteligencia puertorriqueña, cuya enérgica palabra vibró rayos contra los abusos del coloniaje, en las cortes españolas, y cuya dicción sólida y profunda anima hoy las columnas de los periódicos de Cuba Libre y Sur América que se publican en Nueva York".

A lo cual añade un poco más adelante lo siguiente:

Hostos, imaginativo, porque es americano, templa los fuegos ardientes de su fantasía de isleño en el estudio de las más hondas cuestiones de principios, por él habladas con el matemático idioma alemán, más claro que otro alguno, oscuro sólo para los que no son capaces de entenderlo.

Ahora publica el orador de Puerto Rico, que ha hecho en los Estados Unidos causa común con los independientes cubanos, un catecismo de democracia, que a los de Cuba y su isla propia dedica, en el que de ejemplos históricos aducidos hábilmente deduce reglas de república que en su lenguaje y esencia nos traen recuerdos de la gran propaganda de la escuela de Tiberghien y de la Universidad de Heidelberg.

Esta última referencia es, sin lugar a dudas, a la influencia que, sobre el pensamiento social de Hostos, ejerció el krausismo, muy especialmente su vertiente española. Los estudiosos del tema están convencidos de que el krausismo fue una de las corrientes intelectuales que más incidió sobre la configuración de las teorías sociales y filosóficas del sociólogo mayagüezano. La estadía de Martí en España, luego de su cautiverio político, los estudios realizados por él en la Universidad de Zaragoza, su indiscutible familiaridad con el ambiente intelectual que abarca el quinquenio que va desde la Revolución septembrina (1868) hasta la proclamación de la primera República española (1873) nos permiten colegir que una figura como Hostos, que había llamado la atención de figuras como Benito Pérez Galdós, no pudo haber pasado inadvertida a la fina percepción del joven revolucionario habanero. Es cierto que cuando Martí es desterrado a España, Hostos está comenzando su alejamiento definitivo —tanto físico como espiritual— de la península. Pero, aún así, Martí, espíritu alerta al mundo circundante, tiene que haber estado familiarizado con la obra de Hostos y con las corrientes intelectuales que influyeron sobre el pensamiento de éste. De manera tal que no debe extrañarnos si, en este escrito de México en 1876, el cubano evoca las raíces intelectuales que sirvieron como caldo de cultivo para el pensamiento puertorriqueño.

Importa, no obstante, destacar lo siguiente. Cuando Martí concluye con los planteamientos recién citados, sigue a renglón seguido con un aspecto del escrito de Hostos que creemos obedece, circunstancialmente, a la situación por la cual atravesaba México, lugar donde residía el libertador cubano en aquel momento. De la rica exposición hecha por Hostos de un proyecto histórico libertador para las Antillas, Martí se limita a un solo aspecto de éste en su escrito: al fenómeno de lo que hoy llamamos "cesarismo democrático" pero que Hostos denomina como "el imperio democrático". Prueba de ello es que Martí escribe que "así, al acaso tomamos de Hostos un párrafo que acabamos de leer, y ese párrafo es éste que acaso puede tener algunas analogías con nuestra situación". Y, a renglón seguido, procede a citar del artículo de Hostos lo atinente al "imperio democrático" desde César Augusto hasta Napoleón III.

Cuando decimos que el escrito de Martí sobre Hostos tiene un carácter circunstancial estamos refiriéndonos, concretamente, al hecho de que el 23 de noviembre de 1876 el general Porfirio Díaz entraría triunfalmente a la ciudad de México, poniendo así fin al régimen encabezado por Sebastián Lerdo de Tejada. Claro está que, como todos sabemos, toda forma de pensamiento humano es determinada y condicionada socialmente, razón por la cual toda forma de expresión humana tiene, desde luego, un carácter circunstancial. Pero, en el caso presente, estimamos que Martí enfatiza aquellos aspectos del argumento hostosiano que responden a las circunstancias que rodearon el ascenso al poder de Porfirio Díaz en México, precisamente en 1876. El artículo de Martí, necesariamente breve, concluye con las siguientes observaciones:

Claro es que no copiamos esto porque venga precisamente a cuento, ni porque tengamos ni podamos tener en México imperio democrático, pero en tiempo de convulsiones políticas, nunca está de más la palabra que recuerde cómo el principio de soberanía, que es la expresa e incontestable voluntad de todos, es el único que puede ya regir a un pueblo como el nuestro, habituado a ejercer con energía y sin contradicción a su voluntad. La voluntad de todos, pacíficamente expresada, he aquí el germen generador de las repúblicas.

No obstante la brevedad de la reseña que nos brinda Martí del "Programa de los Independientes", no cabe duda de que en sus páginas encontramos ya la expresión del democrático revolucionario que es parte integral del pensamiento de ambos escritores antillanos. En todo caso, merece destacarse el hecho de que el programa redactado por el puertorriqueño no había caído en oídos sordos, sino que había sido acogido con entusiasmo y fervor revolucionario por el futuro fundador del Partido Revolucionario Cubano e iniciador de la Revolución que lleva su nombre.

Pero volveremos sobre este tema más adelante en nuestra exposición. Por ahora nos interesa aludir a otras referencias sobre Hostos que aparecen en la obra de Martí.

La próxima referencia que hace Martí a Hostos la encontramos en *Patria* con fecha del 14 de marzo de 1893. El artículo en cuestión se titula "¡Vengo a darte Patria!, Puerto Rico y Cuba". Se trata del testimonio sobre la reunión de quince hombres que "con alma de hermano se unieron en un salón de Raymond a hablar de la fe común, del cariño cada día más apretado entre las dos Antillas". Entre los presentes se hallaba el puertorriqueño Sotero Figueroa, el "generoso y valiente Sotero Figueroa", como lo describe Martí. La figura de Hostos sale a relucir cuando, conforme a la reseña de la actividad, hace uso de la palabra Gonzalo de Quesada, respondiendo a unas palabras en apoyo de Cuba pronunciadas por don Antonio Vélez Alvarado. Conviene citarlas en su totalidad:

Antonio Vélez Alvarado puso en frases fervorosas su adhesión a la causa de que es impaciente mantenedor, y su palabra de cariño a Cuba arrancó a Gonzalo de Quesada, que fue allí como corazón hablado, el periodo impetuoso en que recordando a un prócer de su apellido, que ahogó la primera tentativa de independencia de Puerto Rico, prometía lavar la culpa de su antecesor con la decisión de hijo con que, como a la de Cuba, se tiene jurado a la libertad puertorriqueña. De lo más bello de la juventud, y con el orden y armonía del entusiasmo encendido en la razón, brotaban los arranques en que recordó Quesada a Felipe Goita, el puertorriqueño que cayó herido el primero por la libertad cubana al pie de Narciso López; a Baldorioty de Castro, reducido a la preparación lenta del carácter que ha de preceder a la acción revolucionaria; a Eugenio María de Hostos, menos seguido de lo que debió en los tiempos confusos en que la revolución de Cuba iba como al garete, entre la guerra poco ayudada de afuera en el interior, y el parlamento indeciso que imperaba entre los cubanos de la emigración. ¡Y con razón ofrecía Quesada al terminar que, con la pericia ganada desde entonces, y con el ánimo nuevo que Puerto Rico trae a la labor, no se conocerá en la época que ahora empieza, diferencia alguna entre un cubano y un puertorriqueño!

Conviene recordar, en el contexto presente, que este artículo fue escrito con posterioridad a la fundación del Partido Revolucionario Cubano y en los aciagos momentos de la preparación para el inicio de la Revolución Martiana. La elocuencia de Martí, su capacidad para crear y recrear el ambiente imperante en aquella congregación de almas afines en la revolución antillana, es evidente en cada palabra, en cada oración.

La próxima alusión a Hostos en la obra de Martí la hallamos en *Patria* del 21 de noviembre de 1893. Se trata, esta vez, del artículo titulado "A tres antillanos" y que tiene como punto de referencia las fiestas del Descubrimiento de América celebradas en Santo Domingo, es decir, del cuarto centenario de este gran acontecimiento histórico. Martí pasa revista a la celebración de la efemérides en la República Dominicana y escribe en conclusión:

> Pintorescas y memorables fueron las fiestas del "Centenario Colombino Americano" en Santo Domingo, y no fue en ellas sólo de notar la alabanza, a menudo hueca, de lo pasado, árbol seco donde van colgando la hinchazón y la vanidad de sus púrpuras chillonas, sino la historia en sobria literatura, de la mente y el patriotismo del país, y la prueba de capacidad grande y aspiración enfrenada de sus hijos. No sin objeto habla *Patria* hoy de aquellas fiestas, sino por gratitud, puesto que como recuerdos del Centenario se han elegido dos composiciones, de la magnífica poetisa una, de Salomé Ureña, compañera del pensador Francisco Henríquez y de Federico Henríquez y Carvajal la otra, dedicada, con hondo pensamiento, a tres antillanos que no descansan en la obra de contribuir al rescate, equilibrio y bienestar de nuestra América: a Betances, a Hostos y a Martí.

Conviene detenernos en este último pasaje. Importa destacar el hecho de que encontramos a Martí hablando en tercera persona. De otra parte el orden mismo en que aparecen los tres antillanos es significativo. Finalmente está la alusión a la obra de éstos en favor del "rescate, equilibrio y bienestar de nuestra América".

Por último, no podemos pasar por alto una importante alusión a Hostos que aparece en los "Fragmentos" de la obra de Martí publicados en sus *Obras completas*. Los editores nos advierten que, con toda seguridad, dichos textos fueron escritos en su mayor parte en Nueva York entre 1885 y 1895. En uno de esos fragmentos, Martí hace una enumeración bajo el título "Oradores" y allí consigna: "Hostos, el profundísimo orador de Puerto Rico."

Esta alusión a nuestra primera figura intelectual tiene que estar basada, a nuestro juicio, en el conocimiento que Martí tenía acerca de las grandes dotes oratorias de Hostos. Resulta obvio, luego de la lectura de algunos de sus más memorables discursos, que el pedagogo boricua era un orador verdaderamente extraordinario. De manera que el elogio de Martí, al expresarse en superlativo de las cualidades de Hostos como orador son el extremo significativo, sobre todo cuando provienen de la pluma de uno de los grandes tribunos que ha producido Iberoamérica.

En lo que resta de este capítulo quisiéramos invertir el enfoque que hemos utilizado hasta estos momentos, para detenernos en lo que Hostos tuvo que decir acerca de Martí. En otras palabras, queremos conocer más de cerca cuál fue la percepción que tuvo respecto del significado histórico de la vida y la obra del cubano. Para lograr esos propósitos es indispensable remitirnos a los escritos de Hostos acerca de Cuba pero, muy particularmente, acerca de la figura histórica de Martí.

La devoción del puertorriqueño por Cuba es de sobra conocida y no creemos necesario abundar en ella en estos momentos. Baste con señalar aquí que lo que hemos caracterizado como la "vocación caribeña e iberoamericanista de Hostos" se manifiesta tan tempranamente como con la publicación, en 1863, de su primera gran obra literaria *La peregrinación de Bayoán*. Luego de convencerse, durante su estadía en España, de la inutilidad de toda posibilidad reconciliadora con la metrópoli española, comienza una ingente labor propagandística desde el exilio en favor de la independencia de Cuba y Puerto Rico. A todo lo largo del periodo de la Guerra de los Diez Años (1868-1878) que culminaría con lo que nuestro pensador llamó "el pacto lastimoso del Zanjón", Hostos fue un insobornable defensor de la independencia de Cuba y, desde luego, de Puerto Rico. No obstante el revés a la causa libertadora que representó el Pacto del Zanjón, continuó enarbolando la bandera de la independencia y de la revolución necesaria, redactando y publicando, en 1876, su gran proyecto histórico para la emancipación de las Antillas al cual ya hicimos alusión: el Programa de los Independientes. Aquí aparecen expuestas, de manera precisa y exhaustiva, las ideas fundamentales que servirían como base para la fundación del Partido Revolucionario Cubano en 1892 y para el Manifiesto de Montecristi en 1895.

Cuando se funda el Partido Revolucionario Cubano, Hostos se encuentra en Chile, y acoge con entusiasmo el nuevo proyecto para la liberación antillana, fruto de los revolucionarios cubanos encabezados por Martí. Con el inicio de la Revolución Martiana, Hostos volverá por sus fueros revolucionarios y convertirá nuevamente la tribuna periodística en un ariete para golpear al colonialismo español. Desde los periódicos chilenos fustiga la política española y advierte contra los peligros que representaba para el porvenir de las Antillas la presencia expansionista de los Estados Unidos en el hemisferio. Su apoyo por la independencia de Cuba y Puerto Rico rebasa los acontecimientos que rodearon la muerte de Martí y de Maceo, explayándose nuestro sociólogo, ante la muerte de este último, sobre las razones sociológicas e históricas que hacían inevitable el triunfo de la revolución en Cuba.

Cuando, ya al filo de la guerra de 1998, decide abandonar Chile, lo hace para regresar a Nueva York. Allí pasará a laborar junto a los miembros de la Sección Puerto Rico del Partido Revolucionario Cubano. Su regreso a la Madre Isla, como llamaba él a Puerto Rico, ocurriría luego de la ocupación militar de nuestro territorio nacional por tropas norteamericanas el 25 de julio de 1898.

En todo caso, lo que debe constituir motivo para reflexión es el hecho de las escasas referencias que hace Hostos a la obra de Martí durante el periodo que nos preocupa. De hecho, el único escrito importante que le dedica es con referencia al testamento político de Martí publicado por don Federico Henríquez y Carvajal luego de la muerte de aquél. Hemos descubierto, no obstante, unas páginas de Hostos, publicadas en Chile, referentes al Manifiesto de Montecristi, que no figuran entre los textos publicados en sus *Obras completas*.

Mientras se encuentra en Chile, Hostos escribe en *La Ley* de Santiago de

Chile, un artículo titulado "Manifestación de la revolución de Cuba", el 16 de junio de 1895, es decir, casi un mes después de la muerte de Martí en Dos Ríos. Se circunscribe a un análisis del Manifiesto de Montecristi: Si Hostos sabía en aquel momento sobre la muerte de Martí, el artículo en sí no lo revela. En todo caso, y luego de un cuidadoso análisis del Manifiesto, Hostos escribe lo siguiente:

> Expositores de un propósito fundado en doctrina, Martí y Gómez conocen cuanto la guerra tiene en disociador, mas también cuanto tiene de organizador, saben de ella cuanto es desolación. Al exponer desde esos dos puntos de vista la lucha, consagra en la última, no la menos importante porción del manifiesto. Entienden que la guerra de independencia tiene por objeto dar una patria más al pensamiento libre, a la equidad de las costumbres y a la paz del trabajo[...] Así, pues, veo en la altura de pensamiento y de conciencia en que siempre estuvo la revolución de Cuba para cuantos han sabido qué es ella y qué necesidad tiene de ella la civilización del mundo, el manifiesto no podía decir más.

Ni una sola referencia a la muerte de Martí. Para ello tendremos que esperar a otro artículo del puertorriqueño, publicado también en *La Ley*, en octubre de 1895. Sobre el testamento de Martí nos dice Hostos:

> Este documento, que sin duda formará entre los de la Historia de la Independencia de Cuba, tiene tres cosas superiormente notables: las ideas, los sentimientos y cierta difusa sombra de muerte que vaga y divaga por todo él[...] En ella pensaba al escribirla el dispuesto a todo sacrificio. Consumado el sacrificio, es natural que la sombra de la muerte, así por deber provocada y arrostrada, divague ante los ojos del que lee esa carta[...] Notabilísima también es ella por las ideas. No son ideas de Martí sino de la Revolución, y especialmente de los revolucionarios puertorriqueños, que, en cien discursos y mil escritos e inumerables actos de abnegación, han predicado, razonado y apostolado en favor de la Confederación de las Antillas: pero esas ideas de comunidad de vida, de porvenir y de civilización para las Antillas están expresadas con tan íntima buena fe por el último Apóstol de la Revolución de las Antillas, que toman nuevo realce[...] Pero lo que más brilla en la carta son los sentimientos que resplandecen en ella.

Hoy, luego de profundizar más en la obra de estos dos grandes pensadores, creo que procede una relectura del texto que acabo de citar, amén de una oportuna rectificación histórica. Digo esto porque a la luz de un estudio de la obra de Hóstos en su conjunto éste podía reclamar, legítimamente, que las ideas expuestas por Martí habían sido esbozadas por los revolucionarios puertorriqueños como Betances y el propio Hostos antes de que recibiera su lúcida expresión teórica y su concreción institucional en las Bases del Partido Revolucionario Cubano en 1892. Prueba fehaciente de ello lo es el Programa de los Independientes de 1876, al cual aludimos anteriormente, y en cuyos Estatutos se consigna como objeto de la agrupación "trabajar material, intelectual y moralmente en favor de la independencia absoluta de Cuba y Puerto Rico hasta conseguir su total separación de España y su indiscutible existencia como naciones soberanas". A renglón seguido el sociólogo puertorriqueño nos ofrece todo un esbozo para un proyecto histórico de la liberación antillana que es, a nuestro juicio, el más completo y detallado que conocemos en el siglo xix antillano.

El propósito de esta aclaración necesaria no es ni debe ser el de reclamar para Hostos la paternidad espiritual de unas ideas puesto que, como él mismo fue el primero en señalar al justipreciar la obra del "último apóstol de la libertad de las Antillas", estas ideas eran las de "la Revolución" de la cual todos ellos: Betances, Hostos y Martí, no eran sino sus intérpretes y expositores más articulados y lúcidos.

La relectura de la obra de Hostos y de Martí me ha hecho volver sobre un texto que aclara el contenido de la afirmación hostosiana de que "la Revolución", como gran cataclismo colectivo, es fuente fecunda de ideas. Se trata de un escrito sobre Francisco Vicente Aguilera, donde nuestro sociólogo analiza las razones de ser de la revolución de Cuba, y en luminosas palabras donde se nos define el papel de las masas en los procesos revolucionarios nos precisa:

> La revolución de Cuba no ha necesitado genios, porque tenía el genio colectivo, el pueblo. Y entiéndase que no habla un hacedor de frases, ni un repetidor de figuras oratorias, ni un adulador de errores y pasiones. Habla quien piensa lo que dice, y lo dice después de haber deducido de la realidad de la historia y de la vida, la verdad que cree y afirma. El pueblo no es pueblo cuando, por substracciones caprichosas e insensatas, lo reducen sus explotadores y sus enemigos a la porción ineducada que tiene demasiado que trabajar para educarse, y demasiada honradez instintiva para vivir sin trabajar: ése es el pueblo inculto, cuya ignorancia es responsabilidad de la porción culta del pueblo. El verdadero pueblo somos todos, cuando él se mueve, él es quien dirige, porque él es quien con el genio de la razón común y del sentimiento universal, gobierna todas las voluntades individuales. Ése fue el pueblo que decidió con las armas en la mano la independencia de Cuba, y él es el genio colectivo que está realizando ejemplarmente.

Eugenio María de Hostos y José Martí fueron, bien vistas las cosas, las manifestaciones más sublimes de ese genio colectivo mencionado por el primero y que sirven como base para ese demiurgo de todas las grandes revoluciones que se llama el pueblo. Por ser intérpretes esclarecidos de esa realidad, ambos mostraron igualmente en su pensamiento las múltiples vertientes y variaciones de una misma realidad, así como la común devoción y pasión por una causa a la cual dedicaron lo mejor de sus vidas. Por eso somos hoy más ricos y más fecundos al incorporar, a nuestro acervo cultural, esta sin par aportación de dos grandes del pensamiento antillano y universal.

VI. HOSTOS ANTE BOLÍVAR

EL 5 de julio es fecha memorable en la historia de Venezuela y de todos los pueblos del mundo. Pues, en un día como ése, se cumplieron 178 años de la proclamación de la independencia de ese país hermano. También, debemos añadir, el 24 de julio es motivo de celebración, no sólo en Venezuela, sino en todo el Continente, toda vez que se marca la fecha del natalicio del ilustre caraqueño don Simón Bolívar y Palacios, nacido en 1783 en esa bella ciudad venezolana. Importa destacar estos dos hechos porque nuestro gran Eugenio María de Hostos fue un devoto admirador y discípulo de Simón Bolívar, al propio tiempo que estuvo profundamente identificado con Venezuela, no sólo porque residió allí desde el 28 de noviembre de 1876 hasta su partida del país el 3 de junio de 1878, sino porque fue precisamente en Caracas donde contrajo matrimonio con doña Belinda Otilia de Ayala, el 9 de julio de 1877.

Es imperativo indicar que Hostos acude a Venezuela años más tarde de haber tenido lugar su frustrada expedición junto con Francisco Vicente Aguilera y que, a su arribo a suelo venezolano, trabaría amistad con prominentes figuras de la intelectualidad venezolana de esa época. Sus frecuentes colaboraciones en *La Opinión Nacional*, órgano periodístico dirigido por Fausto Teodoro de Aldrey, son una prueba fehaciente de que nuestro héroe intelectual vio en Venezuela un suelo fértil para la propagación de sus doctrinas pedagógicas y de su ideario político en favor de la liberación nacional de Cuba y Puerto Rico. Los que hemos estudiado con ahínco y devoción la vida y la obra de Hostos sabemos que éste nunca cejó en su empeño por liberar del yugo colonial, no sólo a las Antillas Mayores, sino a todo el Continente, que él definió en 1874, acertadamente, con el nombre de "la América Latina". Su paso por Venezuela debe verse a la luz de esa devoción por la libertad de nuestros pueblos.

La señal indiscutible de una gran figura histórica es, sin lugar a dudas, el carácter imperecedero de su ejemplo para las generaciones presentes y por venir, su capacidad para constituirse en modelo o arquetipo que sirva como émulo para aquellos que ven en él una vida digna y ejemplarizante. No, me apresuro a señalar, porque estos seres humanos sean poseedores de cualidades sobrenaturales o mesiánicas, sino simplemente porque han sido aquellos que, en un determinado momento histórico, han encarnado los anhelos y esperanzas de las grandes masas populares por la reivindicación de sus derechos como seres humanos. Han sido ellos los portavoces, los abanderados, los adelantados y precursores de un nuevo orden social y político que se asienta sobre el principio fundamental del respeto a la dignidad humana a nivel individual y de la libertad e independencia de los pueblos a nivel colectivo. Uno de esos seres humanos excepcionales fue

Bolívar. Otro, que percibió a éste como su maestro y guía, fue Eugenio María de Hostos. Como lo haría más tarde Martí, como lo harían todos los iberoamericanos que ven en la obra libertadora de Bolívar el proyecto inconcluso de la unión y liberación de todos nuestros pueblos, Hostos verá en Bolívar la encarnación viviente de los ideales que habrían de servir como acimut de su vida. Por ello se remite a cada paso a la vida y la obra de Bolívar, a veces de manera explícita, pero siempre fijando, como su centro de gravitación, el camino encendido por la llama del Libertador.

De ahí que, para adentrarnos en el pensamiento de Eugenio María de Hostos tengamos también, necesariamente, que remitirnos al pensamiento de Bolívar. Serían inconcebibles la vida y la obra de Hostos si no se viesen al calor de la vida y la obra del Libertador. Hostos, el bolivariano, el heredero de la tradición libertadora del gran caraqueño, a su vez fecundará las aportaciones de Bolívar a la historia del pensamiento político iberoamericano.

Lo que hemos llamado, "la vocación caribeña e iberoamericana" de Eugenio María de Hostos se manifestará tan tempranamente como en 1863, cuando éste publica, en España, su primera obra literaria, *La peregrinación de Bayoán*. Esta vocación caribeña e iberoamericana irá madurando de manera perceptible en la formación intelectual del joven Hostos, hecho que se evidencia de manera fehaciente en su primer viaje por el sur del Continente, que se inicia en 1870 y que se cierra, debemos decir que temporalmente, en 1874. Pues bien, consideramos que en este periplo de carácter continental, Hostos cimentaría de manera firme e inequívoca su profunda filiación ideológica con el pensamiento político de Bolívar, hecho que quedará plenamente demostrado en sus escritos durante ese periodo.

Su primera colaboración en Venezuela aparece en *La Opinión Nacional* el 21 de diciembre de 1876 y se titula "Clamores de patriota". En este escrito encontramos una somera explicación de lo que nuestro autor considera como su deber de patriotismo en suelo venezolano. Podemos captarlo en estas palabras elocuentes y certeras:

Veo con los ojos muy abiertos una ciudad que de antiguo anhelaba ver: observo con atención cordial una sociedad que hace tiempo creía necesario examinar para tener completas mis teorías sociológicas; sigo con afectuoso interés de hermano el movimiento diario del pueblo que con más admiración he seguido en el movimiento heroico de la independencia, y ninguno de esos actos produce un estado doloroso de conciencia de patriota; y amo a la patria, y la busco en todas partes, en todo la veo: ya hace horas, muchas horas: días, largos días, que he podido pedir miradas para ella, recuerdos para ella, entusiasta admiración para sus héroes, conmiseración varonil para sus víctimas, indignación virtuosa para sus victimarios, y aún callo, ¡y aún callo! Es verdad que hoy he sido viandante que ha clamado en muchos, en muchísimos desiertos. Es verdad que ya estoy fatigado del desierto y del clamor. Es verdad que no he venido aquí a clamar. Es verdad que ya ha pasado la hora del clamor. Es verdad que ni Cuba desangrada, ni Puerto Rico desesperado necesitan ya de misioneros de plumas ineficaces. Es verdad que, para el patriota completo, hijo de Borinquen o de Cuba por el nacimiento,

cubano o borincano por la idea, esclavo de ambas patrias por el deber, religio-
nario de ambas por la fe del deber, la misión está ya reducida a saber esperar hoy
para saber morir mañana, a saber ser para saber no ser, a mortificarse para sacri-
ficarse, a ser calumniado para ser más calumniado, a ser detestado para ser más
detestado.

Resulta evidente, luego de esta lectura, que Hostos acude a Venezuela
porque ve en esta sociedad la cuna de una América que clamaba entonces,
y aún clama, por la culminación de la obra inconclusa de Bolívar. Que no
es otra, desde luego, sino la de la incorporación de Puerto Rico al gran
concierto de pueblos que el Libertador definió acertadamente como la
América Meridional.

Cuando nuestro sociólogo y educador expresa estas ideas, hay que recordar que no se gestan súbitamente a su llegada a Venezuela, sino que constituyen un hilo unificador que podemos palpar en toda su producción literaria.

Eugenio María de Hostos, desilusionado con las luchas intestinas y las
pequeñeces de los emigrados cubanos y puertorriqueños exiliados en
Nueva York, emprenderá su primer viaje al sur en 1870. Es así como
comienza esta primera peregrinación en Cartagena de Indias. Allí, al
referirse a Bolívar, lo llama "el más glorioso de los libertadores y uno de los
más positivamente grandes hombres de los tiempos". Luego, al llegar a su
hotel, Hostos ve un retrato de Bolívar en la sala y escribe las siguientes palabras:

Al penetrar en la sala, lo único que me llamó la atención fue un retrato de Bolívar. Yo estuve contemplándolo en silencio mientras que íntimamente oraba por
mis Antillas ante el gran padre de la Independencia. Si después de una vida consagrada a ella yo no logro servirle para nada, séanme aptos ante el porvenir los
votos que incesante, infatigablemente he hecho por ella, por cuantos bienes pensé
que eran caminos para ella, por adquirir las virtudes y fuerzas que Bolívar des-
plegó en su vida heroica. Conseguir la independencia de las Antillas, ligar su
porvenir al de una civilización más universal y más virtuosa que las conocidas e
imitar a Bolívar, único hombre de la historia que me ha parecido digno de una
libre imitación. ¿Es empeño tan malvado que, sólo castigándome más severa-
mente que pena a los malhechores la justicia humana, puede el hacerme sentir la
criminalidad de mi intento? Castígueme en buena hora: castiga a un delincuente
incapaz de arrepentirse.

La huella indeleble del pensamiento y la acción revolucionaria de Bolívar
estarán presentes a todo lo largo de la obra de Hostos, como lo demuestra,
por ejemplo, su escrito acerca del significado de la batalla de Ayacucho publicado en *El Nacional* de Lima, el 9 de diciembre de 1870, con el propósito
de conmemorar el cuadragésimo sexto aniversario de aquel magno acontecimiento histórico. Cree nuestro educador que no debe celebrarse un
aniversario más de Ayacucho mientras permanezca inconclusa la utopía
bolivariana, y escribe con tal motivo las siguientes palabras:

Ayacucho no es el esfuerzo de un solo pueblo; es el esfuerzo de todos los pueblos meridionales del continente; no es el resultado de una lucha parcial, es el resultado de una lucha general; no es la victoria de un solo ejército, es la victoria de todos los ejércitos sudamericanos; no es el triunfo militar de un solo capitán, es triunfo intelectual de todos los grandes capitanes, desde la fantasía fascinante que se llamó Bolívar hasta la conciencia impasible que se llamó San Martín; no es el campo de batalla de peruanos y españoles, es el campo de batalla de América y España, no es la colisión de dos contrarios, es la última colisión de un porvenir contra otro porvenir, no es la batalla de una guerra, es la batalla decisiva de una lucha secular.

Meditemos someramente sobre el pasaje recién citado. Nótese la alusión a "todos los pueblos meridionales del Continente", frase de filiación evidente con la acuñación de este término por parte de Bolívar. Pero no podemos sino subrayar, sobre todo en el caso de aquellos que nos dedicamos, como Hostos, al oficio de las letras, esta su referencia a la "fantasía fascinadora que se llamó Bolívar", puesto que es reveladora de toda una visión acerca del Libertador que no podemos dejar que pase inadvertida. Sabemos que nuestra lengua es rica en matices, en sugerencias, en connotaciones que tienen una plasticidad y una sonoridad que los grandes maestros que la han cultivado y enriquecido nos han legado de manera imperecedera. Uno de esos grandes maestros de la lengua española fue, sin duda alguna, Eugenio María de Hostos. Por lo tanto, esta alusión a Bolívar como una "fantasía fascinadora" no debe tomarse a la ligera, toda vez que en la imagen misma va envuelto más, mucho más, que el simple uso de una feliz metáfora. No se trata, advertimos, de unas palabras lanzadas al azar, sino de una imagen basada en un conocimiento profundo de la vida y la obra del Libertador, de su trayectoria histórica.

¿A qué alude el Maestro puertorriqueño en este juicio relampagueante sobre Bolívar? ¿Será, quizás, al 4 de julio de 1817 cuando el Libertador, literalmente con el agua al cuello, predice en la laguna de Casacoima la futura liberación del continente latinoamericano? ¿Se refería Hostos, acaso, a la escritura de Bolívar, el 13 de octubre de 1822, de sus páginas "Mi delirio sobre el Chimborazo", en Loja, cerca de Cuenca, Ecuador, donde delinea en términos poéticos el futuro de nuestro gran continente? ¿O será la referencia una de carácter genérico a esa gran utopía concebida por Bolívar, basada en la creación de una América colombiana libre y unida, que, en palabras del doctor Miguel Acosta Saignes, fue la obsesión constante de la acción y utopía de quien se calificó a sí mismo como "el hombre de las dificultades"? No lo sabemos, nunca lo podremos saber. Sólo nos es dable entender esta luminosa frase a la luz de como se refleja la huella de Bolívar en nuestro gran pensador, para de ahí reconstruir, trabajosamente, como en un mosaico multicolor, la influencia del Libertador en el pensamiento de nuestro prócer.

Este encuentro de Hostos con Bolívar, a su arribo a las tierras liberadas por éste, no pueden menos que traernos la evocación de las palabras de Martí en La Edad de Oro y dedicadas a "Tres héroes", donde, con carácter autobiográfico, nos dice el apóstol antillano:

Cuentan que un viajero llegó un día a Caracas al anochecer, y sin sacudirse el polvo del camino, no preguntó dónde se comía ni se dormía, sino cómo se iba adonde estaba la estatua de Bolívar. Y cuentan que el viajero, solo con los árboles altos y olorosos de la plaza, lloraba frente a la estatua, que parecía que se movía, como un padre cuando se le acerca un hijo. El viajero hizo bien, porque todos los americanos deben querer a Bolívar como a un padre. A Bolívar, y a todos los que pelearon como él porque la América fuese el hombre americano. A todos: al héroe desconocido. Hasta hermosos de cuerpo se vuelven los hombres que pelean por ver libre a su patria.

Efectivamente, tanto Hostos como Martí se consideraban hijos de Bolívar. La gran obra de éstos es el fruto, en gran medida, de un diálogo entre libertadores. Sabemos que Martí arribó a Caracas en 1881 y que tuvo que abandonar el país precipitadamente luego de la muerte de Cecilio Acosta. Su despedida del país, inmortalizada en su famosa carta a Fausto Teodoro de Aldrey del 27 de julio de 1881, es una prueba más en tal sentido.

Importa, por ello, estudiar y meditar acerca de la vida y la obra de Hostos, desde el momento que escribe estas líneas sobre Bolívar, hasta el momento de su muerte en 1903, toda vez que, en esos 33 años, podremos ver de qué manera es indeleble la impronta del pensamiento del Libertador en nuestro sociólogo.

Ofreceremos, en este momento, sólo algunas instancias, para abonar nuestra tesis, como ilustración de lo que acabamos de afirmar. Comencemos con el artículo "La América Latina", escrito en 1874, donde podemos palpar el influjo del pensamiento de Bolívar en Hostos. Se trata, podemos decir, de una gran apología, de una reivindicación de la América Latina, precursora del histórico discurso de aceptación del Premio Nobel de literatura pronunciado por Gabriel García Márquez, poco más de un siglo más tarde. Citamos como muestra el pasaje de Hostos:

No hay en todo el decurso de la historia de la humanidad sociedades que hayan dado pruebas más evidentes de fuerza de resistencia y de vitalidad que las procedentes del coloniaje y de la América Latina, y sin embargo, no hay una sociedad más calumniada por la ignorancia y por la maledicencia.
Si nosotros seríamos injustos deduciendo del menor número de ultrajes hechos a la humanidad por la América Latina en menor número de años que los vividos por Europa, y si comparáramos a los hechos sangrientos de pocos años el infinito de atrocidades y monstruosidades cometidas en los siglos europeos, ¿por qué no han de ser injustos los europeos cuando juzgan a la América Latina por crímenes de lesa humanidad que ellos en el pasado y en el presente han cometido?"

He ahí un enjuiciamiento de Europa que sigue la línea del pensamiento bolivariano.

Pero tomemos una segunda ilustración de lo que estamos afirmando. Ésta refiriéndonos a lo que podríamos denominar como la visión latinoamericana e internacionalista de Bolívar. Para un hombre de la vastedad cultural e intelectual de un Hostos, la *Carta de Jamaica* (1815) y el Congreso Anfictiónico de Panamá (1826) tienen que haber sido hechos conocidos.

En 1876 publicaría Hostos, en Nueva York, una serie de siete artículos en *La Voz de la Patria*, semanario de los emigrados cubanos en esa ciudad, titulados el "Programa de los Independientes". Se trata, a mi juicio, del más acabado y preciso proyecto histórico para la liberación de las Antillas que se articula durante el siglo XIX. Sabido es que uno de los fundamentos del pensamiento de Bolívar lo es el internacionalismo, es decir, la incorporación al movimiento libertador latinoamericano de cuantas personas estuviesen dispuestas a comprometerse con la causa de la independencia del sur del Continente, sin importar la nacionalidad de éstos. Viene al caso esta observación pues, en el "Programa de los Independientes", luego de consignar el artículo segundo de sus Estatutos que "el objeto de la Liga es trabajar material, intelectual y moralmente por la independencia absoluta de Cuba y Puerto Rico hasta conseguir su total separación de España y su indiscutible existencia como naciones soberanas", nos dice en el artículo 14, acerca de sus miembros, que "se considerarán ligados, o socios de la liga, a los antillanos, latinoamericanos e individuos de cualquier otra nacionalidad que se comprometan, bajo juramento en forma, a someterse a los principios de la Liga, a no desviarse jamás del objeto y fines de la Liga, y a no emplear otros medios de acción y propaganda que los prefijados en estos Estatutos".

En este proyecto histórico para la liberación de las Antillas podemos notar el influjo ideológico de Bolívar conforme a lo ya expuesto.

Una vez Hostos arriba a Caracas, escribirá sus primeros dos artículos de Venezuela, que serían publicados en *La Opinión Nacional* los días 21 y 27 de diciembre de 1876. Ambos estaban dedicados a Bolívar.

En cuanto a su artículo titulado "Lo que intentó Bolívar" el antillano procede con gran cautela en su exposición. Comienza diciéndonos:

No es Venezuela el país donde un extraño puede atreverse a hablar de Bolívar. Hay cierta especie de dignidad intelectual que lo prohíbe. Cuando se entra en la mansión de un grande hombre, el tributo más digno de él es la reserva. Ni aun muerto desaloja un grande de espíritu el espacio que ocupó con su nombre y su gloria y sus virtudes. Patrimonio del suelo en que brilló y de la historia patria que sus hechos imperecederos abultaron, historia y suelo se lastiman de toda ofrenda que sea indigna del altar; se abochornan de toda propiación de adulador. El digno llega, medita, aumenta su caudal de virtuosa admiración, y calla. Otras tierras ingratas, ignorantes del beneficio que debe la humanidad a todo hombre que la ha enaltecido, otras tierras habrá en donde fructifique la admiración que se calla y en donde la justicia y la verdad cosechen el juicio que se supo reservar. Reservo el mío. Si llega la hora en que los desatendidos de hoy podamos atender al deber halagüeño de hacer justicia a los buenos que sintieron con nosotros y a los magnánimos que se adelantaron a nosotros, los antillanos esculpiremos en el granito perdurable de nuestras Antillas la idea que tenemos de Bolívar.

Esculpir "en el granito perdurable" de las Antillas la idea de Bolívar fue siempre un proyecto hostosiano. No otra cosa podemos colegir de toda una vida dedicada a la liberación de las Antillas del colonialismo español. Una vez más la imagen feliz del maestro de la palabra nos ensancha los horizontes de nuestra comprensión del Libertador. Pero Hostos va más allá y llama a Bolívar "hombre-legión", "hombre-idea", "hombre-humanidad". Sus palabras merecen citarse íntegramente. Helas aquí:

El hombre-legión fue el primero que interrumpió el sueño de nuestra muerte colonial para redimirnos: "¡muertos!, ¡levantaos: Yo con vosotros!" El hombre-idea fue el primero que escribió la patria inmensa y que en su cerebro ecuatorial nos hizo coeficientes de esa patria malograda. El hombre-humanidad fue el primero que, sin Cuba y sin Borinquen, declaró incompleto el Continente y quiso abrasarnos en su fuego redentor e intentó abrazarnos con su abrazo salvador: éramos para él, pedazos de la humanidad que redimía.

Esta caracterización de Bolívar que nos hace Hostos apunta hacia tres aspectos fundamentales de la obra del Libertador que no escapan al antillano. El pasaje en cuestión merece un examen más detenido.

Cabe recalcar aquí que, para Hostos, el colonialismo es una especie de enfermedad fatídica del espíritu humano que corroe la conciencia del colonizado... "Nacemos muertos", nos dice refiriéndose a los efectos deletéreos del colonialismo, y en otro contexto afirma que el legado colonial produce lo que él llama "la educación mortífera del coloniaje". Bolívar, como anticolonialista, encarna por lo tanto aquel que "interrumpió el sueño de nuestra muerte colonial para redimirnos".

Bolívar fue, además, nos dice, aquel que concibió "la patria inmensa" y quien consideró que su gran obra quedaría inconclusa sin la incorporación, en su esfuerzo libertador, de las islas de Cuba y Puerto Rico. Forzoso es recordar, también, cuando de ello hablamos, aquellas palabras de Martí referentes a "la última estrofa del poema de Bolívar", aún por escribir. Finalmente Hostos llama al Libertador el hombre-humanidad, que sin Cuba y sin Borinquen declaró incompleto el Continente, abrasándonos y abrazándonos a un mismo tiempo en su visión emancipadora.

Pero va más allá el Maestro borincano cuando nos dice que la gran utopía bolivariana consistió en el gran proyecto histórico de la unidad latinoamericana. Por eso escribe, en el artículo recién citado: "Horizonte más extenso todavía, el designio culminante de Bolívar —la unión latinoamericana— tiene una forma accesible en nuestro tiempo. Esta forma es la liga diplomática de todos los gobiernos de esta América en una personalidad internacional. Por falta de esa personalidad carece de fuerza ante el mundo nuestra América Latina. Por falta de esa personalidad le desaira el consejo de las naciones." Y luego añade que con la independencia de las Antillas completaría la idea bolivariana y que se estaría de esa forma dando un paso decisivo hacia la unión diplomática de todos los pueblos de la América nuestra. "Bolívar", escribe, "acogería con deleite la ocasión", siendo el Libertador, nos dice finalmente, "aquel para quien la soledad no fue un impedimento, para quien los Andes no fueron valladar, para quien el mar no fue un lindero, para quien el tiempo no fue una venda y a través de la niebla del futuro describió que el núcleo vital del Continente estaba en el

Mar de las Antillas". De acuerdo con esta descripción, Bolívar tuvo la gran intuición política de concebir al Caribe como el eje o núcleo vital para la liberación del Continente. Esta dimensión caribeña de Bolívar, destacada en su más reciente novela por Gabriel García Márquez,* merece ser sopesada en todo cuanto ello significa para el porvenir de nuestros pueblos.

Hostos escribe, en su magna obra *Moral social* (1888), unas reflexiones que titula "Los Estados desunidos...", refiriéndose en el escrito, desde luego, a los Estados desunidos de América Latina. "Desunión abominable" llama nuestro pedagogo al triste espectáculo de unos pueblos que no han sido capaces de ligarse en una gran federación similar a la forjada por los habitantes del norte del continente americano. "Desunión abominable" que lo es doblemente porque, con sus tendencias centrípetas, ha dado al traste con un gran designio que podría cumplirse en el continente americano, o, en palabras de Hostos, que "esa desunión abominable ha malogrado el plan que la historia y la civilización habían trazado". ¿Cuál era ese plan? Escuchemos a Hostos:

> Historia y civilización tenían el plan de establecer, por medio del continente americano y sobre la doble base de un cosmopolitismo concienzudo y de una libertad jurídica muy firme, una comunión fraternal de los pueblos asiáticos o de origen asiático, con los pueblos europeos o de origen europeo. Esta comunión había de establecerse en la extensión de las dos civilizaciones europea y asiática, para combinarse la una con la otra en un terreno neutral, como el continente americano, y con razas neutrales, como las del continente americano.

Esa sublime visión del papel destinado para la América Latina en el proceso civilizatorio universal es una constante del pensamiento de Hostos, que corre, a manera de hilo unificador, a todo lo largo de su obra escrita. No puede caber duda alguna de que el pensamiento del Libertador y su visión acerca de la importancia histórica de la América Meridional lo hacen un decidido precursor de esta visión hostosiana.

Pero hay más en esta necesariamente esquemática búsqueda de cómo el pensamiento bolivariano deja su profunda huella en el de Hostos. Si nosotros tuviésemos que seleccionar, entre la vasta obra de nuestro Maestro, la que consideramos como la cúspide del edificio de su creación intelectual, no vacilaríamos un solo momento y afirmaríamos, como lo hacemos hoy, que esa distinción debe adjudicarse a esa gran obra en el campo de la axiología, publicada en Santo Domingo en 1888, que se titula *Moral social*. Se trata de una teoría de los valores, de una estimativa, de un minucioso y exhaustivo estudio acerca de los deberes del ser humano. Pues bien, en sus páginas encontramos la enumeración y explanación de Hostos de lo que es la relación inextricable entre el deber y el derecho, entre los cuales consideramos imperativo destacar uno de ellos: el deber del patriotismo, sobre todo cuando, en su obra, nuestro pedagogo toma como arquetipos de ese

---

* Se refiere a *El general en su laberinto* (México, Editorial Diana, 1990). [N. del E.]

deber a Washington y a Bolívar. En *Moral social* se define de la siguiente manera el patriotismo:

El patriotismo pasa de sentimiento a deber, cuando el patriota tiene tan exacta idea de su dignidad personal y de la dignidad colectiva de la sociedad nacional, que llega a refundir todos los afectos, deseos, ideas, derechos y deberes afijos a la noción de patria, en el sentimiento, idea, derecho y deber de conservar, defender, sostener y sacar victoriosa la dignidad de la naturaleza humana en la nacional y en la suya propia. Sin dignidad, no hay patriotismo; sin individuos profundamente dignos, no hay patriotas. Podrá, en un instante de exaltación de los sentimientos colectivos o de las pasiones nacionales o de los instintos de turba, parecer que hay patriotas aún entre individuos despojados de toda dignidad personal: acaso esos indignos, revestidos de la dignidad del patriotismo, sirvan de algo cuando es preciso vociferar, aturdir, desconcertar, revolucionar y demoler; pero tan pronto como el tiempo los ponga a prueba o el sacrificio los experimente o el soborno los busque, el patriotismo se va con la dignidad que él mismo les prestó.

Cuando la dignidad no es prestada, sino ejercicio consuetudinario y concienzudo del deber de respetar en todos y hacer respetar en nosotros la alteza natural del ser humano, el deber de ser dignos hace insobornable, inviolable, inquebrantable el deber del patriotismo.

Pero, como muy acertadamente se señalaría en el mismo libro citado, el patriotismo, es decir, el servir desinteresadamente a la patria, es un movimiento envolvente, concéntrico, abarcador. No hay incompatibilidad entre el patriotismo y el cosmopolitismo, se nos advierte, porque la patria es el punto de partida hacia una visión cosmopolita, es decir, universal, de los deberes del ser humano. El deber de patriotismo va unido inextricablemente al deber de cosmopolitismo: la gran patria es la humanidad, pero una humanidad que se expresa y manifiesta en el contexto ineludible de la realidad nacional. Por eso, para los que predican que no hay culturas nacionales sino entes abstractos carentes de verdaderas raíces en la vivencia cotidiana de nuestros pueblos de carne y hueso, Hostos les advierte:

Hay en el mundo una porción de desgraciados que, so color de que la patria de los hombres es el mundo, se desentienden de la patria, dicen que para ser ciudadanos del mundo. No es ése el cosmopolitismo que consideramos nosotros un deber. El que abjura de un deber no puede cumplir con otro deber más compulsivo. Ése no es más que un egoísta astuto que, con su hipocresía, intenta cohonestar su falta de virtud.

Cosmopolita no es el hombre que falta al deber de realizar los fines que la patria le impone, sino el que, después de realizarlos o batallar por realizarlos, se reconoce hermano de los hombres, y se impone el deber que reconoce de extender los beneficios de su esfuerzo a cualesquiera hombres en cualesquiera espacio y tiempo.

Cosmopolita es el patriota en toda patria. Empieza por serlo en la de origen geográfico y concluye por serlo en la de origen zoológico. Empieza por ser verdadero hombre en su patria, y acaba por ser verdadero patriota en la humanidad entera. Tiene la completa noción de dignidad que se desarrolla en los seres de conciencia cultivada, y por lo mismo que las utilidades calculadoras son incapaces de moderar sus impulsos hacia el bien, tiene realidad de la naturaleza humana, y reconoce que el uso mejor que podemos hacer de nuestros medios de acción es el que hacemos en provecho de los hombres todos. Entonces, para él, todo el mundo es patria, porque todo el mundo es la repetición exacta de la porción de humanidad de que procede, y en todas partes tiene el deber de hacer lo que quiso, deseó o intentó para su patria, y porque en todas las partes trabaja para ella, no sólo por ser solidarios entre sí todos los bienes de los pueblos, sino porque el mérito que adquiera ante otros pueblos refluirá como honra y gloria para el suyo.

¿Podría concebirse, acaso, una mejor caracterización que ésta de la obra magna que dejó inconclusa el Libertador? Porque Bolívar, como su discípulo Hostos, fue a la vez patriota y cosmopolita, defensor de su patria y luchador por el ejercicio pleno de los derechos humanos en todo el mundo.

Tomando todo ello en consideración, podemos pasar ahora a examinar lo que Hostos escribe acerca de Bolívar como encarnación del deber de patriotismo, como manifestación viviente de los principios que acabamos de enunciar.

En *Moral social* escribe un fragmento sobre Bolívar que no podemos pasar por alto. Sigue éste al que escribe sobre George Washington y, en ambos casos, vemos cómo se muestra, de manera concreta, el deber de patriotismo que quedó definido anteriormente. En esas páginas dice Hostos sobre Bolívar lo siguiente:

Bolívar es una personalidad deslumbradora. Deslumbrará más cuanto mejor se la conozca. Se le conocerá bien, no cuando se sepa lo que hizo, cómo lo hizo y con qué lo hizo, sino cuando penetrando en el fondo oceánico de su alma, se asista allí al ejemplar espectáculo de la lucha del deber con el querer.

Para ser más gran capitán que Aníbal o Napoleón, le basta haber conducido el ejército de Colombia por las eminencias sublimes de los Andes. Para ser igualado a Washington, que es la mayor elevación a que se puede contemplar el patriotismo victorioso, le basta haber conquistado la victoria, y con tan pocos recursos como el hijo del norte, haber hecho tanto como él. Para ser tan brillante como los más brillantes de los conquistadores antiguos y modernos, le basta su imaginación que es una de las imaginaciones que más resplandor han dado a la existencia. Pero compararlo a los conquistadores sería envilecerlo. Sería envilecerlo dos veces: una vez, rebajándolo al nivel moral de los sacrificadores de vidas; otra vez, comparándolo a simples miserables que sólo tienen brillo por la sombra que les hacen la ignorancia y la inmoralidad que les rodea.

Para conocer la deslumbradora personalidad del Libertador hay que comparar a Bolívar con Bolívar. En realidad fue único; fue el único; fue él solo; fue Bolívar. A Washington lo rodeaba, lo sostuvo, lo hizo fuerte un pueblo entero; Bolívar, si no lo hubiera sostenido su propia resolución, no hubiera tenido sostén.

Que Bolívar no tiene parangón, que sólo puede comparársele con él mismo, podría parecer a primera vista hiperbólico. Pero no lo es. Pues, como nos recuerda en sus páginas José Martí, el Libertador fue más grande que César, porque fue "el César de la Libertad". Pero seres humanos como él no pueden escapar al terrible sino de las pasiones humanas ni tampoco al feroz flagelo de la ingratitud. Por eso Hostos hace alusión a cómo el gran caraqueño murió enfermo y solo, víctima de la incomprensión y el escarnio de aquellos cuya miopía histórica les impidió aquilatar, en su justa medida, la ciclópea jornada que aquél dejó por concluir. En esa misma vena es que José Martí nos señala hacia "aquel hombre solar, a quien no concibe la imaginación sino cabalgando en carrera frenética, con la cabeza rayana en las nubes, sobre caballo de fuego, asido del rayo, sembrando naciones. Burló montes, enemigos, disciplina, derrotas; burló el tiempo; y cuanto quiso, pudo, menos mellar el diente a los ingratos. No hay cosa que moleste tanto a los que han aspirado en vano a la grandeza como el espectáculo de un hombre grande; crecen los dientes sin medida al envidioso".

Pero la posteridad se ha encargado de darle la razón a Bolívar y a la plena vigencia de la idea que sirvió como norte de toda su vida. El deber de gratitud cuyas aristas perfila Hostos en su obra ha terminado por imponerse a la ingratitud, que es la antítesis del valor definido por nuestro Maestro.

No quisiera concluir estas palabras, pletóricas de admiración por estos dos grandes americanos hermanados en la común devoción por la libertad y la justicia, sin unas reflexiones liminares. Creo que no puede caber duda alguna de que la impronta del pensamiento y la vida de Bolívar gravitaron, de manera definitiva, en nuestro más grande pensador de todos los tiempos. Confío en haberlo demostrado.

De ahí que nos atrevamos a afirmar que el Maestro, cuya vida y obra es también un testimonio viviente de cuanto aportó Bolívar a la causa de la liberación de todos los pueblos del mundo, debe ser también merecedor, a nuestro juicio, de su atinada observación, esta vez aplicada a su propia obra, de que a Hostos sólo puede comparársele con Hostos.

Pero para dejar constancia de la perdurabilidad y unicidad de la obra de Bolívar, aparte de lo que el propio Hostos nos legó en sus escritos, podemos acudir a tres grandes maestros de la lengua que se han encargado de darle la razón a Hostos, en distintos tiempos y por diversas vías, cuando escribió que a Bolívar sólo puede comparársele con Bolívar.

El primero que citaremos es a José Martí, en su discurso ante la Sociedad Literaria Hispanoamericana en 1893, donde dice, refiriéndose a Bolívar:

Con la frente contrita de los americanos que no han podido entrar aún en América; con el sereno conocimiento del puesto y valer reales del gran caraqueño en la obra espontánea y múltiple de la emancipación americana; con el asombro y reverencia de quien ve aún ante sí, demandándole la cuota, a aquel que fue como el samán de sus llanuras, en la pompa y generosidad, y como los ríos que caen atormentados de las cumbres, y como los peñascos que vienen ardiendo, con luz y fragor, de las entrañas de la tierra, traigo el homenaje infeliz de mis palabras, menos profundo y elocuente que el de mi silencio, al que desclavó del Cuzco el gonfalón de Pizarro. Por sobre tachas y cargos, por sobre la pasión del elogio y la del denuedo, por sobre las flaquezas mismas, ápice negro en el pulmón del cóndor, de aquel príncipe de la libertad, surge radioso el hombre verdadero. Quema, y arroba. Pensar en él, asomarse a su vida, leerle una arenga, verlo deshecho y jadeante en una carta de amores, es como sentirse orlado de oro el pensamiento. Su ardor fue el de nuestra redención, su lenguaje fue el de nuestra naturaleza, su cúspide fue la de nuestro continente; su caída, para el corazón. Dícese Bolívar, y ya se ve delante el monte a que, más que la nieve, sirve el encapotado jinete de corona, ya el pantano en que se revuelven, con tres repúblicas en el morral, los libertadores que van a rematar la redención de un mundo.

El segundo es Pablo Neruda, nuestro inmortal poeta, quien dice acerca de Bolívar:

Yo conocí a Bolívar una mañana larga, en Madrid, en la boca del Quinto Regimiento. Padre, le dije, ¿eres o no eres o quién eres? Y mirando el Cuartel de la Montaña, dijo: "Despierto cada cien años cuando despierta el pueblo."

Finalmente, permítasenos hacer referencia a la novela de Gabriel García Márquez sobre el Libertador, en cuyas páginas podemos extraer, de parte de ese gran fabulador, la imagen de un Bolívar inmortal. Escribe el más grande de los escritores latinoamericanos contemporáneos, a quien sin pecar de exagerados podríamos decir que es el equivalente, como genio literario, de lo que fue Bolívar como genio político, describiéndonos, con maestría sin par, lo que fue el último momento de la vida del Libertador:

Examinó el aposento con la clarividencia de sus vísperas, y por primera vez vio la verdad: la última cama prestada, el tocador de lástima cuyo turbio espejo de paciencia no lo volvería a repetir, el aguamanil de porcelana descarchada con el agua y la toalla y el jabón para otras manos, la prisa sin corazón del reloj octagonal desbocado hacia la cita ineluctable del 17 de diciembre a la una y siete minutos de su tarde final. Entonces cruzó los brazos contra el pecho y empezó a oír las voces radiantes de los esclavos cantando la salve de las seis en los trapiches, y vio por la ventana el diamante de Venus en el cielo que se iba para siempre, las nieves eternas, la enredadera nueva cuyas campánulas amarillas no vería florecer el sábado siguiente en la casa cerrada por el duelo, los últimos fulgores de la vida que nunca más, por los siglos de los siglos, volvería a repetirse.

Efectivamente, se trata de una vida que no volverá a repetirse. De ahí que, cuando Hostos se inclina, reverente, ante la figura histórica de Bolívar, entendamos con mayor meridianidad que no se equivocó en su juicio. Tenía razón, en verdad, nuestro insigne pensador cuando sentenció que a Bolívar sólo puede comparársele con Bolívar.

VII. VISIÓN DE HOSTOS SOBRE
EL DESCUBRIMIENTO, LA CONQUISTA
Y LA COLONIZACIÓN DE AMÉRICA

I

CUANDO, el 12 de octubre de 1892, el lúcido espíritu inquisitivo de Eugenio María de Hostos escribía en Chile sus reflexiones en torno a la celebración del cuarto centenario del Descubrimiento de América o, si se quiere, del Encuentro de Dos Mundos, lo hacía desde el punto de mira de una persona que había dedicado la mayor parte de su vida a luchar contra el colonialismo español y por la independencia de Cuba y Puerto Rico, entre los últimos estertores de agonía de aquel imperio decadente. Sin embargo, es imperativo destacar que sus diferencias con España no iban dirigidas contra el pueblo español como tal, sino contra la cúpula gobernante de un Estado que habría de legar a nuestros pueblos una herencia colonial cuyas hondas raíces han perdurado como un lastre pernicioso en la cultura política de aquello que Martí llamó "Nuestra América". Vale decir que este gran pensador latinoamericano del siglo XIX no sucumbió a la tentación, tan común aparentemente en los momentos en que nos aproximamos a los quinientos años de aquel gran acontecimiento histórico, de convertir su severo enjuiciamiento de la Conquista y la colonización españolas en una condena absoluta de la civilización española como tal. En otras palabras, que Hostos no caería —como tampoco Martí— en las redes de un maniqueísmo histórico, donde, conforme a la ya famosa herejía de Manes o Maniqueo, sólo hay dos principios creadores: uno para el bien y otro para el mal.

Siguiendo en esa misma trayectoria, queremos dejar sentado el principio de que, al evaluar el significado histórico del Descubrimiento de América, debemos cuidarnos mucho de no convertir el escenario de la historia en una lucha del bien contra el mal, de los perversos contra los inocentes, de los salvajes —"buenos" o "malos"— contra los civilizados portadores del fuego prometeico, de los blancos contra los negros o, si se quiere, de lo blanco y lo negro. Decía Hegel que la "filosofía pintaba su gris en gris" conforme a la famosa advertencia sobre el carácter grisáceo de toda teoría que Mefistófeles le hace a Fausto. Es decir, que lo que debe distinguir al verdadero historiador que se precie de serlo es su apreciación de los matices, de la complejidad, de la problemática de toda realidad social e histórica. De esa manera, el estudio de la historia deja de ser lineal y unidimensional para tornarse en contradictorio, es decir, dialéctico.

Para adentrarnos en el estudio de aquel extraordinario evento que cambiaría de manera permanente la faz del género humano, no podríamos hacerlo sin antes ubicarlo en el contexto mucho más amplio, mucho más global de la historia universal. Es como si nos propusiésemos iniciar un proceso de investigación histórica que vaya extendiéndose sucesivamente, a manera de círculos concéntricos que van ampliando, en cada uno de sus anillos, todo cuanto el conocimiento científico ha contribuido hacia la dilucidación del devenir histórico humano

Para lograr, al menos, una aproximación ante una meta tan ambiciosa, sería imprescindible analizar tanto la historia como la prehistoria de las tres corrientes culturales principales que contribuyen a configurar esa nueva realidad histórica que se desenvolverá ante nuestros ojos desde aquel momento hasta el presente. Cometería un pecado capital de lesa historia quien pensase que la historia de América no está estrecha y simbióticamente ligada a la de España y a la del continente africano desde los inicios mismos de la Conquista y colonización que se inician como consecuencia directa del Descubrimiento. Iberoamérica deja de ser, entonces, un simple recurso para unir a Iberia con América y África, desde el punto de vista de la conjunción de los dos términos, sino que se entiende que, a partir de ese momento, ninguno de los tres polos que hemos mencionado volverá a ser el mismo. Una vez puesto en marcha el proceso de Conquista y colonización, ni la península ibérica, ni la América precolombina, ni tampoco el continente africano quedarían inmunes ante las fuerzas que se desencadenarían. Es decir, que si bien es cierto lo que atinadamente señaló Hostos en su día, respecto a que la civilización americana no era la simple suma aritmética de las partes, sino una realidad que hoy podríamos llamar cualitativamente distinta a lo que existía anteriormente, no es menos cierto que las propias sociedades cuyas poblaciones fueron trasplantadas a América —ya fuese como dominadores o como dominados, como trabajadores libres o como esclavos— ya no podrían sustraerse al carácter multidireccional y multidimensional de los mismos procesos sobre los cuales unos presidieron y otros padecieron. La historia subsiguiente de América, fruto de múltiples migraciones de chinos, hindúes, malayos, así como de europeos y norteamericanos, le confiere a su vez la especificidad a una configuración de factores que desafían las clasificaciones tajantes y las simplificaciones burdas de quienes no han acertado aún a comprender que la historia humana que se iniciaría a partir del 12 de octubre de 1992 no puede entenderse sin la captación de las continuidades y discontinuidades que marcó en su día, con extrema fragilidad, el 12 de octubre de 1492.

Se ha puesto en boga en mi país —y creo que en muchos otros países también— la tendencia entre algunos historiadores jóvenes —aunque algunos no lo sean tanto— de simplificar la historia de América para convertirla en un proceso inquisitorial contra España por lo que, sin duda, fueron los terribles excesos cometidos por los conquistadores contra las poblaciones aborígenes. Otro tanto podríamos decir acerca de la crueldad practicada por los esclavistas contra los africanos traídos por la fuerza a nuestras playas. Pero lo que habría que entender, de una vez por todas, es que la España de los inicios de la colonización era una sociedad muy compleja y que no todos los españoles que vinieron a estas nuevas tierras fueron sanguinarios, avaros, crueles, ignorantes, etc. Desde luego que hubo de todo eso, y mucho más. Pero no hay que olvidar tampoco que tuvimos una España musulmana, que el pensamiento anticolonialista y los orígenes del derecho internacional nacen simultáneamente con el inicio del colonialismo español en América en las grandes figuras del padre Francisco de Vitoria, de fray Antón de Montesinos y fray Bartolomé de las Casas. Como tampoco debemos olvidar que la gramática de Nebrija dejó plantada firmemente en nuestras tierras una lengua que es hoy una de las grandes lenguas universales. No puede condenarse a todo un pueblo por los horrores cometidos, muchas veces en su nombre, por gobernantes despóticos y abusivos. La perversidad, como entendió perfectamente nuestro gran Maestro Hostos hace cien años, no estaba en el pueblo español, sino en el sistema colonial impuesto por sus dirigentes a nuestros pueblos.

El maniqueísmo histórico, al no matizar sus conclusiones, termina distorsionando y vulgarizando lo que constituye un cuadro mucho más rico, mucho más complejo, que el que nos ofrece un mundo donde los únicos tonos son el blanco y el negro, y los únicos protagonistas los buenos por un lado y los malos por el otro.

II

Cuando Gabriel García Márquez, en el discurso de aceptación del Premio Nobel de literatura, quiso definir la naturaleza de su vocación y de su oficio, habló acerca de "los inventores de fábulas que todo lo creemos". La leyenda, contentiva de una mezcla, difícil de definir a veces, entre la narrativa que caracteriza el quehacer historiográfico y el reino de los inventores de fábulas, ha pesado como una rueda de molino sobre la historia de América. Desde luego que la imaginación y la intuición tienen lugar en el campo de la historia y de las ciencias sociales pero, el mito, la invención de fábulas, es algo que pertenece al reino de la literatura y la poesía. Conste que no lo decimos peyorativamente ni a manera de reproche, sino como un hecho objetivo, real. La fabulación y la invención, en suma, la imaginación, pueden servir a manera de fuerzas avizoras, de súbitas intuiciones que, en determinados momentos, sirven como pábulo para el advenimiento de grandes descubrimientos científicos. La leyenda, como género de expresión literaria, toma prestado de ambos elementos: la del carácter narrativo del quehacer historiográfico de una parte, tanto como de la fabulación propia del quehacer literario de la otra.

Siguiendo en esa misma línea de pensamiento, lo que se conoce como la "leyenda negra" de España no requiere de mayores comentarios sino sólo de aquellos que buscan esclarecer el verdadero alcance de semejante calificativo. ¿Será leyenda "negra" o leyenda "blanca"? Dependerá del cristal con que se le mire. Pero lo cierto es que en esa "leyenda negra" —mal llamada, por cuanto el término "negro", en este contexto cobra un significado peyorativo y peligrosamente racista— no ha sido otra cosa, en la mayoría de los casos, sino una ideología utilizada hábilmente por quienes pretenden reclamar para su propio proceso de conquista —hecho tan a sangre y fuego como la de los españoles— una presunta benignidad mayor del proceso colonizador anglosajón cuando se le contrasta con el español. No hay conquistas ni colonizaciones, ni racismos, ni esclavitudes en donde podamos distinguir entre las benignas y las malignas. Todas forman parte del proceso de dominación mediante el cual las sociedades poseedoras de un mayor desarrollo de sus fuerzas productivas materiales y, por consiguiente, de una tecnología, sobre todo de carácter bélico, que les daba la ventaja sobre los pueblos subyugados, tuvo como secuela lo que culminó en el sometimiento, por la fuerza, de civilizaciones y culturas que habían permanecido al margen, hasta esos momentos, del contacto con otras civilizaciones para ellos totalmente desconocidas.

La "hecatombe demográfica" —el término es de Celso Furtado— que ocurrió en América Latina como resultante de la Conquista y colonización del Nuevo Mundo fue, sin lugar a dudas, un hecho histórico cuyas consecuencias para el futuro de la región durante los quinientos años transcurridos desde entonces sólo pueden calificarse como fenomenales. Pero esa herencia colonial de América Latina —analizada con tanto acierto por los profesores Stanley y Barbara Stein en un libro con ese mismo título— no puede catalogarse como un hecho que obedezca al propósito deliberado del imperio español de exterminar la población aborigen con saña genocida —aunque no puede negarse que el fanatismo religioso, el racismo y el autoritarismo inclinaron la balanza en esa dirección— sino que, como señalan los autores antes mencionados, "el supremo legado social del colonialismo fue la degradación de la fuerza de trabajo, india y negra, en todo lugar de América Latina. El que miembros de los grupos mezclados ocasionalmente fueran incorporados al grupo dominante durante el periodo colonial o se distinguieran en la lucha por la independencia no es un argumento persuasivo de la integración racial en las sociedades colonial y poscolonial". Es ese legado de la herencia colonial de América Latina lo que debe servir como punto de partida para toda reflexión seria sobre el tema, más bien que la adjudicación histórica de quiénes fueron más crueles y sanguinarios en el proceso de conquista: si los colonizadores del norte o los del sur. El pesado fardo de nuestra herencia colonial ha continuado hasta nuestros días, aun después de realizada la independencia en todos los países de América Latina con la excepción de mi país, Puerto Rico. Como dijera muy bien Martí en "Nuestra América", "la colonia continuó viviendo bajo la república" y es contra esa herencia funesta, contra ese sistema degradante, que deben dirigirse los juicios severos de la historia.

Convertir en rosada la llamada "leyenda negra", en un vano esfuerzo por redimir a España no es, por cierto, lo que válidamente pueden hacer los historiadores y los científicos sociales que buscamos extraer del devenir histórico las profundas lecciones que nos permitirán, concebiblemente, abstenernos de cometer los antiguos errores en el futuro. Pero tampoco es lícito que nos vayamos al extremo opuesto para denigrar y denostar todo cuanto hubo de válido y de positivo en la herencia cultural que nos legó España. Al tratar de deshacer el entuerto histórico de una España "civilizadora" frente a un continente "ignaro y bárbaro", no debemos caer en la opuesta tendencia de idealizar, y glorificar, el pasado precolombino y africano, sino aproximarnos a ambos con el mismo espíritu crítico que lo hacemos en el enjuiciamiento de nuestro pasado ibérico.

La celebración de los quinientos años transcurridos desde el 12 de octubre de 1492 ha suscitado, al menos en mi país, el florecer de una súbita eclosión de indigenismo y africanismo, envueltos ambos en el manto de una fuerte retórica hispanófoba. Reacción que entendemos perfectamente cuando lo vemos en el contexto de la hispanofilia que, por muchos años, caracterizó a la élite social e intelectual puertorriqueña, pero que no podemos aceptar cuando se falsean los hechos históricos para amolar las hachas ideológicas de algunos sectores que quieren unirse al coro de los que ven la historia a través del cristal de la lucha entre la inocencia y el pecado, entre los virtuosos y los viciosos, entre los bondadosos y los perversos. Si fuese así de fácil, si la historia se diese tan nítidamente en esas categorías donde no hay lugar para los matices, no estaríamos en verdad discutiendo este asunto como lo hacemos hoy, sino que podríamos cómodamente remitirnos a la época en que la filosofía era *ancilla theologicae* y la verdad revelada tomaba precedencia sobre la verdad científica. Pero, si ése fuese el caso, de nada nos serviría el pensamiento crítico y podemos cerrar los libros hasta esperar el dictamen de los Vaticanos políticos. De eso se trata y no de ninguna otra cosa.

III

A medida que se aproxima, a pasos agigantados, la celebración de los quinientos años del *Descubrimiento* de América —que tal cosa fue— así como del encuentro o (tal vez sería mejor decir el *encontronazo*) entre las civilizaciones precolombinas y las civilizaciones europeas, se ha agudizado el debate en torno a este acontecimiento histórico que, más allá de toda duda, marcó un hito de importancia trascendentalísima en la historia de la humanidad.

El 12 de octubre ha pasado a ser, por lo tanto, un punto de referencia para reavivar una vez más los viejos debates entre hispanófilos e hispanófobos, tomando el asunto, al menos en un país como el nuestro, tan dado al uso de la hipérbole, el carácter de un estéril debate que, reducido a su mínima expresión, se convierte en uno de índole semántico. Porque lo que importa, en última instancia, no es si lo llamamos "descubrimiento" o "encuentro" o lo que sea, sino el significado histórico que tuvo para la humanidad aquel venturoso viaje realizado por Cristóbal Colón y que culminó, el 12 de octubre de 1492, con el triunfo de la ciencia sobre la superstición, de la voluntad y el valor contra la flaqueza y la cobardía de los mefistofélicos espíritus que siempre niegan.

Por esos motivos es muy pertinente, en estos momentos, remitirnos a lo que tuvo que decir nuestro gran Eugenio María de Hostos acerca del cuarto centenario del Descubrimiento, cuando escribió sus reflexiones al respecto, justamente un 12 de octubre de 1892, mientras se encontraba en Chile. Es imperativo indicar, de entrada, que Hostos fue un gran estudioso de la vida de Cristóbal Colón, a quien admiraba profundamente, y que sus reflexiones acerca del significado del cuarto centenario están, en gran medida, estrechamente vinculadas a la percepción que él tenía sobre la obra magna del Gran Almirante. Hay todo un volumen de las *Obras completas* de Hostos, titulado *La cuna de América*, donde aparecen recogidas estas páginas, si bien puede decirse que el hondo significado del 12 de octubre es un hilo conductor que podemos seguir en las múltiples facetas de su obra.

Quisiéramos comenzar, sin embargo, con una carta que Hostos le escribe a doña Belinda Otilia de Ayala, antes del matrimonio de ambos, con fecha 6 de julio de 1877. En ella, Hostos se refiere al libro de James Fenimore Cooper sobre Colón y le dice a doña Inda que se sirva notar, "especialmente, la idea exacta y realmente luminosa, que yo creía exclusiva de cierto pensador oscuro [refiriéndose a él mismo], y que consiste en considerar el descubrimiento del Nuevo Mundo como un triunfo de la verdad científica sobre el error dogmático". He ahí la clave del asunto: el triunfo de la verdad científica sobre el error dogmático es lo que le confiere al Descubrimiento de América su carácter trascendental e imperecedero.

Hostos, firme creyente en la educación científica y el racionalismo, ve en la apertura del Nuevo Mundo el inicio de una nueva era ante la cual todo lo anterior, todo lo inédito, es ya sujeto y objeto del saber humano. El mundo ya no podrá ser nunca el mismo a partir del 12 de octubre de 1492. Desde luego que, como todo proceso histórico, este advenimiento, este parto, fue uno que, como todo alumbramiento, trajo la criatura luego de un doloroso proceso pero que fue, al propio tiempo, creador de una nueva vida. Ya nos lo dice en sus escritos sobre el tema: "Hoy hace cuatrocientos años que sonó. Mas no sonó como obra de alegría. América, como el hombre, nació entre vagidos de dolor."

Lo cierto es que nuestro gran sociólogo concibe a Cristóbal Colón como el abanderado, como el realizador de los principios de la revolución científica esbozados teóricamente por Copérnico y Galileo. Por momentos, al leerlo, nos parece recordar a Hegel cuando nos habla acerca de los individuos "universal-históricos", es decir, de aquellas personalidades significativas que han contribuido, mediante sus esfuerzos, a servir como fuerzas motrices de las grandes transformaciones sociales. Pero, es bueno añadir, no porque mediante la simple fortaleza de su genio hayan logrado doblegar los obstáculos de una tradición pasada, sino porque han arribado a la escena histórica en el momento coyuntural donde confluyen las posibilidades de realizar, allí y entonces, lo que antes hubiese parecido un proyecto puramente utópico. Escribe Hostos: "Colón será lo que ellos quieran. Mientras tanto, *es el civilizador por excelencia,* porque ha dado a la nueva civilización la cuna que necesitaba... Sin él, no habría habido Nuevo Mundo; sin Nuevo Mundo, no habría habido nueva humanidad; sin nueva humanidad, no habría habido nueva civilización... Fuera lo que fuera, un aventurero, un loco, un ignorante, fue un grande hombre. Pero no grande hombre como los que nacen en cualquier momento de la historia, sino de los que nacen en momento oportuno, imprimen a la historia un nuevo movimiento, porque son hombres completos; hombres de errores, de pasiones, de flaquezas; pero hombres completos como él era; sensibilidad de primera magnitud, carácter de primer orden: entendimiento soberano."

Pero no es de Cristóbal Colón que deseamos hablar en estas breves páginas. Quede eso para otra ocasión. Nos preocupa, más bien, la manera como Hostos percibió el cuarto centenario del Descubrimiento de América, si bien el espacio de que disponemos no nos permite explayarnos sobre el tema. Ya hemos apuntado en esa dirección. Se trata, como hemos visto, de la gran gesta que significó, para el género humano, este suceso sin par. Como nos dice nuestro escritor:

> Todavía no son completos los cuatro siglos del verdadero descubrimiento, y la trascendencia del nuevo hallazgo de América por Colón tiene todos estos valores: la posesión de dos océanos; la apropiación de dos continentes, el Nuevo y el marítimo; el aumento de la población del planeta por el aumento de los elementos de alimentación con que América ha proveído al mundo, el maíz, la papa, el cacao y el azúcar; la formación de más de veinte nuevas naciones, incluyendo el Canadá y Australia; el crecimiento de la industria de transporte marítimo, desde el fuste, la carabela y la carraca, hasta el clipper, el vapor de ríos y el de mar; la dilatación del comercio desde los mares cerrados de Europa y desde los litorales, incomunicados entre sí, de China, India, Persia y Europa, al océano abierto y a las costas de todo el mundo comercial; el desarrollo de la industria fabril, desde la fuerza mecánica del brazo, hasta la fuerza propulsora de los dos agentes físicos más poderosos que el hombre ha logrado poner a su servicio; la dilatación de la patria, desde el lugar en que nace cualquier hombre, hasta el hogar que elige; el aumento de todas las fuerzas productivas, y la transformación de la vida humana, en cuanto instinto, en cuanto razón, en cuanto orden, en cuanto conciencia, en cuanto libertad... Desde el descubrimiento de Colón hasta nosotros, el Viejo Mundo es otro mundo, y el Nuevo Mundo es de tal manera nuevo, que ya tiene una nueva humanidad, si es tal la que, rompiendo el modelo de las viejas sociedades, ha tomado por fundamento de organización el trabajo, la libertad, el orden, el progreso, y no se detiene ante ninguna preocupación, ante ningún fanatismo, ante ningún exclusivismo, ante ningún obstáculo que ponga la tradición a la igualdad, a la tolerancia y a la confraternidad.

Hostos toma además en consideración aquello que Carpentier más tarde llamaría "la simbiosis monumental" de etnias sobre la cual escribe Hostos:

> Tres razas madres, la autóctona, la conquistadora y la africana, han regado con su sangre el Continente y han peleado y pelean en él la durísima lucha de la vida; y las otras dos ramas de la especie humana que en un principio no habían tomado parte en las agitaciones de nuestra vida, vienen, representadas por el *paria* de la India (el *coolie*) y por el desheredado de la China, a poblar de lamentos nuestra atmósfera. Los dolores de la raza aborigen, exterminada en las Antillas, peor que

exterminada, envilecida y azotada en el Continente, desde los hielos del Canadá y las praderas del Far West hasta las soledades del Amazonas y las pampas de la Patagonia; las inquietudes de la raza civilizadora, responsable de una nueva civilización en el Norte, enferma de pasado en Centro y Sur; las angustias de la raza etiópica, así cuando gime bajo el látigo y la cadena del esclavo, como cuando la hacen solidaria de una civilización que no comprende; las agonías del paria y del chino, condenados a incesante trabajo, como la hormiga, y sañudamente perseguidos porque desarrollan en su trabajo barato las virtudes de la hormiga, no piden otra cosa que un alma verdadera de poeta, que condense en su sollozo el vario lamentar de esa humanidad adoptada por América, para producir la lírica más bella, más profunda, más racional y más humana.

Lo cierto es que son tantos y tan múltiples los temas que Hostos aborda en sus disquisiciones, que ello requeriría un tratamiento mucho más detallado y extenso. Bástenos con abordar, aparte de lo antes dicho, lo que él profetiza con sorprendente clarividencia sobre lo que es, hoy, una realidad indiscutible: la gesta épica marcada por las carabelas de Colón tendría profundas implicaciones para el desarrollo de la literatura, no sólo iberoamericana, sino universal. Hoy, cuando son precisamente los escritores iberoamericanos quienes, con mayor fuerza y profundidad, transforman y fecundan mediante su creatividad la gramática de Nebrija, aparecen como muy pertinentes y atinadas las siguientes observaciones de Hostos, escritas en 1892: "Pero un día será cierto en la historia de la literatura universal, que el Descubrimiento, la Independencia, la vida compendiada de toda la humanidad en América y el ideal americano de una civilización universal son elementos épicos tan superiores a todos los utilizados por los poetas épicos de Europa y Asia, como es más humana, más extensa, más completa la vida del Nuevo Continente."

Si la historia fuese escrita en tonos exclusivamente de blanco y negro, si fuese posible adjudicar, con absoluta precisión y exactitud, que la bondad y la maldad quedaron nítidamente delineadas entre los perversos y los inocentes al iniciarse el descubrimiento del Nuevo Mundo, entonces los jueces implacables que quieren arrimar las brasas a sus sardinas ideológicas en un fútil intento por convertir los procesos históricos en una moderna versión del maniqueísmo, pueden servirse a sus anchas estableciendo discusiones bizantinas sobre cuál de los colonialismos fue peor, o cuál de las esclavitudes fue más benigna, o cuál de los racismos fue menos racista.

Pero, en última instancia, lo que importa es que este Nuevo Mundo, este mundo nuevo, marcó una piedra miliar en la historia de la civilización, y que la historia se ha encargado de darle la razón a Hostos cuando celebró, jubilosamente, el cuarto centenario de aquella gran gesta histórica.

Podemos, entonces, hablar, sin empacho de clase alguna, sobre el quinto centenario del Descubrimiento. No del Nuevo Mundo, el cual, después de todo, no fue descubierto en esa fecha, hace quinientos años, sino antes bien lo que es aún más significativo: el hecho histórico de que allí comienza el descubrimiento y redescubrimiento de nosotros mismos como pueblos iberoamericanos. De eso se trata, en suma.

Hostos llamará a Colón "el bienhechor de bienhechores de la humanidad" y añadirá a este juicio que "el mérito eximio de aquel hombre fue el de perseverante descubridor de una verdad, y no de un mundo".

Conviene muy particularmente que haga hincapié en la manera positiva como Hostos concibe esta simbiosis. Contrariamente a muchas de las teorías racistas que se pusieron en boga en Europa durante el siglo XIX (conde de Gobineau, Houston Stewart Chamberlain) o inclusive en la propia Iberoamérica, sobre todo entre aquellos pensadores que veían como única solución a los males del sur del continente el "blanqueamiento" de su población mediante la importación masiva de inmigrantes europeos, nuestro sociólogo concibe el mestizaje como un paso de avance para la historia de la civilización y le da la bienvenida a sus efectos benéficos.

En unas páginas tituladas "El cholo", publicadas en *La Sociedad*, de Lima, el 23 de diciembre de 1870, escribe Hostos:

> El Nuevo Mundo es el horno donde han de fundirse todas las razas, donde se están fundiendo[...] La obra es larga, los medios lentos; pero el fin será seguro[...] Fundir razas es fundir almas, caracteres, vocaciones, aptitudes. Por lo tanto, es completar. Completar es mejorar[...] América deberá su porvenir a la fusión de razas; la civilización deberá sus adelantos futuros a los cruzamientos. El mestizo es la esperanza del progreso[...] Para mí, el cholo no es un hombre, no es un tipo, no es el ejemplar de la raza; es todo eso, más una cuestión social de porvenir[...] Si el cholo, en el cual predominan las cualidades orgánicas de la raza india, la gran cualidad moral de esa noble raza, abatida pero no vencida por la conquistadora, abrumada pero no sometida por el coloniaje, desenvuelven la fuerza intelectual que ha recibido de la raza europea, el cholo será un miembro útil, activo, inteligente, de la sociedad peruana; mediador natural entre los elementos de las dos razas que representa, las atraerá, promoverá aún más activamente su fusión, y la raza intermedia que él anuncia, heroicamente pasiva como la india, activamente intelectual como la blanca, alternativamente melancólica y frívola como una y otra, artística por el predominio del sentimiento y de la fantasía en ambas razas, batalladora como las dos, como las dos independiente en su carácter, formará en las filas del progreso humano, y habrá reparado providencial las iniquidades cometidas con una de sus razas madres[...] Entonces, los cholos, sin dejar de ser aptos para la guerra justa, dejarán de ser instrumentos de guerra; sin dejar de ser sencillos, dejarán de ser esclavos de su ignorancia y su candor[...] Entonces no se regalarán cholos como se regalan chotos, y el hijo de un hombre será más respetado que el de un toro.

Por lo que hemos dicho hasta el momento, no debe caber duda de que Hostos concibió al Descubrimiento de América como uno de los sucesos más trascendentales en la historia de la humanidad. Muy otra, sin embargo, será su evaluación del proceso de Conquista y colonización del Nuevo Mundo.

Para Hostos la Conquista de América, en la cual "hubo lucha, hubo matanza de indios, hubo perros adiestrados, hubo atrocidades españolas", en donde el indígena "se dejó encadenar a la mita, a la encomienda, al trabajo bestial que le imponían". Por eso, en un encendido pasaje donde revela su indignación, escribe:

Mi espíritu ha debido vivir en aquel tiempo negro, porque yo, que no he conseguido odiar a los españoles, que he matado mis pasiones para sólo llevar a la contienda la alta razón de la justicia, yo no puedo pensar en el primer momento de la Conquista, sin odiar con frenesí, con deleite, con unción, a aquellos monstruos de ingratitud y de injusticia. Hoy mismo, cuando, imperturbable e impasible en mi designio, como los Andes lo están en su cimiento, encubro, como ellos, el fuego latente en las entrañas con la nieve aparente en la superficie, si quiero que los Andes se conmuevan, si quiero sentir las erupciones volcánicas del odio, derretir la nieve de mi fe matemática en el destino de mi patria y en el mío con el incendio de las pasiones que mi conciencia y mi razón han sofocado, me traslado mentalmente a aquella época, leo la historia de la Conquista en cualquiera parte de América, y la sed de justicia me devora y el hambre de venganza me exaspera, y me siento Bayoán, Caonabo, Hatuey, Guatimozín, Atahualpa, Colocolo.

La Conquista de América fue, pues, un proceso brutal de despojo, de saqueo, de exterminio de la población aborigen, hecho agudizado en los países colonizados por España, por la herencia colonial que ésta nos legara.

El legado del colonialismo, lo que él llamaría "el sino nefasto del coloniaje", tuvo y sigue teniendo profundas consecuencias adversas para todos los pueblos del sur del continente.

Hostos nos describe ese legado de la manera siguiente:

Nacemos muertos: ése es el sino nefasto de las sociedades creadas por el coloniaje, el que heroicamente combaten todavía los pueblos que se emanciparon de España hace más de medio siglo. Como esos ensayos de creación que en las épocas prehistóricas de nuestro planeta, asocian en su organismo todas las monstruosidades del bosquejo condenado a muerte con la estable armonía del principio universal de vida que los engendró, nosotros no tenemos de común con las verdaderas sociedades humanas, otra cosa que el principio inicial de la vida: todo lo demás es monstruosidad de bosquejo condenado a muerte.

Y abundando aún más sobre el mismo tema, escribe:

Mucha niebla, mucha tiniebla, mucha, mucha es lo que deja la educación colonial en el colono; no hay más que un medio, un solo medio de reformar el alma humana deformada. La lengua de los oradores y los poetas, ese medio es la luz; en el idioma de los pensadores y los estadistas, es la educación. Mas no la educación privilegiada o incompleta que hasta en los mismos Estados Unidos se da y se recibe. Si algo necesita una revolución radical en este mundo, es el sistema de educación. Privilegiada, cuando sólo es accesible a una parte de la sociedad; incompleta, cuando toma por base el desarrollo peculiar de algunas facultades o la formación de especialistas para determinados fines de la vida individual, en ambos casos es viciosa, en ambos perniciosa para la libertad y la civilización, en ambos contraria a la naturaleza humana. Se trata de crear un sistema de educación común y universal que llene estos dos requisitos: primero, cultivar la razón de todos los seres racionales; segundo, hacer que la división de la enseñanza en los cuatro periodos que debe tener, no sea más que el desarrollo cada vez más vigoroso y más científico de las mismas nociones positivas en que debe empezar la educación primaria.

¿Cómo salir de esta situación que aparenta sumirnos en un círculo vicioso sin fin, en una especie de eterno retorno inmovilizador y anquilosador? Pues, nos contesta Hostos, luchando y más luchando. Haciendo referencia a la lucha revolucionaria que en esos momentos sacudía a Cuba. Por eso se pregunta, ¿cómo se salva ese obstáculo de obstáculos?, y responde:

En parte, como pudo hacerse en la emigración y como es necesario prepararse a hacer desde el primer día de la nueva sociedad; educando la razón según un sistema de enseñanza común y universal que abarque a la mujer y al niño, al liberto y al libre, al pobre y al rico, y que comprenda cuantas nociones de ciencia positiva contribuyan a emancipar de todos los fanatismos; educando la conciencia en la práctica incondicional de todas las libertades que afirman y fortalecen la individualidad humana; educando el espíritu nacional en leyes orgánicas que favorezcan inmediatamente la reconstitución económica para el trabajo y el desarrollo de los fecundísimos gérmenes de prosperidad física, por el desenvolvimiento del comercio y de todos los intermediarios mecánicos e industriales del comercio.

Dado el legado espiritual nefasto de la Conquista y colonización de América nuestro educador asigna un papel de primera magnitud a la educación como proceso descolonizador, es decir, libertador. La educación para la libertad, para la plena realización del ser humano en los valores que sirvan para enaltecer y perfeccionar al ser humano frente a la ignorancia, el oscurantismo y el fanatismo, son las metas que deben servir como norte a todo proyecto histórico iberoamericano merecedor de ese calificativo.

Hostos concebía a América como el nuevo espacio donde podría realizarse la gran utopía del porvenir. América, lo mismo la del norte como la del sur, estaba llamada a ser una nueva civilización, no un simple calco o imitación grotesca del Viejo Mundo.

Bien vistas las cosas, pues, América habría de ser el escenario, el gran mural donde se gestaría el porvenir de la especie humana en una extraordinaria superación cualitativa de las civilizaciones que le precedieron. Pensamiento utópico, sin duda, aunque, me apresuro a señalar, en el buen sentido del vocablo.

Para concluir, Eugenio María de Hostos, en su visión acerca del proceso de Descubrimiento, Conquista y colonización de América nos pone en guardia contra el maniqueísmo histórico, contra las leyendas negras o rosadas, contra las fáciles etiquetas de los anatematizadores y de los apólogos de estos complejos procesos históricos y sociales. Sus cavilaciones y meditaciones sobre el tema pueden servirnos de mucho hoy que nos aproximamos al 12 de octubre de 1992, sobre todo para despejar las tinieblas de los nuevos cruzados de uno y otro bando que han generado más calor que luz sobre un tema de tan trascendental importancia histórica.

IV

"Del arado nació la América del Norte y del perro de presa la América Española", escribe José Martí en "Nuestra América". Dictamen que, como toda gran generalización, expresa una gran verdad. Pero, que lo es, sólo parcialmente. Porque, cuando intentamos aproximarnos a la historia de América, notamos que no podemos reducir, sin riesgo de simplificación inadmisible, el decurso del devenir histórico a la acción del arado y del perro de presa. Sabemos todos, claro está, que luego Martí refina su argumentación exponiendo, en toda su complejidad y profundidad, los procesos históricos de la ecuación americana, así como el hecho de que nos brinda, mediante su genial intuición y su palabra desbrozadora de nuevos caminos, el análisis certero y previsor de una realidad que escapó a muchos de sus contemporáneos. Lo mismo podemos decir, y así lo hemos intentado demostrar en los inicios de esta obra, de Eugenio María de Hostos.

Pero lo cierto es que no hay atrechos fáciles ni fórmulas mágicas que nos permitan examinar y reexaminar la historia de América, sobre todo si partimos de la base de que no habrá nunca una interpretación definitiva y final de nuestro proceso histórico. Toda vez que cada generación deberá imponerse la tarea de realizar una visión y revisión de todo cuanto, hasta el momento que le tocó vivir, se ha tomado por verdad casi inapelable.

Las continuidades y discontinuidades, las similitudes y diferencias, los avances y retrocesos que signan los procesos históricos tanto de Puerto Rico —país que ha tenido una evolución económica, social y política muy distinta pero también muy similar a la de otros países de América— reclama, de nuestra parte, un ejercicio de las facultades del.pensamiento crítico que sean capaces de discriminar, de hilar fino, de estar atentos a las especificidades de las respectivas circunstancias histórico-sociales de cada uno de nuestros países, todo ello sin perder de vista la totalidad que confiere el sentido y la coherencia a cada una de sus partes.

El verdadero significado del 12 de octubre de 1492 o, en el caso de Puerto Rico, del 19 de noviembre de 1493, queda aún por verse. Karl Marx nos enseñó que la historia es la ciencia madre de todas las demás ciencias y no debemos perder de vista la profunda verdad que encierran sus palabras. Fechas como las mencionadas son sólo eso: fechas. No obstante, las implicaciones de los procesos históricos que se sucedieron a partir de aquel momento lograron cambiar, de manera permanente e irreversible, la historia humana, aun cuando ésa no fuese la intención original de los protagonistas.

El camino recorrido por la isla de Puerto Rico desde el 19 de noviembre de 1493 hasta el presente ha sido uno marcado indeleblemente por la presencia en nuestro suelo de dos colonialismos: el español y el norteamericano. Del primero podemos decir que, casi desde los inicios de su dominación sobre las tierras de América, llevaba dentro de sí el germen de su propio ocaso y decadencia. El imperio estadounidense, que se hallaba en apogeo cuando se inicia la conquista de Puerto Rico el 25 de julio de 1898, muestra hoy las señales de que, aunque aún extremadamente poderoso, no puede dictar, como lo hacía en otros tiempos, los términos que habrán de regir el derrotero de los pueblos del Caribe y de la América Ibérica.

Puerto Rico provee, desde ese punto de vista, una experiencia singularmente importante en el contexto de la experiencia histórica de los pueblos iberoamericanos. Porque, al propio tiempo que hemos tenido la vivencia —única en el ámbito de nuestros pueblos— de ser colonizados por dos imperios en coyunturas históricas muy diferentes y bajo circunstancias muy distintas, no empece ello ha generado, a su vez, un proceso de resistencia nacional que ha dado testimonio fehaciente de que, a pesar de múltiples vicisitudes, el pueblo puertorriqueño es parte integral de la utopía bolivariana, hostosiana y martiana y que forma, por lo tanto, parte, por derecho propio, de aquello que Martí llamó "Nuestra América". En otras palabras, que Puerto Rico ha tenido la experiencia histórica de dos conquistas y de dos procesos de colonización bajo el signo de imperios muy distintos, sobre todo y desde luego desde el punto de vista lingüístico.

De más está decir que la conquista y colonización —o sería mejor decir, la neocolonización norteamericana de la Iberoamérica—, no se circunscribe a Puerto Rico, sino que se trata de un proceso mucho más abarcador. Puerto Rico es un caso quizás extremo, pero sólo un caso, donde presenciamos la manera como instituciones tales como el Fondo Monetario Internacional o las trasnacionales de las comunicaciones convierten a pueblos mucho más grandes y poderosos que nuestra isla —como Argentina o Brasil, para dar sólo dos ejemplos— en dóciles o quizás un tanto rebeldes recipientes de decisiones sobre las cuales ni ellos, ni nosotros, presidimos.

Vale decir que, quizá por las vicisitudes de los procesos históricos mismos, a Puerto Rico le ha tocado ser el escenario para la convergencia, en nuestro territorio nacional, de los inicios de un proceso de conquista y colonización que habría de reiniciarse el 25 de julio de 1898, exactamente 405 años después de que el 19 de noviembre de 1493, cuando comenzaron la conquista y colonización de lo que los taínos llamaban Borikén. Y ese proceso de colonización y conquista de Iberoamérica no concluye con la clarinada de la batalla de Ayacucho de 1824, sino que se reinicia, poco tiempo después, mediante la enunciación de la Doctrina Monroe.

Puerto Rico es, de muchas maneras, una ficha dentro de ese juego que se iniciará ya formalmente y sin ambages en 1898.

Existen, como muy bien captaron Hostos y Martí en su época, conquistas y colonizaciones que son tanto de orden material como espiritual. Considero por ello importante destacar lo que han significado para toda la América Ibérica el descubrimiento, conquista y colonización de Puerto Rico que se inician a fines del siglo pasado y las lecciones históricas que este suceso encierra para quienes estudiamos el significado del quinto centenario de otro descubrimiento, conquista y colonización producidos hace poco menos de quinientos años. Porque la historia contemporánea marcha a pasos agigantados y lo que otrora pudo tomar medio milenio hoy puede, quizás, recorrerse en un solo siglo.

Así, de igual manera que nuestros antepasados los aborígenes y los africanos fueron descubiertos y a su vez descubrieron a los conquistadores y colonizadores ibéricos, también los pueblos caribeños e iberoamericanos estamos siendo descubiertos y a nuestra vez estamos descubriendo a los

conquistadores y colonizadores norteamericanos. Puerto Rico ha sido el
bastión principal de ese proceso, para bien o para mal. Pero, en todo caso,
se trata de una sociedad cuyas experiencias históricas merecen estudiarse,
tanto desde el punto de vista de la conquista y colonización norteamericanas, como del proceso de resistencia anticolonialista que ha sido el
tapiz por el revés de ese proceso.

TERCERA PARTE

VIII. EUGENIO MARÍA DE HOSTOS: MAESTRO Y PENSADOR DEL DERECHO

PARA estudiar con la profundidad y extensión que se merece Eugenio María de Hostos hay que tomar en consideración, primordialmente, que se trata de un pensador multifacético, de un polígrafo que incursiona, con excepcional habilidad, en los más diversos campos del saber. Y lo hace, además, con un estilo literario demostrativo del porqué se le ha considerado, con justeza, como uno de los más grandes prosistas de la lengua española durante el siglo XIX. Pero, además de lo dicho, es imperativo señalar que Hostos, el Maestro y Pensador del Derecho, sólo puede comprenderse cabalmente a la luz del momento histórico que le tocó vivir y de los vaivenes y vicisitudes de una vida dedicada íntegramente a la lucha en favor de todas las causas nobles que signaron su época.

Cuando nos aproximamos a la figura histórica de nuestro gran pensador no podemos menos que hacerlo en el contexto de unas sociedades recién advenidas a la independencia nacional y herederas de gravísimos problemas fruto de lo que hoy conocemos como el fenómeno del subdesarrollo. Es cierto. Hostos conoce Europa y su formación intelectual está marcada por la influencia de las grandes corrientes filosóficas y sociológicas que pautaron el mundo ideológico europeo durante el siglo XIX. Ése es el caso manifiesto de la huella que dejan en nuestro autor escuelas filosóficas tales como el krausismo y el positivismo. Mas, sin embargo, Hostos toma una decisión consciente y deliberada cuando da la espalda a España y a Europa y opta, voluntariamente, por su compromiso con el porvenir de la América Latina. Es este compromiso, lo que en otra ocasión he denominado la "vocación latinoamericanista" de Eugenio María de Hostos, lo que lo convierte en un pensador eminentemente iberoamericano y lo ubica en la gran corriente intelectual que se inicia desde los albores de la independencia hispanoamericana hasta la época presente.

Sinceramente creemos que fue este hecho mismo, es decir, que su magisterio haya sido ejercido en países que se hallaban apenas emergentes de su condición colonial, lo que hizo que Hostos no lograse proyectarse, como debió haberse proyectado, en el panorama del pensamiento político y sociológico universales. Y es que este campo, como tantas otras áreas en la historia de las ideas, ha tenido por mucho tiempo un carácter eurocéntrico donde las experiencias y expresiones de lo que hoy llamamos el Tercer Mundo apenas ameritan una nota al calce en los tratados de la materia. Ése es, sin lugar a dudas, el caso de Eugenio María de Hostos, quien hace sociología y pedagogía, cultiva el estudio del derecho y analiza críticamente obras maestras de la literatura universal. Pero todo lo hace desde Santo

Domingo o desde Chile, razón por la cual sus contribuciones al acervo del saber científico y literario universales han sido condenadas al limbo de la ignorancia y el olvido.

El proceso mismo de descolonización a nivel internacional que cobra fuerza incontenible en el periodo posterior a la segunda Guerra Mundial, el triunfo de los grandes movimientos revolucionarios que han logrado romper con los viejos esquemas y las relaciones de producción enquistadas sobre la base del privilegio y la explotación, la lucha contra el racismo y el imperialismo, todos han sido factores que han contribuido al rescate y a la reivindicación de las aportaciones de aquellos pueblos que habían permanecido al margen de los procesos históricos por demasiado tiempo.

Las dos figuras claves del pensamiento político antillano del siglo XIX son Hostos y Martí. Ambos son pensadores tercermundistas porque su órbita, su postura, su visión del mundo son el fruto de su compromiso con "esa América a cuyo porvenir he dedicado el mío" —para citar a Eugenio María de Hostos—. Los dos son escritores que reciben su formación intelectual conforme a los más rigurosos cánones de la cultura europea y norteamericana. Pero en sus obras puede notarse cómo dicho conocimiento es pasado por el tamiz del pensamiento crítico, por la criba de un proceso mediante el cual se busca que la solución a los problemas de nuestras sociedades emanen, no de la imitación servil de los modelos europeos, sino de lo que nos reclaman las realidades específicas de nuestros pueblos.

El estado imitativo de todo cuanto proviene de Europa y la América del Norte ha tenido consecuencias catastróficas para los pueblos latinoamericanos que obtuvieron su independencia de España. Al enjuiciar críticamente la experiencia histórica de la América española, Hostos emite un veredicto de gran severidad cuando escribe en su *Tratado de sociología*:

> ¡Totalmente desposeídas de las nociones y del hábito de la organización, no pidieron a sus propias necesidades, sino a su espíritu de imitación, las leyes que demandaba su debilidad, y se pusieron a imitar la organización política cuyos fundamentos desconocían los mismos que ansiaban verlas establecidas entre ellos. Mientras que se constituían de prestado con leyes constitucionales que no tenían fuerza ni aun para resistir las protestas del caudillaje amotinado, se acomodaban buenamente a las leyes civiles y penales de la sociedad metropolitana de donde procedían, o se ponían de prestado íntegros o mal recortados, los códigos belgas o los franceses. Prueba ha habido de esta falta de conciencia jurídica tan fehaciente de la enfermedad del derecho en estos pueblos, que uno de ellos se puso todo entero, ni siquiera recordando, el Código de Napoleón con letra y todo, porque no ha venido a traducirlo sino años después de habérselo encasquetado!

El camino a seguir de los pueblos latinoamericanos es el que queda definido por el dictamen de sus propias realidades específicas. Pero, para alcanzar esa meta, el camino tiene que ser aquel que señale el estudio de la historia como una disciplina crítica que es, a su vez, imprescindible e inseparable de todo conocimiento científico de la realidad social.

Siguiendo esta misma línea de pensamiento, Hostos afirma en *Moral social*:

Con la historia del mundo sucede lo que con la historia de lugares determinados del espacio: fija la atención del historiador en los actos de la porción de humanidad cuya vida expone, prescinde casi por completo de las otras porciones humanas. De aquí resulta que, para los historiadores de la vida europea y americana, toda la historia y todos los ejemplos de la historia están en la actividad que han desarrollado los hombres de Europa y sus descendientes los de América. Y de tal modo ha influido en la razón común esta exclusión a americanos y europeos, que cuando una historia más reflexiva ha intentado presentar el cuadro de la vida y la actividad de la especie humana entera, ya las ideas vulgares se habían ceñido de tal modo a la noción primera de la historia, que no considera como hombres de la misma especie sino como apariciones extrañas, a los que, durante siglos antes y después de Europa, fabricaron y siguen fabricando una civilización distinta, pero en fundamentos tan humanos como la civilización occidental.

Para deshacer este entuerto histórico nuestro autor propone que el estudio científico de la sociedad, vale decir, la sociología, tome como punto de partida a la historia, puesto que "la historia no es más que la manifestación de la vida de la sociedad, y toda la ciencia que tenga por objeto el conocimiento del orden natural de las sociedades, había de contar, por fuerza, con la historia, para observar y experimentar la realidad de los fenómenos, las propiedades de los hechos, la relación de las causas y los efectos que producen".

Historia que, repetimos, debe ser capaz de ver el mundo y la civilización como un proceso continuo que de ninguna manera comenzó con los arcontes de Grecia o con la Atenas de Pericles. El estudio de las sociedades, enmarcado en su contexto histórico, no puede perder de vista las especificidades de las experiencias históricas de los pueblos y las experiencias diversas y enriquecedoras que han marcado todos los procesos civilizatorios. Hostos nos lo explica claramente en su prefacio a la edición dominicana de *Lecciones de derecho constitucional* cuando escribe:

> El estudio de las ciencias todas, y especialmente el de las sociales, no da el fruto que contienen si el resultado final no es una noción del contenido de la ciencia, tan clara, que se perciba distintamente la relación de las partes con las partes: tan completa, que se abarque el todo científico en su naturaleza, para conocer el orden de que ella es manifestación; en sus aplicaciones, para conocer el modo de utilizarla; en su objeto, para conocer positivamente la porción de verdad que a la ciencia estudiada corresponde.

No debemos olvidar que en sus obras sobre sociología Hostos incursiona en el área de lo que hoy llamamos antropología y que su conocimiento de la historia de las civilizaciones lo lleva nuevamente al estudio de la evolución de la humanidad desde los tiempos prehistóricos hasta el presente. Cuando se lee el *Tratado de sociología* o su *Moral social* se capta el hecho de que Hostos conocía las obras antropológicas de su época y así lo podemos notar a lo largo de sus escritos.

Es precisamente en este contexto que consideramos pertinente traer ante nuestra consideración las reflexiones hostosianas acerca del derecho y su profundo significado para la historia de las sociedades civilizadas. Son en verdad múltiples las facetas del pensamiento hostosiano que versan sobre el derecho, sobre todo cuando tomamos en consideración que, para nuestro pensador, el derecho es no sólo una forma de organización social y política sino, al propio tiempo, un imperativo moral que rebasa los límites del derecho positivo y nos remite a los derechos que son inherentes a la condición humana misma.

Hostos nos dice, en *Moral social*, que podemos considerar el derecho desde tres puntos de vista: "1) Como acto con el cual reconocemos o damos a cada cual lo que es suyo. 2) Como expresión estricta de la justicia estricta. 3) Como conjunto de condiciones necesarias y naturales que ligan al hombre individual con el hombre colectivo, o lo que es lo mismo, al individuo con la sociedad." Abundando sobre el tema nos señala Hostos:

> Desde el primer punto de vista, el derecho sirve para relacionar a los hombres con los hombres, porque, manifestando, por medio de él, la fuerza de la justicia natural, facilita la unión y armonía de los hombres. Desde el segundo punto de vista, el derecho tiene también virtud y eficacia para ligar a los hombres con los hombres, porque expresa, no ya el sentimiento de justicia individual de que hablamos poco, sino aquel sentimiento de justicia colectiva, y mejor se dirá, aquella noción y conciencia colectiva de la justicia que se manifiesta organizada en funcionarios públicos y en corporaciones sustituidas por la ley. Desde el tercer punto de vista, el derecho se reconoce como una condición para un objeto o como un medio necesario para un fin humano, porque de ningún modo pueden hacerse en la vida social una porción de actos necesarios si el derecho no los legitima. De aquí su fuerza orgánica, o lo que es lo mismo, la fuerza natural para organizar que tiene el derecho; pues si efectivamente él es lo que da legitimidad a actos que sin él no la tendrían, es claro que la sociedad no sería el conjunto orgánico que es si el derecho no relacionara, en relación de sus medios y sus fines, los componentes todos de la sociedad.

Necesario es, en el contexto presente, que recordemos el marco histórico-social que sirve como telón de fondo para la obra hostosiana. Se trata de una obra que fue escrita en Santo Domingo en las postrimerías del siglo XIX y que responde a las realidades propias de una sociedad donde la prioridad esencial era establecer un régimen capaz de encarnar los principios fundamentales que signan el "estado de derecho". Si no se toma en consideración lo que hoy llamamos "el desarrollo desigual de las formaciones sociales" no podrá captarse en toda su profundidad y extensión la doble vertiente del pensamiento de Hostos respecto al derecho: de una parte, tenemos su insistencia en que sólo mediante el establecimiento de un estado de derecho podrá la América Latina superar su crónica condición de inestabilidad política. Resulta patente, en este caso, su admiración por las instituciones constitucionales vigentes en los Estados Unidos. De otra parte, importa señalar que el pensamiento político hostosiano está profundamente impregnado por su concepción acerca de los derechos naturales del hombre conforme a la cosmovisión de la burguesía europea y norteamericana. De ahí que para éste la forma más perfecta de gobierno sea la democracia representativa —en su versión burguesa, naturalmente— y que su concepción del derecho internacional esté matizada por su creencia de que Puerto Rico y Cuba carecían de los más elementales derechos de que disfrutaban otros pueblos dentro de la sociedad internacional. En todo caso importa recordar que, en Hostos, se funden de manera indisoluble el sociólogo, el moralista, el educador y el político. No debemos olvidar tampoco que el norte de su vida es el proceso de liberación de las Antillas, pero sobre todo la independencia de Puerto Rico y Cuba.

Las diferentes facetas del pensamiento hostosiano acerca del derecho convergen en la fusión inextricable de los elementos morales, políticos y jurídicos en la articulación de un discurso profundamente enraizado en las nociones del derecho natural. Como todos los grandes teóricos de su época, Hostos es un hijo del racionalismo iluminista. Pero se trata de un racionalismo atemperado y matizado por los imperativos de lo que él denominaría la moral social. El científico social, el filósofo positivista que ve aproximarse, conforme al esquema de Augusto Comte, los albores del estado científico en el desarrollo de la humanidad, cede el paso muchas veces al moralista que truena de indignación contra la injusticia circundante. Nótese, por ejemplo, lo que nos señala nuestro autor en una de sus obras más conocidas:

Ni aun el placer de la verdad es tan intenso como el placer de la justicia[...] Cuando en la historia o la novela, en la realidad o en el arte, en el pasado o el presente, por lejanos o por afines, por ignorados o por amigos, por cultos salvajes, por hombres de la misma raza o de distinta raza, por débiles o poderosos, por pueblos o individuos, vemos defendida y sostenida la justicia contra la injusticia, palpita violentamente el corazón, respiran ruidosamente los pulmones, hierve la sangre, nos electriza el placer de la justicia, y, sintiendo ese placer digno de los hombres, proclamamos la fuerza con que el derecho liga a los hombres con los hombres.

Es esta misma indignación contra la injusticia y la arbitrariedad lo que justifica los alzamientos revolucionarios contra el colonialismo y contra toda otra forma de opresión. El colonialismo, pongamos por caso, es una institución que es para Hostos tan inicua como lo fue en su día la esclavitud negra. Los efectos deletéreos del colonialismo sobre el espíritu humano, la deshumanización y servidumbre de quienes lo padecen reclaman la necesidad de que se restituya el orden natural conculcado por un nuevo orden marcado por el proceso de liberación nacional. Por eso, a los pueblos les asiste el derecho del recurso a la revolución cuando todas las vías han sido cerradas para la expresión popular y cuando no hay otro camino hacia la restitución de la justicia que no sea la lucha armada revolucionaria. Así lo afirma Hostos en su *Moral social* cuando escribe:

Luchar por el derecho no es armarse de un arma mortífera para conseguir, por medio de la fuerza, lo que es categóricamente contrario a la fuerza. Si la humanidad anterior cuando se trata de la vida general del derecho, ha faltado sistemáticamente al deber de ejercitarlo, hasta el punto de que se haya creado contra el derecho natural, que abarca a todos, un derecho artificial, que privilegia a pocos, necesario es entonces matar con armas homicidas el privilegio consuetudinario que se ha erigido en derecho positivo; si nuestros antepasados, cuando se trata de una sociedad nacional, hicieron tal abandono del derecho que pudo un usurpador extranjero, ya en nombre de la conquista, ya en nombre de la ocupación de hecho, dominarnos sin sujeción a ningún pacto e imponiendo a nuestra vida la ley de su interés o su capricho, lícito es, y a veces importa con urgencia a la civilización, que afirmemos con el arma de la fuerza el derecho que de ningún otro modo podemos vivir y realizar. Esos tres casos son los únicos en que el derecho tiene que ser fuerza bruta, porque son los únicos tres casos en que es imposible cumplir con el deber de ejercitarlo.

En suma, Eugenio María de Hostos fue, sin lugar a dudas, un maestro y pensador del derecho conforme a los parámetros provistos por la época que le tocó vivir. Hoy, cuando examinamos su obra, más de un siglo después del momento de su creación, podemos, sin duda, hallar en el desarrollo de su pensamiento nociones que ya han sido superadas por el devenir inexorable del tiempo transcurrido. No sería propio de nuestra parte, sin embargo, juzgar su obra conforme a la visión de un momento histórico tan distinto al que le tocó vivir. Pero, por otra parte, no puede negarse que el Maestro mayagüezano se situó a la vanguardia del pensamiento iberoamericano durante la última mitad del siglo XIX. Es mucho cuanto tenemos que aprender aún de él, puesto que, más que ninguna otra cosa, Hostos supo problematizar dialécticamente la realidad social de nuestras sociedades.

Porque Eugenio María de Hostos, como maestro y pensador del derecho es, al propio tiempo, quien afirma en su vasta obra pedagógica el derecho imprescriptible al ejercicio del pensamiento crítico. El pensador del derecho es también aquel que reclama el derecho del pensador para buscar las vías y caminos hacia el verdadero saber científico de la realidad social y natural. Se trata, sin lugar a dudas, de afirmar un derecho sin el cual no sería concebible el propio derecho: el que emana directamente de lo privativo de todo ser humano que es el ejercicio de su razón. He ahí la magna contribución de Hostos al pensamiento social decimonónico en Iberoamérica y España, contribución que no podrá ser nunca opacada por quienes no han profundizado en la obra de nuestra más eminente figura intelectual.

IX. LA VOCACIÓN CARIBEÑA E IBEROAMERICANA DE EUGENIO MARÍA DE HOSTOS

HACE ya varios lustros, cuando iniciábamos nuestra labor como estudiantes universitarios, tuvimos ocasión de leer un ensayo del gran sociólogo alemán Max Weber, titulado "La política como vocación". Recuerdo, como ahora, que la palabra alemana para vocación era *Beruf* y que aquel eminente representante de lo que Ortega y Gasset llamaría "las nieblas germánicas" nos decía que vocación era, conforme a su vocabulario, un "llamado", una especie de reclamo insoslayable e inapelable que compele a una persona, de manera casi inevitable, a dedicarse en cuerpo y alma a un quehacer determinado. Hemos querido ahora, sin embargo, profundizar en el tema, dado que consideramos a Eugenio María de Hostos como un pensador dotado de una vocación muy especial por el mundo caribeño e iberoamericano. No decimos esto a la ligera. Creo que podemos probarlo con evidencia fehaciente de los propios escritos de Hostos a través de su trayectoria histórica.

Hemos acudido, pues, a la notable María Moliner para que nos ilustre en su *Diccionario de uso del español*. Allí se nos informa que "vocación" es "cultismo derivado del latín *vocatio-nis* y significa en una de sus acepciones 'llamamiento', así como también 'inclinación', nacida de lo íntimo de la naturaleza de una persona hacia determinada actividad o género de vida". Estamos, pues, en lo que podríamos considerar como la médula de lo que queremos significar cuando afirmamos que Eugenio María de Hostos era un hombre con una profunda vocación caribeña e iberoamericana, tesis que habremos de sustentar en el curso de este ensayo. Por eso no estaba descaminado el más minucioso de sus biógrafos, Antonio S. Pedreira, cuando hablaba en su obra acerca de la "romería" del Maestro por la América Latina, término muy acertado por cuanto, recurriendo nuevamente a aquel fecundo instrumento y fuente de sabiduría que el gran Pablo Neruda llamó "lomo de buey, pesado, cargador, sistemático libro espeso", se nos dice que romería vale por "viaje o peregrinación, especialmente la que se hace por devoción a un santuario". Nótese el carácter que reviste esta definición: en términos que Hostos habría de usar como el título de su primera obra literaria en donde nos habla de "peregrinación de Bayoán", así como de la devoción por un lugar sagrado llamado las Antillas, cuya liberación serviría como norte a su vida y su obra.

Pues bien, cuando estudiamos la obra hostosiana en su conjunto no podemos menos que concluir que la devoción del Maestro por las Antillas y la América Latina tenía el carácter de una devoción, de una consagración total al destino de los pueblos que, años más tarde, José Martí uniría bajo el título genérico de "Nuestra América". Porque, bueno es decirlo, nuestro pensador logró captar con sibilina devoción y extraordinario acumen todo cuanto el Caribe e Iberoamérica podían aportar al gran concierto de la cultura universal, muchos años antes de que lo hiciera Martí. Decimos esto, no con ánimo de desmerecer la obra magna de aquel libertador político y espiritual de todo un continente, sino como un acto de justicia histórica que resulta imperioso cuando intentamos ver las cosas en su justa perspectiva. Claro está que entre las tres grandes figuras del pensamiento caribeño en el siglo XIX, es decir, Ramón Emeterio Betances (1827-1898), Eugenio María de Hostos (1839-1903) y José Martí (1853-1895), el más joven de todos ellos, así como el que morirá heroicamente a más temprana edad. Pero es Hostos quien rompe surcos, quien desbroza caminos, quien fija las pautas del pensamiento iberoamericano desde una perspectiva que, con el beneficio que hoy nos brinda una mirada retrospectiva, podemos llamar justicieramente "tercermundista".

Estamos conscientes de lo que implica la afirmación que acabamos de hacer, así como de la ambigüedad que representa el propio concepto de "tercermundismo". Nos remitimos en el caso presente, claro está, no únicamente a una realidad geográfica y económica signada por el fenómeno del desarrollo desigual de las formaciones sociales, tanto como por la huella profundamente impresa del colonialismo y del neocolonialismo, sino que nos referimos, además, a un fenómeno de alcances espirituales a menudo insondables. Como, pongamos por caso, lo es el hecho de que el arquetipo, el modelo que en todo momento se ha presentado, casi a manera de espejismo, ante los pueblos víctimas del subdesarrollo económico ha sido el modelo que ejemplifican los pueblos occidentales. Esta visión eurocéntrica del universo, esta concepción mediante la cual la historia de la humanidad tiene como hito fundamental, como su piedra miliar, a Grecia y Roma y, luego, desemboca y culmina en la Europa moderna y la Norteamérica que sirve como prolongación y extensión de aquélla, pasa por alto el hecho de que el proceso civilizatorio no ha sido unilineal ni unidimensional, sino que ha consistido en la incorporación progresiva de las aportaciones de todas las culturas —no importa cuán "primitivas" éstas puedan parecer— al gran concierto, a la gran sinfonía que, como obra colectiva, ha caracterizado a la historia de la humanidad.

Eugenio María de Hostos, en su obra *Moral social* (1888), busca deshacer este entuerto eurocéntrico, esta tendencia a menospreciar las aportaciones que han hecho al proceso civilizatorio las culturas no occidentales.

Quien esto afirma había sido, precisamente, una excelente ilustración de lo que representa una formación intelectual producto de la inmersión profunda en las corrientes de la filosofía europea. Hostos se forja y se forma intelectualmente en el contexto de la España decimonónica, pero sobre todo al calor de las ideas del krausismo de Julián Sanz del Río, así como del positivismo de Augusto Comte. Vale decir, que las coordenadas de su formación intelectual están enmarcadas dentro del contexto de la filosofía europea, fuese o no ésta pasada por el tamiz de un pensamiento social y político fruto de una sociedad en desarrollo cuyas fuerzas productivas materiales se hallaban a la zaga de otros países que, como Inglaterra, se encontraban ya en ese momento en pleno apogeo de un capitalismo industrial.

Un estudio somero, incluso de su biografía, nos indica que el intelectual mayagüezano logró integrarse al ambiente intelectual de la España de su época y que, ni más ni menos, Benito Pérez Galdós dio testimonio de la fogosidad e inteligencia de aquel joven antillano. Por ello éste tiene que haber tenido el beneficio de una educación humanística clásica desde sus primeros estudios en el Seminario de San Ildefonso hasta sus años formativos en Bilbao y Madrid. En el volumen donde su primogénito Eugenio Carlos recoge escritos del Maestro que no aparecen en la edición de las *Obras completas*, publicadas en 1939, podemos palpar el proceso mediante el cual el joven puertorriqueño se identifica con las fuerzas progresistas y liberales que finalmente derrocarían a la reina Isabel II, culminando el proceso —Hostos ya habría abandonado la Península cuando ello ocurre— con la proclamación de la primera República española en 1873. Pero lo cierto es que la influencia de las ideas krausistas, pasadas por el tamiz de don Julián Sanz del Río, así como del positivismo comteano, cuya influencia irradiaba más allá de los círculos intelectuales que se reunían alrededor de aquel antiguo secretario del duque de Saint-Simon, dejaron su huella profunda en el pensamiento hostosiano.

Ahora bien, debemos preguntarnos en este contexto: ¿por qué razón este hombre de sólida formación intelectual en la filosofía europea opta por abandonar el Viejo Continente para echar su suerte con los pueblos hispanoamericanos? Podemos decir de inmediato: porque ve toda posibilidad de cambio en las Antillas reducida a la nada aún después de la Revolución septembrina de 1868 en España. Nadie podría negar lo antes dicho y de ello hay prueba fehaciente en su ya célebre entrevista con el presidente del gobierno provisional, el general Serrano. Pero, aun así, Hostos pudo permanecer en Europa como exiliado voluntario en algún otro país europeo, quizás Francia o tal vez Inglaterra. Pero no lo hace. De España, luego de una breve estadía en París, parte con destino a Nueva York. Va allí con el propósito de unirse a los revolucionarios cubanos y puertorriqueños que habían fundado en 1865 la Sociedad Republicana de Cuba y Puerto Rico, entidad cuyo propósito manifiesto encontramos de manera explícita en su constitución, que reza de la siguiente manera: "Sólo por la fuerza de las armas se puede arrancar al gobierno y al pueblo peninsular el derecho que nos asiste a manejar nuestros propios asuntos, disfrutar de nuestra libertad, asegurar y defender nuestros intereses y ocupar el puesto que nos corresponde entre las naciones de la Tierra."

Importa señalar, desde luego, que la vocación caribeña e iberoamericana de Hostos se manifiesta tempranamente. Más aún, en el momento mismo de su primera obra, fruto de sus mocedades en España: *La peregrinación de Bayoán*, la primera edición de la cual se publicará en 1863, precisamente en la Península. La visión antillanista y latinoamericanista del puertorriqueño se hace evidente en esta obra donde los tres personajes principales, Bayoán,

Marién y Guarionex, representan, en cada caso específico, a las tres grandes Antillas. En el prólogo a la segunda edición de esta obra, escrito en Chile en 1873, el autor describe:

… Un viaje a mi patria me la presentó dominada, y maldije al dominador. Otro viaje posterior me la presentó tiranizada, y sentí el deseo imperativo de combatir al tirano de mi patria.

El patriotismo, que hasta entonces había sido sentimiento, se irguió como resuelta voluntad. Pero si mi patria política era la Isla infortunada en que nací, mi patria geográfica estaba en todas las Antillas, sus hermanas ante la geología y la desgracia, y estaba también en la libertad, su redentora.

España, tiranizadora de Puerto Rico y Cuba, estaba también tiranizada. Si la metrópoli se libertaba de sus déspotas, ¿no libertaría de su despotismo a las Antillas? Trabajar en España por la libertad, ¿no era trabajar por la libertad de las Antillas? Y si la libertad no es más que la práctica de la razón y la razón es un instrumento, y nada más de la verdad, ¿no era trabajar por la libertad el emplear la razón para decir a España la verdad?

Bien concebido, bien intentado, ha sido siempre la práctica de toda mi existencia, y cuando en 1863 volví a España, después del año de meditación más doloroso que conozco en mí, me puse a intentar el bien que había concebido en Puerto Rico.

Como puede notarse por esta cita, Hostos creyó, en un determinado momento, que era posible alcanzar alguna forma de entendimiento con España, alguna fórmula política salvadora que permitiese la concreción institucional de una gran confederación de todos los pueblos iberos y americanos. Hay en su primera obra los gérmenes de su pasión libertadora de América como lo demuestra el diálogo que consigna el encuentro entre Bayoán y el anciano enfermo que representa, a mi juicio, la encarnación literaria de un personaje que ve destrozados sus sueños de independencia en América Latina por las secuelas que trae consigo el reino del despotismo y de la ignorancia.

Se convence el autor de que el único camino que queda a las Antillas, como parte integral del conglomerado de los pueblos hispanoamericanos, es la independencia nacional. Por eso nos presenta a Bayoán como el símbolo de la lucha milenaria del ser humano por la libertad. En el prólogo a la segunda edición del libro antes citado escribe:

Quería que Bayoán, personificación de la duda activa, se presentara como juez de España colonial en las Antillas, y la condenara: que se presentara como intérprete del deseo de las Antillas en España, y lo expresara con la claridad más transparente: las Antillas estarán con España, si hay derechos para ellas; contra España, si continúa la época de dominación.

Para expresar esta idea sin ambigüedades, que me hubieran parecido repugnantes; y sin violencia, que hubiera sido absurda, abarqué la realidad de la situación política y social de las Antillas en dos de sus aspectos, y los fundí en el mismo objeto de la obra.

Uno de esos aspectos nacía de la posibilidad de un cambio de política interior y colonial en España. Yo lo acogía de antemano con fervor y predicaba la fraternidad de América con España, y hasta enunciaba la idea de la Federación con las Antillas.

El otro aspecto nacía de las condiciones de la vida social en las Antillas. Yo intentaba presentar toda entera, con todas sus congojas, con todas sus angustias, en una personificación palpable, en el joven sediento de verdad, que tenía, para conocerla, que salir una y otra vez de su país; sediento de justicia que, para embeber en ella su ávida conciencia, tenía que posponer su bienestar, su ventura, la ventura de lo amado, a las ideas que no atormentan a la juventud en las sociedades que se dirigen a sí mismas.

Hostos arriba, por cierto, a Nueva York el 31 de octubre de 1869 en momentos tempestuosos. El Grito de Lares del 23 de septiembre de 1868 había sido sofocado en Puerto Rico. Gracias a la labor del patriota antillano, que se hallaba a la sazón en España, pudo conseguirse una amnistía para todos los encarcelados por motivo de la insurrección lareña. El 10 de octubre de ese mismo año estalla la Revolución de Yara en Cuba. Pero este movimiento insurreccionario no correría la misma suerte que el de Lares. Por el contrario, la guerra revolucionaria en Cuba se extendería por diez largos años hasta concluir, en palabras del propio Hostos, con el "pacto lastimoso" del Zanjón que pondría fin, temporalmente, a la Guerra de los Diez Años iniciada por Céspedes en la Demajagua.

Es en Nueva York donde Hostos choca por primera vez con el doctor Ramón Emeterio Betances. Choca, hemos dicho, porque no de otra forma puede describirse este encuentro entre dos grandes antillanos cuyas diferencias quedarían subsanadas, años más tarde, al amparo de la figura fraternal del general Gregorio Luperón en la ciudad dominicana de Puerto Plata. Eso será en 1875. Pero, en 1870, la República Dominicana, a la que Hostos conocía, como a Cuba, más por el estudio de su geografía e historia que por una experiencia personal, atravesaba por una de las tantas vicisitudes que han caracterizado la historia de su formación social. Porque es en ese mismo año que el presidente dominicano Buenaventura Báez, archienemigo, de paso sea dicho, de Betances y Luperón, intenta perpetrar lo que sólo podemos calificar con una felonía de carácter histórico: pretendía, mediante hábiles subterfugios, anexar la República Dominicana a los Estados Unidos. Acción que se frustra, en gran medida, gracias a la importante gestión en sentido contrario llevada a cabo por Hostos y Betances en los Estados Unidos contra el proyecto anexionista de Báez secundado por el presidente norteamericano Ulises S. Grant. La postura antianexionista del Maestro mayagüezano queda claramente definida en ese momento cuando, desde su exilio en Nueva York, escribe las siguientes palabras proféticas el 12 de enero de 1870:

Las Antillas tienen condiciones para la vida independiente, y quiero absolutamente sustraerlas a la acción [norte]americana. Los otros creen que sólo se trata de libertarlas y libertarlos de la opresión de España, y conculcan la lógica, la dignidad y la justicia con tal de conseguir su fin. Yo creo que la anexión sería la absorción, y que la absorción es un hecho real, material, patente, tangible, numerable, que no sólo consiste en el sucesivo abandono de las islas por la raza nativa, sino en el inmediato triunfo económico de la raza anexionada.

O, lo que no es sino lo mismo, que la anexión de las Antillas significaría la asimilación cultural de éstas, su desaparición como nacionalidades ibero-americanas. Bajo tales circunstancias, el puertorriqueño se resiste a la idea de la anexión y clama una y otra vez por la independencia y la liberación de las Antillas. Anexar a las Antillas, dice, "sería una indignidad y una torpeza", así como son "apóstatas de la patria-suelo y de la patria-libertad cuantos venden los dolores de la independencia por la felicidad de la anexión".

Postura que habrá de reiterar años más tarde —para ser más precisos el 12 de julio de 1896 en carta que le dirige al señor Francisco Sellén— cuando, cauteloso acerca del poderío de los Estados Unidos, escribe las siguientes palabras:

Nacer bajo su égida [la de los Estados Unidos] es nacer bajo su dependencia: a Cuba, a las Antillas, a América, al porvenir de la civilización no conviene que Cuba y las Antillas pasen de poder más positivo que habrá pronto en el mundo. A todos y a todo conviene que el noble archipiélago, haciéndose digno de su destino, sea el fiel de la balanza: ni norte ni sudamericanos; antillanos sea ésa nuestra divisa, y sea ése el propósito de nuestra lucha, tanto de la de hoy por la independencia, cuanto la de mañana por la libertad.

Esta misma posición será remachada en la misiva que dirige el patricio a *La Correspondencia* de Puerto Rico, en octubre de 1900, en comunicación que envía desde Santo Domingo. En esta carta afirma Hostos lo siguiente:

Yo no creo digna de admiración a la fuerza bruta ya la vea en la historia de cada día, ya me la presenten adornada, adulada y admirada en la historia escrita, pero creo digno de la mayor atención o del mayor cuidado el hecho manifiesto de que los norteamericanos enviados a Puerto Rico y los norteamericanos del Gobierno que los envía, están procediendo en Puerto Rico como fuerza bruta. ¿En qué dirección va encaminada esa fuerza bruta? En dirección al exterminio. Eso no es ni puede ser un propósito confeso: pero es una convicción inconfesa de los bárbaros que intentan desde el Ejecutivo de la Federación popularizar la conquista y el imperialismo, que para absorber a Puerto Rico es necesario exterminarlo; y naturalmente, ven como hecho que concurre a su designio, que el hambre y la envidia exterminan a los puertorriqueños, y dejan impasibles que el hecho se consume.

Pero Hostos no habrá de permanecer en Nueva York por mucho tiempo. Las luchas internas, las divisiones intestinas, la maledicencia y la incompensación eran el caldo de cultivo de las emigraciones cubanas y puertorriqueñas en ese momento histórico. Ello lo lleva a escribir amargas páginas que han quedado como un elocuente testimonio de su frustración en ese extraordinario documento que constituye su *Diario*. Y así, decepcionado, pero no derrotado, emprende su primer viaje al sur.

Hagamos pausa una vez más. Hostos se encuentra en los Estados Unidos. Es claro que pudo haber optado por permanecer allí en calidad de exiliado político. No hay duda de que a una persona de sus dotes intelectuales y de su conocimiento de idiomas le hubiesen permitido fijar su residencia en Nueva York. De hecho, así lo haría José Martí unos años más tarde, aunque siempre con carácter temporal. Pero Hostos no lo hace. Responde más bien al llamado iberoamericano y comienza el periplo que habría de conducirlo a Cartagena de Indias, al istmo de Panamá, al Perú, a Chile y a Argentina, hasta que regresa a los Estados Unidos con el propósito de participar en la frustrada expedición de Francisco Vicente Aguilera en 1874.

Se trata de la primera peregrinación de Hostos por un Continente conocido por él, hasta ese momento, únicamente a través de los libros y las enciclopedias. Pero, aun así, el joven escritor puertorriqueño emprendería el camino que le ubicaría en Tierra Firme, complemento imprescindible del archipiélago antillano, donde aún aguardaban por su liberación Cuba y Puerto Rico.

No obstante y, conforme a los testimonios que nos brindó el gran antillano en su periplo por la América Latina, se sentía, como diríamos hoy, como pez en el agua en nuestra América. Podemos decir, sin temor a exagerar, que Hostos, cuando toma tierra sudamericana, siente como suya aquella "patria grande" que, en sus palabras, le permitiría "situarme en mi teatro, en esa América a cuyo porvenir he dedicado el mío". Importa que entendamos este punto porque estamos hablando de una afinidad, de una complementariedad, de una solidaridad con unos pueblos que Hostos siente como suyos, tan suyos como sus siempre veneradas y recordadas sociedades antillanas.

La preocupación hostosiana por el porvenir y la unidad de todos los pueblos iberoamericanos, unidos bajo el signo de una Colombia aún más grande y amplia que la originalmente concebida por Bolívar, parte de la convicción, fruto de sus estudios sociológicos e históricos, de que el verdadero, el medular problema de nuestros pueblos es el legado tenebroso que nos ha sido impuesto por el coloniaje. No se trata por lo tanto de que los males que aquejan a las sociedades latinoamericanas tengan un carácter endémico, que obedezcan a una fatalidad que habrá de condenarnos eternamente a ser los hermanos pobres del hemisferio. Lo que hoy llamamos el fenómeno del subdesarrollo y de desarrollo desigual de las formaciones sociales no es, no podía ser analizado por el sociólogo mayagüezano con las herramientas teóricas que hoy nos brinda la historia de las relaciones y de los modos de producción que se han manifestado históricamente desde las sociedades primitivas hasta nuestros días. Pero, aun así, no deja de brindarnos atinadas observaciones sociológicas que fijan, con nitidez, las grandes coordenadas que signan el desarrollo de los pueblos caribeños y latinoamericanos.

En su análisis de la realidad social latinoamericana podemos captar varias vertientes del pensamiento hostosiano.

Comencemos con la primera vertiente que acabamos de mencionar: la herencia colonial de América Latina.

Los que hemos dedicado una vida al estudio de las ciencias sociales sabemos que el lenguaje de nuestra disciplina se halla continuamente matizado por el uso de las analogías y de las metáforas provenientes, en ocasiones, de las ciencias de la naturaleza y en otras, incluso, del lenguaje poético y literario. Por eso no debe extrañarnos que, al hablarnos acerca de la herencia colonial de América Latina y sus nefastas consecuencias para el desarrollo espiritual de nuestros pueblos, Hostos utilice como lo hace, frases tales como sociedades que "nacimos muertas" o de la "hedionda lacería" fruto del coloniaje, o de la "atmósfera infecta" donde se incuba este azote contra los pueblos del mundo que nuestro autor no vacila en ubicar, justicieramente, como uno de los actos de barbarie perpetrados por los países que lo han practicado y ejercido. Aunque, bueno es añadirlo, no hay duda de que todos estos términos están impregnados de una profunda indignación moral, indignación que, como bien me apuntara en una ocasión mi querido y siempre recordado maestro don Enrique Tierno Galván, se trasluce aun en los más densos y presuntamente objetivos análisis del mismísimo Karl Marx cuando nos toca el tema, con nebulosa precisión germánica, sobre la teoría del plusvalor. Hostos hace lo propio, pero desde la visión de quien concibe al colonialismo español como el epítome del despotismo, del oscurantismo y del militarismo. Por eso su rompimiento con esa España es final y definitivo. Y decimos "con esa España" porque una lectura cuidadosa de sus textos demuestra que el Maestro mayagüezano era enemigo mortal del colonialismo español, pero no así del pueblo español ni de las mejores tradiciones libertarias que han caracterizado los momentos estelares de la historia española.

Pausemos una vez más. Esta vez para dejar sentada una salvedad que estimamos indispensable. Se trata del tema del neocolonialismo como secuela fatal y casi inevitable del colonialismo. Todo el pensamiento político tercermundista, desde Hostos hasta nuestros días, ha estado agudamente consciente de que la independencia política, como tal, no disuelve como por arte de magia las coyundas espirituales y materiales engendradas por el colonialismo más que centenario, sino que, por el contrario, éstas tienden a reproducirse nuevamente, a florecer y a renacer en el caldo de cultivo que les provee el ambiente social nacido de la continuada dependencia y supeditación que ha remachado por largo tiempo, con relativo éxito, el colonizador. O, para usar la figura mitológica, el colonialismo es como la cabeza de la hidra que se reproduce, como por arte de magia, ante quienes pensaban que, al cercenarla, acababan con su existencia. Pero no es tan fácil.

José Martí, sibilino como siempre para estas cosas, nos lo advierte con habitual agudeza en su ensayo "Nuestra América" publicado en 1891. Allí escribe:

Con los oprimidos había que hacer causa común, para afianzar el sistema opuesto a los intereses y hábitos de mando de los opresores. El tigre, espantado del fogonazo, vuelve de noche al lugar de la presa. Muere echando llamas por los ojos y con las zarpas al aire. No se le oye venir, sino que viene con zarpas de terciopelo. Cuando la presa despierta, tiene al tigre encima. La colonia continuó viviendo en la república; y nuestra América se está salvando de sus grandes yerros —de la soberbia de las ciudades capitales, del triunfo ciego de los campesinos desdeñados, de la importación excesiva de las ideas y fórmulas ajenas, del desdén inicuo e impólito de la raza aborigen— por la virtud superior, abonada con sangre necesaria, de la república que lucha contra la colonia. El tigre espera, detrás de cada árbol, acurrucado en cada esquina. Morirá, con las zarpas al aire echando llamas por los ojos.

Y en el mismo ensayo nos dice, a manera de sobria, pero severa admonición, lo siguiente:

La incapacidad no está en el país naciente, que pide formas que se le acomoden y grandeza útil, sino en los que quieren regir pueblos originales, de composición singular y violenta, con leyes heredadas de cuatro siglos de práctica libre en los Estados Unidos, de diecinueve siglos de monarquía en Francia. Con un decreto de Hamilton no se le para la pechada al potro del llanero. Con una frase de Sieyés no se desestanca la sangre cuajada de la raza india. A lo que es, allí donde se gobierna, hay que atender para gobernar bien: y el buen gobernante en América no es el que sabe cómo se gobierna el alemán o el francés, sino el que sabe con qué elementos está hecho su país, y cómo puede ir guiándolos en junto, para llegar, por métodos e instituciones nacidas del país mismo, a aquel estado apetecible donde cada hombre se conoce y ejerce, y disfrutan todos de la abundancia que la naturaleza puso para todos en el pueblo que fecundan con su trabajo y defienden con sus vidas. El gobierno ha de ser del país. El espíritu del gobierno ha de ser el del país. La forma de gobierno ha de avenirse a la constitución propia del país. El gobierno no es más que el equilibrio de los elementos naturales del país.

Eso lo escribe Martí, repetimos, en 1891. Y asentimos porque vemos en estas palabras del libertador antillano una clave para la comprensión de nuestros pueblos y una advertencia a éstos de que deben buscar sus propias vías, sus propios caminos, su efectiva liberación. No es imitando ni calcando los modelos de las antiguas o presentes potencias coloniales o neocoloniales que se habrán de lograr nuestros legítimos reclamos de autenticidad, sino mediante la búsqueda, dentro de nosotros mismos, de nuestra propia fuerza. "Injértese en nuestras repúblicas el mundo", nos dice, "pero el tronco ha de ser de nuestras dolorosas repúblicas".

Pues bien, Eugenio María de Hostos el sociólogo, el moralista, el pedagogo, había hecho sus propias reflexiones sobre este mismo tema durante aquellos memorables nueve años en Quisqueya que concluirían abruptamente con el ascenso al poder de Ulises Hereaux. Sabemos que, desde 1883 hasta 1888, Hostos impartió, en su cátedra de la Escuela Normal de Santo Domingo, una serie de lecciones en el campo de la sociología. Fruto de ese fecundo periodo en su vida lo es también esa otra gran obra de profundas tangencias sociológicas como lo es su *Moral social* (1888).

Pero el *Tratado de sociología* —que es, de paso sea dicho, el primer tratado sistemático sobre el tema escrito en español, conforme a lo que nos ha indi cado ese eminente historiador de las ideas sociales, doctor Salvador Giner— no se publicará sino de manera póstuma hasta 1904; es decir, un año después de la muerte de Hostos. Aun así las ideas expuestas por nuestro autor datan, como hemos dicho, de muchos años antes, y vale la pena que conozcamos cómo puede palparse en su obra el problema y el dilema de nuestros pueblos, que Martí plantearía, sin duda magistralmente, años más tarde.

Pero vayamos ahora a la segunda vertiente del pensamiento hostosiano. Nos referimos, en este caso, a lo que podemos considerar como su esfuerzo por vindicar a la América Latina, por salir en defensa de una América incomprendida y vilipendiada por quienes no la conocen y la juzgan superficialmente, a través de anteojeras distorsionadas y de prejuicios fruto de la ignorancia. Hostos hará, para su época, algo análogo a lo que Gabriel García Márquez en su discurso de aceptación del Premio Nobel de literatura: ambos escritores latinoamericanos, a más de un siglo cronológico de distancia entre el uno y el otro, pero hermanados por un mismo anhelo reivindicador, salen en defensa de la América nuestra como, años más tarde que Hostos, habrá de hacerlo, tan felizmente, José Martí.

Hostos escribe, en verdad, un texto sobre América Latina que merece el calificativo de un clásico de la historiografía y la sociología latinoamericanas, aparte de que constituye, tan tempranamente como en el decenio de 1870, un documento que debería figurar entre las grandes y apasionadas defensas del sur del continente americano.

Escuchemos esta cita, a manera de ejemplo, de lo que pretendemos afirmar:

Si nosotros seríamos injustos deduciendo del menor número de ultrajes hechos a la humanidad por la América Latina en menor número de años que los vividos por Europa y si comparáramos a los hechos sangrientos de pocos años el infinito de atrocidades y monstruosidades cometidas en los siglos europeos, ¿por qué no han de ser injustos los europeos cuando juzgan a la América Latina por crímenes de lesa humanidad que ellos en el pasado y el presente han cometido?

Diecinueve siglos de lucha intelectual ha sostenido Europa con su ignorancia y su barbarie, y en diecinueve siglos no ha logrado sofocar a la ignorancia ni destruir la barbarie. Fruto de ambas han sido en nuestros días el suplicio de Polonia, la sujeción de Creta, el martirio de Cuba, la horrenda represión de los comuneros franceses por los versallistas, el frenesí de los mismos comuneros, la misma guerra franco-prusiana, todo el periodo revolucionario de España, la inconcebible prepotencia de los carlistas, y los jueces de la América Latina pretenden que estos pueblos, recién salidos de la barbarie colonial, hagan en unos cuantos años de reacción portentosa contra ellos, lo que no ha hecho en diecinueve siglos la civilización europea.

No hay en todo el curso de la historia de la humanidad sociedades que hayan dado pruebas más evidentes de fuerza de resistencia y de vitalidad que las procedentes del coloniaje y de la América Latina; y sin embargo, no hay una sociedad más calumniada por la ignorancia y la maledicencia. Periodistas que de todo son dignos menos de guiar la opinión pública; viajeros sin conciencia y sin juicio científico; explotadores desengañados; vulgo imbécil que juzga de los pueblos y de los hombres por el mal que de ellos oye; curiosidad maligna que nunca aprende, sino que daña; orgullo ridículo que afecta desdén por todo lo que no tiene la sanción de la fuerza coercitiva; tales son los agentes del injusto descrédito de América Latina.

Importa destacar aquí que la América Latina, conforme al sabio criterio hostosiano, está compuesta por sociedades jóvenes, apenas advenidas al ejercicio de su independencia nacional y con una herencia colonial como la que ya describimos. Pero ello no quiere de ninguna manera decir que esté fatalmente escrito en la historia de nuestros pueblos que los niños han de nacer, por un sino inapelable, con colas de cerdo. Hostos rectifica, según dijimos anteriormente, la visión eurocéntrica de la historia, sólo que, en este trabajo, va aún más lejos y pone también a Europa en el banquillo de los acusados por crímenes de lesa humanidad. A Europa y, hay que decirlo también, a los propios Estados Unidos cuando se comportan, internacionalmente, con absoluto desprecio por las normas del derecho internacional.

La tercera vertiente del pensamiento hostosiano que revela su profunda vocación caribeña iberoamericana es aquella donde nuestro insigne pedagogo busca encontrar la clave, la solución al dilema que confrontan nuestros pueblos. Domingo Faustino Sarmiento lo había planteado en forma dicotómica: civilización o barbarie. Pero para Hostos la situación era mucho más compleja que la planteada por el gran pensador argentino. Recordemos su oración preñada de sugerencias. "Debajo de toda epidermis social late la barbarie", proposición que hemos podido comprobar, muy a pesar nuestro, aquellos a los que nos ha tocado vivir en el siglo xx.

Lamentablemente la experiencia histórica de los pueblos latinoamericanos advenidos a la independencia, entiende Hostos, ha dejado mucho que desear. Por lo tanto Puerto Rico y Cuba, al conquistar su independencia nacional, deben hacer todos los esfuerzos posibles por evitar una caída y recaída en los males que han aquejado a las repúblicas hermanas de América Latina. ¿Cómo lograr este propósito?

Primero que nada, nos dice, como se estaba haciendo en Cuba en la Guerra revolucionaria de los Diez Años, allí donde se luchaba contra el "carácter que resultaba de la depresión onmímoda de la naturaleza humana en el sistema colonial". Pero el principal instrumento conducente a la descolonización, no sólo política, sino espiritual, en el sentido más abarcador del vocablo, es a través de la educación.

Eugenio María de Hostos, en la mejor tradición del humanismo iluminista, convencido de que la humanidad podría elevarse hacia formas más plenas de convivencia, a través de la educación, nos traza todo un proyecto histórico para el porvenir de los pueblos latinoamericanos. Su vocación iberoamericana comienza, desde luego, por su devoción antillanista, por ese amor profundo a lo que él llamaría "el noble archipiélago" ubicado, geográficamente, para servir como punto de enlace, de unión, entre las dos grandes masas continentales del hemisferio. Pinta, como diría en una ocasión Martí, "con colores de su corazón" a nuestro archipiélago en carta que le escribe a Fidelio Despradel, residente en Santo Domingo, desde Santiago de Chile, el 5 de septiembre de 1897:

> Al fin y al cabo, las Antillas son las tierras más amables y las sociedades más benévolas que tiene el mundo de Colón. El clima, el aire, el cielo transparente, el mar diáfano, la imaginación vivaz, la genialidad humana, la dulzura de sentimientos la que llamaré virginidad de corazón, altas condiciones de vida física y moral que están llamadas a dar una civilización muy superior a la de esos pueblos imitativos de casi toda Sudamérica, son dotes naturales que no pueden echarse de menos sin tristeza.

El papel histórico que corresponde desempeñar a las Antillas en el proceso civilizatorio del Continente lo describirá de la manera siguiente en su *Diario*:

> En las Antillas, la nacionalidad es un principio de organización en la naturaleza; porque completa una fuerza espontánea de civilización; porque sólo en un pacto de razón puede fundarse, y porque coadyuva a uno de los fines positivos de las sociedades antillanas, y al fin histórico de la raza latinoamericana.
>
> El principio de organización natural a que convendrá la nacionalidad en las Antillas, es el principio de unidad en variedad. La fuerza espontánea de civilización que completará es la paz. El pacto de razón en que exclusivamente puede fundarse, es la confederación. El fin positivo a que coadyuvará, es el progreso comercial de las tres islas. El fin histórico de raza que contribuirá a realizar, es la unión moral e intelectual de la raza latina en el Nuevo Continente.

¿Qué son, pues, las Antillas? A esta pregunta responde en la obra recién citada cuando escribe:

> El lazo, el medio de unión entre la fusión de tipos y de ideas europeas de Norteamérica y la fusión de razas y caracteres dispares que penosamente realiza Colombia. [La América Latina]: medio geográfico natural entre una y otra fusión tr..scendental de razas, las Antillas son políticamente el fiel de la balanza, el verdadero lazo federal de la gigantesca federación del porvenir; social, humanamente, el crisol definitivo de las razas.

No obstante, las Antillas forman parte de un conglomerado aún mayor de pueblos que se va ampliando, en círculos concéntricos, desde la gran unión de los pueblos colombinos que vislumbra el Maestro de Mayagüez hasta abarcar a la humanidad misma. Pero dentro de ese gran concierto universal Hostos habrá de echar su suerte con la América Ibérica. Poco antes de partir en la frustrada expedición de Francisco Vicente Aguilera con destino a Cuba, le escribe el 28 de mayo de 1874, desde Nueva York, al señor Adolfo Ibáñez en Santiago de Chile y le dice:

> La América Latina, por cuyo progreso, paz y unión no he cesado de trabajar durante mi estancia en ella, ha hecho un gran mal desatendiéndome.

He vuelto como fui y encuentro que no hay fuerza más temida que la intelectual y la moral. Contando con los servicios hechos a mi patria nativa, a la revolución de Cuba, a la patria latinoamericana, me he presentado a los míos en el momento más grave y les he dicho: "Vengo a cumplir mi último deber: dénsenme los recursos militares que necesito." En vez de dármelos, hasta me discuten la posibilidad de lo que intento. Voy pronto a hacer la última intentona por la patria; pero voy a hacerla, si puedo, si me dejan, con tristeza. Lo probable, si doy ese paso, es que sea el último de mi vida; pero si continúan las circunstancias en que lo encuentro todo y me es imposible morir como deseo, me retiraré absolutamente y para siempre de esta vida revolucionaria. Acabará para mí la patria pequeña; pero quedará la grande.

Hemos tratado, en este capítulo, de puntualizar lo que consideramos como un rasgo medular del pensamiento hostosiano: su vocación caribeña y iberoamericana. Creemos haber demostrado, de manera fehaciente, cómo se dio el proceso de hermanación, de integración, de empatía y simpatía de Hostos con el destino de lo que Martí más tarde denominaría "la América mestiza", que se extiende desde el Río Bravo hasta la Tierra del Fuego.

No quisiéramos concluir estas líneas, sin embargo, sin unas observaciones liminares. Se ha dicho en muchas ocasiones y, a mi juicio, muy atinadamente, que lo que distingue una obra clásica de otras obras es su perdurabilidad a lo largo del tiempo, la frescura sorprendente que emana de aquello que nunca marchita, la continuada vigencia de ese algo que ha logrado plasmar, literaria o artísticamente, las insondables pero también destellantes expresiones que encierra la condición humana. Se trata del proceso continuo de examinar y reexaminar, de plantearse y replantearse los grandes problemas y las grandes interrogantes que, desde los albores prehistóricos del género humano, han signado el proceso de la evolución humana.

Pero esos procesos no se han dado nunca en un vacío histórico y geográfico, sino que se hallan enmarcados en realidades muy concretas y específicas. "Patria", nos dirá sabiamente Martí, "es la porción de humanidad en que nos ha tocado vivir". En el caso de éste, como en el de nuestro gran pensador puertorriqueño, lo universal, lo ecuménico, tiene que tener siempre forzosamente como punto de partida la afirmación de lo nacional.

Esa patria nuestra, esa Madre Isla de sus amores, era vista por nuestro autor en su obra como parte pequeña, pero integral y fecunda, de la gran patria latinoamericana y de la gran patria universal.

Pensadores clásicos como Eugenio María de Hostos han permanecido, por demasiado tiempo, ignorados y marginados, no porque hayan carecido de los atributos intelectuales necesarios para ocupar un lugar entre las grandes figuras del pensamiento latinoamericano y universal, sino porque les tocó vivir y crear en sociedades víctimas del subdesarrollo y del desarrollo desigual, herederas de los amargos frutos del colonialismo y el neocolonialismo.

"Las ideas de la clase dominante son las ideas dominantes en cada época", nos recuerda Karl Marx en *La ideología alemana*, y añade: "o dicho

en otros términos, la clase que ejerce el poder material dominante en la
sociedad es, al mismo tiempo, su poder espiritual dominante. La clase que
tiene a su disposición los medios para la producción material dispone con
ello, al mismo tiempo, de los medios para la producción espiritual, lo que
hace que se le sometan al propio tiempo, por término medio, las ideas de
quienes carecen de los medios necesarios para producir espiritualmente."

Si proyectamos esta visión del mundo al plano internacional podremos
comprender mejor el porqué un sociólogo como Eugenio María de Hostos
no amerita ni siquiera una nota al calce en los libros escritos acerca del pensamiento social. La razón es muy sencilla: para los autores de estos textos,
con muy honrosas excepciones, el pensamiento social se inicia con los grie-
gos y culmina con el pensamiento social europeo y norteamericano. Las
potencias europeas, con el enorme desarrollo de sus fuerzas productivas
materiales —logrado éste, hay que decirlo, en gran medida como resultado
de la articulación del modo de producción centrado en la esclavitud negra
en las Antillas y gran parte del continente americano, con el capitalismo
industrial que comienza su desarrollo en el continente europeo simultáneamente a la implantación de la esclavitud negra en nuestro ámbito— terminan dominando al mundo no sólo material, sino espiritualmente. Ya para el
último cuarto del siglo XIX, al iniciarse lo que se ha llamado "la rebatiña por
el imperio", los Estados Unidos hacen su entrada en la contienda por nuevos territorios y extienden, mediante su poderío naval y comercial, su vocación de hegemonía sobre todo el Caribe y el sur del hemisferio.

Darcy Ribeiro, el eminente antropólogo brasileño, nos ha hablado acerca
de los que él llama "pueblos testimonio", pueblos, en otras palabras, que
hasta hace muy poco tiempo habían permanecido al margen de los grandes
procesos históricos, muchas veces a manera de simples espectadores de la
contienda, mientras que los pueblos protagonistas, los pueblos poderosos,
figuraban como los grandes hacedores de la historia humana. El poderío
espiritual de los primeros, menguado por su escaso poderío material, con-
trastaba notablemente con el poderío material de los segundos, que a su
vez les confería su hegemonía en el campo espiritual.

Eugenio María de Hostos escribió prácticamente toda su obra en países
subdesarrollados y dependientes, en algunos de los cuales, como en Quisqueya, sus alumnos debían tomar nota y pasar a menudo, con caligrafía
exquisita, sus lecciones desde la cátedra. Su propio vehículo de expresión,
el español, era, en todo caso, un lenguaje de una potencia en decadencia,
aquejada por males producto de su propio rezago económico con referencia al desarrollo del capitalismo industrial europeo, y los demás países his-
panoparlantes, herederos de la lengua de Castilla, languidecían en el círculo vicioso de pobreza y el analfabetismo de las grandes masas populares.
La *lingua franca* del pensamiento social, incluyendo el científico, serían,
dependiendo de quién había colonizado a quién, el inglés, el francés, el
alemán, el italiano. Por eso, quizás, la obra monumental de un sociólogo y
educador que se hallaba ubicado en una pequeña isla donde aún imperaban relaciones de producción precapitalistas no ameritaba la atención,

desde luego, de los dómines del pensamiento sociológico que no acertaban a ver más allá de lo que su concepción eurocéntrica les permitía vislumbrar.

Interesa destacar este punto porque la obra de Hostos, en su momento de mayor fecundidad, coincidirá con toda esa generación de fundadores de la ciencia social contemporánea encabezada por Marx, Comte, Spencer y Mill. Pero con la salvedad de que, para fortuna de todos nosotros, nuestro sociólogo le invierte la partida a sus homólogos europeos y nos brinda, en múltiples instancias, una sociología fruto, no del examen acrítico de éstos, sino de la concepción crítica y dialéctica de unas sociedades que clamaban por una interpretación conforme a sus realidades específicas. Cuando le recuerda su amo a Calibán que el primero fue quien le concedió el don de su lenguaje, el caribeño contesta que lo ha aprendido para maldecirle mejor... Hostos no era hombre de maldiciones, aunque no dejaba de maldecir el colonialismo español con toda su secuela de males. Para ello se valía de su excepcional acumen y capacidad de observación así como de su primoroso dominio de la lengua española.

Una vez dicho todo esto, es imperativo señalar que esta vocación caribeña e iberoamericana de Eugenio María de Hostos rindió y sigue rindiendo sus frutos. Nuestros pueblos han decidido tomar sobre sus hombros la enorme carga que ha representado por tanto tiempo servir como simples espectadores de las grandes transformaciones sociales y políticas y, en un accidentado proceso de avances y retrocesos, de victorias y derrotas, aspiran hoy también a ser pueblos protagonistas para dejar de ser pueblos testimonio. La fe de Hostos en el porvenir de este continente está, pues, en proceso de su plena reivindicación.

Hoy la literatura latinoamericana marcha, por derecho propio, a la vanguardia de la gran literatura universal, y los Cortázar, los Carpentier, los Borges, los Neruda y los García Márquez nada tienen que envidiarle a los grandes escritores españoles del momento en cuanto maestros de la palabra. Cuando Hostos decidió echar su suerte con estos pueblos, desde luego, no sabía, no podía saber, que con el correr del tiempo y siglo y medio más tarde los pueblos de Asia, África y América Latina reivindicarían aquellos reclamos hechos por él en favor de la autodeterminación e independencia de todos los pueblos del mundo.

"Nuestro vino, de plátano", escribe Martí, "y si amargo, es nuestro vino". Hostos, previsoramente, nos dice en el Programa de la Liga de los Independientes que la solución a los problemas de nuestras sociedades debería emanar de las especificidades y realidades concretas que marcan el devenir de América Latina. Y nos indica que el único camino que le queda a Puerto Rico, en su larga marcha hacia la liberación nacional, es el de formar parte integral del gran conglomerado de los pueblos latinoamericanos con los cuales se halla hermanado por los lazos de la historia, de la geografía y de la lengua.

Aquel apóstol de la libertad antillana e iberoamericana sufrió muchas desilusiones y sinsabores en su lucha, aún inconclusa, tan inconclusa como ha sido la que inició Bolívar en su día. Pero siempre reclamó, a todos los pueblos latinoamericanos, la solidaridad de éstos para con la causa de la independencia de Puerto Rico como un simple y elemental deber histórico.

Bolívar, casi al final de sus días, cree que "se ha arado en el mar". Martí, filialmente, le responde al grande hombre: "arado en el mar". Eso también creía Hostos. Y, precisamente, porque se podría arar en el mar fue que dedicó su vida y su obra ejemplar a estos pueblos tan incomprendidos, tan desheredados de la fortuna, tan vilipendiados y golpeados por las vicisitudes que han signado su accidentado y difícil desarrollo histórico que ha sido su sino por siglos.

Ese gran maestro de la lengua española, ese gran caribeño y latinoamericano que es Gabriel García Márquez, al aceptar el Premio Nobel de literatura afirmará esa misma vocación hostosiana por el porvenir de nuestros pueblos al escribir:

La América Latina no quiere ni tiene por qué ser un alfil sin albedrío, ni tiene nada de quimérico que sus designios de independencia y originalidad se conviertan en una aspiración occidental. No: la violencia y el dolor desmesurados de nuestra historia son el resultado de injusticias seculares y amarguras sin cuento, y no una confabulación urdida a tres mil leguas de nuestra casa. Pero muchos dirigentes y pensadores europeos lo han creído con el infantilismo de los abuelos que olvidaron las locuras fructíferas de su juventud, como si no fuera posible otro destino que vivir a merced de los dos grandes dueños del mundo. Éste es, amigos, el tamaño de nuestra soledad.

Sin embargo, frente a la opresión, el saqueo y el abandono, nuestra respuesta es la vida. Ni los diluvios ni las pestes, ni las hambrunas ni los cataclismos, ni siquiera las guerras eternas, a través de los siglos y los siglos han conseguido reducir la ventaja tenaz de la vida sobre la muerte.

Un día como el de hoy, mi maestro William Faulkner dijo en este lugar: "Me niego a admitir el fin del hombre." No me sentiría digno de ocupar este sitio que fue suyo si no tuviera la conciencia plena de que por primera vez desde los orígenes de la humanidad, el desastre colosal que él se negaba a admitir hace treinta y dos años es ahora nada más que una simple posibilidad científica. Ante esta realidad sobrecogedora que a través de todo el tiempo humano debió de parecer una utopía, los inventores de fábulas que todo lo creemos nos sentimos con el derecho de creer que todavía no es demasiado tarde para emprender la creación de la utopía contraria. Una nueva y arrasadora utopía de la vida, donde nadie pueda decidir por otros hasta la forma de morir, donde de veras sea cierto el amor y sea posible la felicidad, y donde las estirpes condenadas a cien años de soledad tengan por fin y para siempre una segunda oportunidad sobre la tierra.

Por todo lo antes dicho, la afirmación y reafirmación de la vocación caribeña e iberoamericana de Eugenio María de Hostos destila, a través de su obra fecunda, aquella misma fe y aquella misma esperanza que encontramos recogidas en uno de los más fecundos y preclaros herederos espirituales de su vocación, un escritor extraordinario que el gran Maestro antillano, con el beneficio de más de cien años de soledad, hubiese secundado en su contemporánea devoción por reivindicar y salvar, para las generaciones presentes y por venir, no sólo a la América Latina, sino a la humanidad toda. Por eso las palabras de Gabriel García Márquez no son otra cosa sino una declaración de fe, una reivindicación, del porvenir de la América Latina que Eugenio María de Hostos proclamó, también en su día.

En el transcurso de la exposición del pensamiento caribeño e iberoamericano de Eugenio María de Hostos hemos querido dejar constancia de lo que entendemos fue el norte de su pensamiento social: la fundación de una América Ibérica unida, autosuficiente, autodeterminada e independiente, asignándole a las Antillas, a propósito de lo antes dicho, un papel de vital importancia en el equilibrio continental entre el norte y el sur. Para el pleno desarrollo de ese proyecto histórico —afirmaría Hostos— era imprescindible tanto la independencia de Cuba y Puerto Rico como la plena incorporación e integración de las dos Antillas al conglomerado de los pueblos que él abarcó bajo el término genérico de "colombinos".

En tal sentido Eugenio María de Hostos no es para nosotros otra cosa sino un precursor, un adelantado más de la visión latinoamericanista encarnada por Simón Bolívar. Se trata de una visión, de una idea —de una utopía iberoamericana, si se quiere— que prende en el Libertador, y que continuará germinando, con fuerza incontenible, hasta nuestros días.

La concepción o visión caribeña y latinoamericanista de aquel gran pensador puertorriqueño no habría de escapar, desde luego, a los espíritus más perspicaces entre sus contemporáneos, como tampoco escaparía a los que, hasta el momento que escribimos estas líneas, hemos captado la profunda trascendencia de su proyecto histórico para la liberación definitiva de nuestra América de todas las lacras y rémoras que han signado nuestro accidentado y difícil desarrollo histórico. Los pueblos, decía Martí, "han de tener una picota para quienes los azuzan a odios estériles y otra para quienes no les dicen a tiempo la verdad". Hostos cumplió fielmente con esta máxima a lo largo de su vida. Más aún, lo hizo mucho antes de que el libertador cubano emitiese sus atinadas palabras.

Hace falta, desde luego, un estudio a profundidad de Hostos visto por sus contemporáneos. Para ello sería imprescindible un examen acucioso de todo cuanto escribieron en torno a su vida y su obra los que convivieron y vivieron junto a él en su incesante peregrinaje por las tierras de América. Merecen destacarse, ante todo, los testimonios de sus alumnos dominicanos, así como de aquellos amigos y compañeros suyos —como don Federico Henríquez y Carvajal y su hermano Francisco, médico de cabecera del Maestro en su lecho de muerte— quienes nos han brindado unos retratos acerca del prócer que nos lo revelan en su verdadera luz. El generalísimo Máximo Gómez, asimismo, reproduce mediante su pluma todo cuanto Hostos consignó para la posteridad acerca del inmortal héroe militar y cívico nacido en Baní.

Dijimos al comienzo de este capítulo que las tres grandes figuras intelectuales del siglo XIX antillano fueron Ramón Emeterio Betances, Eugenio María de Hostos y José Martí. El primero nace en 1827, el segundo en 1839 y el tercero en 1853. Estamos conscientes, desde luego, que hubo en todo el ámbito antillano figuras intelectuales de gran relieve que no deberían pasarse por alto en un recuento como el que pretendemos hacer: Juan Pablo Duarte en la República Dominicana y José de la Luz y Caballero en Cuba, para dar sólo dos ejemplos, vienen a nuestra mente en estos momentos. Como tampoco sería justo omitir la extraordinaria aportación al porvenir de nuestros pueblos que representaron, en su día, los generales Gregorio Luperón, Antonio Maceo y Grajales y Máximo Gómez. Hostos, espíritu alerta a las corrientes de su época, supo inmortalizar mediante la palabra a todos cuantos hemos mencionado en estas líneas.

Conviene, sin embargo, señalar el hecho de que la figura de Hostos logró trascender el tiempo que le tocó vivir y que su vida y su obra lograron captar la atención de escritores de la talla de Gabriela Mistral, Rufino Blanco Fombona, Miguel Ángel Asturias y Pedro Henríquez Ureña, entre otros. Todos ellos, bueno es decirlo, herederos y continuadores de la gran tradición caribeña e iberoamericana encarnada por el maestro y sociólogo puertorriqueño.

La llama, que amenazaba por un tiempo en extinguirse luego de la celebración del centenario en 1939, volvió a ser retomada por las generaciones que se encargaron de mantenerla viva aun dentro de las más grandes vicisitudes e ingratitudes en el firmamento de nuestra América. Fruto de ello fue la celebración del 150 aniversario del natalicio de Hostos el 11 de enero de 1989, actividad que sirvió para exaltar los valores de aquella gran figura histórica que aún vive entre todos los puertorriqueños, caribeños e iberoamericanos.

X. HOSTOS Y EL PENSAMIENTO SOCIAL IBEROAMERICANO

HARÁ YA unos cinco lustros desde mi lectura de un artículo del eminente sociólogo norteamericano Edward Shils titulado, muy acertadamente, "Metrópoli y provincia en la comunidad intelectual". Su tesis, engañosamente sencilla, era en el sentido de que, de igual manera que existen centros de poder económico y político en la sociedad internacional, los hay también en el campo de la creación intelectual, coincidiendo los primeros con los segundos en la generalidad de los casos. Estas observaciones del profesor Shils no constituyen, desde luego, descubrimiento alguno. Marx, mucho tiempo antes que él, nos decía en *La ideología alemana* que aquel que tiene el poder material en una sociedad es, al propio tiempo, el dueño del poder espiritual dentro de ésta. Traemos esto a colación porque queremos, al hacerlo, dejar constancia de cómo el proceso de marginación y dependencia de los países iberoamericanos como provincias —o colonias o neocolonias de las metrópolis europeas o de América del Norte, deberíamos mejor llamarlas— contribuye a explicar, en no poca medida, el porqué ha demorado tanto el conocimiento y reconocimiento del pensamiento de lengua española en el ámbito de la cultura universal.

Si esta situación ha sido parcialmente superada hoy en día, quizás como resultado del llamado *boom* de la literatura iberoamericana, no es menos cierto que, cuando nos remitimos a los procesos de la creación intelectual del siglo XIX, nos confrontamos con el hecho de que los máximos exponentes del pensamiento de nuestros pueblos son prácticamente desconocidos en las universidades europeas y de América del Norte fuera del contexto de unos cuantos especialistas en la materia que pueden contarse con los dedos de la mano. Por razones que trataremos de dilucidar más adelante. Lo cierto es que lo que el maestro don José Gaos ha llamado "el pensamiento de lengua española" ha permanecido, por demasiado tiempo, supeditado a las corrientes del pensamiento expresadas en lengua alemana, francesa o inglesa. No puede pasarse por alto el hecho de que el lenguaje mismo, su predominio o mengua es, en un determinado momento histórico, fruto de las realidades del poder económico y político. Un imperio decadente, unas sociedades herederas de una tenebrosa herencia colonial, hicieron del pensamiento de lengua española, sobre todo en el campo de la historia y las ciencias sociales, uno prácticamente desconocido fuera del área lingüística española. Los propios manuales o tratados en el campo de la sociología y la ciencia política dan fe de la validez de esta aseveración.

Traemos este hecho a colación porque ése ha sido el caso de uno de los más grandes expositores del pensamiento social iberoamericano, el puerto-

131

rriqueño Eugenio María de Hostos. Su obra es muy poco conocida en Iberoamérica, para no mencionar a Europa o la América del Norte. El propio Hostos, al referirse a la obra del educador puertorriqueño Laureano Vega, nos apunta en *Moral social* que, "por haber agotado su vida en una sociedad regional desconocida o mal conocida, o demasiado joven u oscura por sí misma, las personas como él no han brillado ni aun en el seno de la sociedad que fecundaron con sus virtudes y su ejemplo". Palabras que, sin duda, podrían aplicarse al propio autor de ellas. Por demasiado tiempo su obra permaneció prácticamente desconocida, tal vez porque le tocó vivir en sociedades como las que acabamos de describir en su cita.

Afortunadamente, esta relegación al olvido de uno de los más fecundos creadores del pensamiento social iberoamericano está siendo superada, si bien tardíamente, al cumplirse los ciento cincuenta años de la fecha de su natalicio.

Hace poco, en un prólogo escrito expresamente para uno de los libros de la Colección Biblioteca Ayacucho, titulado *Visiones sobre Hostos*, hablábamos acerca de "la vocación caribeña e iberoamericana" del puertorriqueño. No es nuestro propósito repetir lo que allí dijimos; baste con señalar que el término "vocación" nos parece el más acertado para definir la devoción del educador por aquellos pueblos que Martí acogió bajo el nombre genérico de "Nuestra América".

Sí importa, no obstante, indicar que nuestro gran pensador se formó intelectualmente al influjo de las corrientes del krausismo español y del positivismo comteano y spenceriano. Ello es así, sobre todo, durante aquel periodo de su vida transcurrido en España, que abarca la década del 1860 español. No puede caber duda alguna de cómo se manifiesta la huella del krausismo español en su pensamiento, sobre todo a través de la influencia ejercida sobre él por figuras tales como don Julián Sanz del Río. En cuanto al positivismo, no puede negarse su impronta en el pensamiento hostosiano. Más aún, como han señalado, entre otros, historiadores de las ideas como el doctor José Luis Abellán, sería quizás más apropiado hablar acerca del krauso-positivismo y de su influencia en Hostos.

El rompimiento del Maestro con España, sin embargo, luego de la posición asumida por el gobierno del general Serrano referente al destino de las Antillas después del derrocamiento de Isabel II, le plantea al puertorriqueño una serie de interrogantes acerca de su destino. Opta en aquel momento por irse a Nueva York para allí aunar esfuerzos con los emigrados cubanos y puertorriqueños que habían constituido, en 1865, la Sociedad Republicana de Cuba y Puerto Rico. Pero se decide, transcurrido poco tiempo, a abandonar suelo norteamericano, desencantado y disgustado como estaba por las luchas internas de los emigrados y, sobre todo, por las proclividades anexionistas de un grupo importante entre los cubanos. En su obra *Mi viaje al sur* explica Hostos el porqué tomó la decisión de emprender su primera peregrinación iberoamericana:

Las atracciones intelectuales son las más poderosas que conozco. Al construir en mi razón el porvenir de los pueblos americanos de mi origen; al defenderlos cariñosamente en Europa contra los ataques de la ignorancia calumniosa; al señalarnos a los revolucionarios de la emigración como la esperanza más racional de Cuba abandonada por el mundo, siempre había yo sentido por aquellas sociedades desconocidas, calumniadas y ridiculizadas, la atracción que ejerce el infortunio sobre mí. Y como tenía la convicción de que en ellas estaba el secreto de los males de origen que ya empezaban a enfermar la naciente sociedad de las Antillas, sentía el deseo de examinarlas, estudiarlas y conocerlas. Por comunidad de razón, por universalidad de mi patriotismo americano, por vehemencia de afecto hacia la naturaleza y los climas de la patria grande, por coparticipación incondicional de los dolores y las esperanzas de todos esos pueblos yo me sentía hijo de todos ellos. Fijé mi pensamiento en la América Latina.

Estas palabras fueron escritas en 1870, mientras Hostos se hallaba en Cartagena de Indias. Demuestran, sin lugar a dudas, su compromiso con el destino de los pueblos latinoamericanos y su deseo de auscultar y conocer mejor las realidades específicas de estas sociedades. Es importante indicar, no obstante, que esta vocación hostosiana la podemos palpar tan tempranamente como 1863, cuando publica en España su primera obra literaria titulada *La peregrinación de Bayoán*. Pero, hasta que arriba a Cartagena de Indias, nuestro educador no había pisado nunca suelo sudamericano. Antillano por nacimiento, desconocía aún lo que eran los países de la Tierra Firme. A partir de ese momento, sin embargo, comenzará a manifestarse con claridad meridiana su profunda identificación con todos los pueblos que trabajosamente afirmaban su independencia nacional en medio de múltiples vicisitudes y dificultades. Por eso Hostos nos dirá que su propósito es el de "situarme en mi teatro, en esa América a cuyo porvenir he dedicado el mío", no dejando lugar a dudas acerca de cuál era el espacio, el ámbito vital de su órbita intelectual.

Las aportaciones de Eugenio María de Hostos al pensamiento social iberoamericano son múltiples y variadas. Nos limitaremos aquí a señalar sólo las que consideramos como las más importantes, sin que pretendamos en modo alguno agotar el tema propuesto.

Hostos puede considerarse como el fundador de la sociología iberoamericana. El profesor Salvador Giner, en un escrito sobre el tema, habla de una "etapa fundacional" de la sociología en la América Latina, ubicando al puertorriqueño entre los que echaron los cimientos para lo que es hoy una disciplina ya firmemente establecida en las universidades de nuestro continente. Merece especial atención, en tal sentido, que Hostos, durante su estadía en Caracas en los años 1877 y 1878, sentó las bases para la creación de un Instituto de Ciencias Sociales y que esbozó un esquema teórico para esos propósitos. En la excelente recopilación de los trabajos periodísticos y de otra índole publicados por La Casa de Bello, bajo la dirección del doctor Óscar Sambrano Urdaneta en 1989, encontramos el "discurso de incorporación" de nuestro sociólogo en el Instituto de Ciencias Sociales de Caracas, mediante una ponencia titulada "De la influencia de la sociología en la dirección política de nuestras sociedades". Este trabajo fue leído por Hostos el 3 de junio de 1877 y publicado en *La Tribuna Liberal* tres días después.

Fue dedicado a la poetisa puertorriqueña doña Lola Rodríguez de Tió. Como era común en el discurso sociológico del siglo xix, podemos notar la idea de que la sociedad estaba regida por leyes inmutables y que era una especie de organismo, una totalidad que podía ser estudiada y analizada con el rigor y la exactitud propia del conocimiento científico de la naturaleza. Así por ejemplo, en el escrito recién citado dice Hostos:

Subsistiendo, como subsiste, idéntica a sí misma como es en todo espacio y todo tiempo: correspondiendo en sus resultados al hecho general de la vida de todos los individuos que la forman, la sociedad no es otra cosa que la agregación de individuos de una misma especie de seres racionales, conscientes, responsables y libres. Y como cada uno de esos seres que la forman viven para realizar los fines de su vida, la sociedad es una vida. Y como los fines individuales dependen de su triple naturaleza orgánica, intelectual y moral, la sociedad es un organismo dentro del cual o por medio del cual se realizan los fines instintivos, afectivos y racionales de los hombres. Y como no hay organismo sin funciones, ni funciones sin necesidades, ni necesidades sin órganos para satisfacerlas, y en todo individuo de la especie corresponden los órganos a las necesidades y las necesidades a las funciones, la sociedad es un organismo con órganos adecuados a las funciones de la vida colectiva de los hombres.

Pero será pocos años después, mientras se encuentra en la República Dominicana, donde nuestro educador sentará las bases para lo que nos aventuramos a considerar como el primer tratado de sociología escrito en lengua española. Si bien esta obra sería publicada póstumamente, en París, en 1904, con el título de *Tratado de sociología*, lo cierto es que su contenido data de mucho antes de esa fecha. Durante la prolongada estadía de Hostos en Quisqueya (1879-1889), fundó la Escuela Normal de Santo Domingo. Como parte integral del plan de estudios de dicha institución figuraba la sociología como disciplina. El *Tratado de sociología*, que se publicaría en 1904, en realidad recoge sus reflexiones sobre el tema con sus alumnos de la Normal desde 1883, y debe estudiarse a la luz de la publicación de su magna obra *Moral social* (1888), donde también se adelantan una serie de tesis de marcado carácter sociológico. Obra ésta donde es patente la influencia teórica de Comte y Spencer. El *Tratado de sociología*, pues, reviste un carácter sumamente formal y esquemático. No obstante, se trata de un primer intento por ofrecer un marco teórico para el estudio de las ciencias sociales en nuestros países, que no debe pasarse por alto. Como tampoco deben pasar inadvertidas las importantes reflexiones de carácter sociológico que hallamos en sus diversos escritos a lo largo y a lo ancho de toda la vasta producción intelectual hostosiana. En lo que respecta a las teorías de Hostos acerca del papel decisivo del estudio de la historia y su relación con las ciencias sociales, o de sus reflexiones en torno a lo que Darcy Ribeiro ha llamado el "proceso civilizatorio", debemos señalar que se trata de unas aportaciones al estudio de la historia de las civilizaciones. Sobre todo, por el análisis que el Maestro hace acerca de la relación entre civilización y barbarie, se le puede conferir el título de precursor, no sólo de la sociología, sino también de la antropología latinoamericana. Se trata, por consiguiente, de aportaciones que merecen el estudio a fondo de todos los interesados en el campo de la historia de las ideas de nuestro continente.

Otro campo del saber que merece nuestra atención, cuando nos adentramos en la obra de Eugenio María de Hostos, es el de la pedagogía. Siempre hemos considerado que nuestro insigne escritor fue, por sobre todas las cosas, un pedagogo, un Maestro. Ello es patente tanto en la teoría como en la práctica pedagógica, tanto en el cultivo de la pedagogía como ciencia, como en la aplicación práctica de sus principios en el salón de clases o de lo que él mismo calificó como el arte de la pedagogía. Heredero directo de la gran tradición intelectual racionalista que define el Siglo de las Luces europeo, nuestro educador nos remite, en última instancia, a la gran tradición filosófica griega, cuyo arquetipo es Sócrates. "Educador socrático" lo llamé en una ocasión y me reitero en mi juicio. Apuntaba el propio Sócrates que él no enseñaba filosofía, sino a filosofar, siendo éste el enunciado de una postura antidogmática, abierta al diálogo continuo mediante la mayéutica y la dialéctica, conforme a la cual el propósito del magisterio no es imponer unas determinadas creencias al alumno, sino ofrecer a éste los instrumentos intelectuales para que pueda arribar, por el ejercicio de su propia razón, a las conclusiones pertinentes. Ese gran tratado sobre pedagogía que es *La República*, de Platón, donde se patentiza la influencia socrática, sienta las bases para la exposición metódica y sistemática del pensamiento filosófico posterior sobre el tema de la educación. En la obra de Hostos el tema de la pedagogía se encuentra disperso a todo lo largo de los 20 volúmenes de su obra publicada hasta el momento.

Pero, debemos apuntar, el mayor número de tomos —cuatro en total— están dedicados al tema de la educación. Una cuidadosa lectura de éstos nos demuestra el profundo conocimiento que tenía Hostos de la historia de la pedagogía desde la Antigüedad clásica hasta sus días.

Ofrecemos, como muestra de ello, el proyecto que Hostos redacta en su ciudad natal, en marzo de 1899, a su regreso a la isla para el Instituto Municipal de Mayagüez, brazo pedagógico de aquel gran proyecto histórico para Puerto Rico que él denominó la Liga de Patriotas. En ese escrito, Hostos se plantea el problema de "qué fin social ha de tener desde el principio la enseñanza" y añade:

Ha de tener un fin humano, un fin nacional y un fin civil; formar hombres para la humanidad; patriotas para la humanidad; ciudadanos para el ejercicio del derecho, para el cumplimiento del deber, para la práctica del gobierno, para el progreso de la civilización.

La educación será, sobre tal base, comprensiva, no exclusiva; y comprenderá el desarrollo físico, el desarrollo intelectual y el desarrollo moral.

Tendrá que ser, por lo tanto, enseñanza eminentemente adecuada para restablecer el poder físico de nuestra sociedad, que actualmente es una sociedad de valetudinarios; tendrá que ser enseñanza seriamente intelectual para reequilibrar nuestro entendimiento nacional, que, merced al clima, al abandono del entendimiento a sí mismo, y a la acción contraproducente de la didáctica española, se ha desarrollado viciosamente, dando por fruto una imaginación desordenada y ningún orden en las funciones de la razón; una fuerza desastrosa de fantasía y ningún poder de reflexión. Por último, la enseñanza habrá de ser especialmente moralizadora, con especial dirección hacia el bien y con deliberado propósito de formar hombres de bien, de producir caracteres disciplinarios y de dar elementos vivos y efectivos al orden social.

Resulta evidente, conforme a lo señalado, que el propósito del proceso educativo es uno de carácter eminentemente moral y, desde luego, político. Como todos los grandes pedagogos de la historia, Hostos plantea la necesidad de que la educación tenga un propósito libertador, que si ésta ha de servir para algo sea para que la humanidad pueda despojarse de sus prejuicios, de sus supersticiones, de sus mitos, en fin, de todos los *ídola* enumerados por el inmortal Francis Bacon. Pues, igual que éste, Hostos favorece la educación científica, convencido, como el filósofo inglés, de que "el conocimiento es poder". Y que, además, como dijera también el sabio autor del *Novum organum*, el propósito del conocimiento científico es uno de carácter moral: éste debe existir, *for the relief of man's state*, es decir, "para el alivio del estado del hombre". En suma, para beneficio de la humanidad. Es en ese mismo espíritu que Hostos concibe la educación, sobre todo cuando tiene que librar una dura batalla, en nuestros pueblos, contra el terrible legado que ha representado para ellos la herencia colonial de América Latina. Esta proposición, aplicable sin duda alguna a Cuba y Puerto Rico en aquel momento histórico —dada su condición de colonias de la Corona española —, de ninguna manera se circunscribía, en su aplicabilidad, a las Antillas aún sin liberarse, sino que también era extensiva a las repúblicas hispanoamericanas que se habían liberado del yugo español pero que no habían logrado aún despojarse espiritualmente de las coyundas de la dependencia de los modelos europeos.

Es como consecuencia de la imitación de estos modelos de manera acrítica que se importan y se imponen éstos, sin reparar quienes así lo hacen en las diferencias que median entre las sociedades que produjeron los modelos y sus imitadores. Así, los esquemas adoptados exitosamente en otras latitudes están destinados, por su inaplicabilidad a las realidades específicas de cada uno de nuestros países, al más rotundo de los fracasos.

El problema fundamental de carácter pedagógico consistirá, pues, en superar las actitudes de sumisión colonial y buscar nuestras propias vías de expresión, de forma tal que sean éstas un reflejo fiel de nuestras realidades específicas. El calco imitativo de todo lo proveniente de Europa o de América del Norte —más de la primera que de la última— ha tenido efectos catastróficos, por cuanto ha implicado la transferencia, de manera artificial, de instituciones jurídicas y políticas, en un vano empeño por injertar en nuestro medio lo que no puede injertarse sin producir consecuencias catastróficas. La emancipación de la América Latina tendrá que ser, pues, no sólo política, sino ante todo intelectual y espiritual. Por lo tanto, la respuesta a la solución de los problemas propios de nuestras sociedades ha de buscarse conforme al estudio sociológico de las coordenadas que fijan los límites para la acción política y social en cada país del Continente, siendo atentos a la realidad específica de cada país.

Cuando nos adentramos más en el estudio de su obra, podemos notar cómo Hostos nos demuestra su profundo conocimiento de las sociedades latinoamericanas, así como la de los protagonistas de sus procesos históricos. En su ensayo titulado "La América Latina", publicado en 1874, encontramos un esfuerzo concienzudo de su parte por realizar una reivindicación de nuestros pueblos, por defender a éstos cuando ellos han sido víctimas de la ignorancia y la incomprensión, sobre todo por parte de los europeos, así como también de los norteamericanos. Sin que ello vaya en menoscabo de ese gran ensayo escrito por José Martí titulado "Nuestra América" publicado en 1891, lo cierto es que este trabajo de Hostos se anticipa por casi poco más de tres lustros a la obra del no menos genial libertador antillano. Es conveniente dejar constancia de ello para propósitos de una mayor justicia histórica en el caso de nuestro sociólogo y educador.

Hasta el momento, nos hemos ocupado sólo de algunas facetas del pensamiento de Eugenio María de Hostos. Por pertenecer éste a esa especie en peligro de extinción en nuestro medio, que es la constituida por los polígrafos, es difícil tirar la línea donde comienza una disciplina de las múltiples cultivadas por él y donde terminan los lindes de ella. El pensamiento social de nuestro autor es uno multifacético, erudito, pero sobre todo escrito con la maestría de uno de los grandes en el dominio de la lengua española. Merecería un párrafo aparte la obra ensayística de Hostos, ilustrada en obras tales como su ensayo sobre Hamlet o su trabajo acerca de Gabriel de la Concepción Valdés (Plácido).

Desde el momento en que rompe con los líderes de la revolución septembrina de España hasta su muerte, en 1903, en la República Dominicana, Eugenio María de Hostos fue un abanderado y, como él mismo se llamó, un propagandista de la independencia de Puerto Rico y Cuba. Lo mismo podemos decir de su profunda identificación con la consolidación del proceso independentista en Santo Domingo —o Quisqueya, como él prefería llamarle— sobre todo cuando se vio amenazado por los intentos de anexión por parte de los Estados Unidos en 1870, y más tarde, por el régimen dictatorial implantado en ese país por Ulises Hereaux (Lilís) desde fines de la década de 1880 hasta la ejecución de éste en 1899.

Como hemos visto, Hostos abandona de forma final y definitiva a España en 1869 y sus pasos lo conducen, primero, al encuentro de los emigrados cubanos y puertorriqueños que se hallaban en Nueva York y, luego, a su primer viaje por el sur del Continente en 1870. A partir de ese momento podemos decir que su ámbito de acción política se desenvuelve entre las Antillas, América del Sur y los Estados Unidos. Jamás regresaría a Europa.

Es necesario tener claro lo que podríamos llamar la órbita del pensamiento social de Hostos, sobre todo cuando es casi un axioma de la sociología del conocimiento que el pensamiento humano es un producto de la sociedad que, como tal, siempre queda enmarcado dentro de los límites de una determinada situación histórica y social. Para entender cabalmente la trayectoria ideológica y política de Hostos a partir de su rompimiento con los gobernantes españoles al negarse éstos a atender los reclamos legítimos de las Antillas, es necesario ubicarlo en el contexto del último tercio del siglo XIX, no ya a nivel de la historia antillana y latinoamericana, sino a nivel de la historia mundial.

Creo que no se ha destacado lo suficiente la influencia decisiva que ejerció el pensamiento político de Bolívar sobre nuestro gran pensador. En cierto modo, y de múltiples maneras, Hostos y Martí retoman, durante el último tercio del siglo XIX, las ideas bolivarianas expresadas en la Carta de Jamaica y el Congreso de Panamá de 1826. El movimiento hacia la emancipación de las Antillas que se inicia en la República Dominicana con la Guerra de la Restauración (1861-1865) por el general Gregorio Luperón y que significó la consolidación de la independencia en la parte española de Santo Domingo, el Grito de Lares del 23 de septiembre de 1868 en Puerto Rico y el Grito de Yara del 10 de octubre de 1868 en Cuba, fueron todos hitos históricos que marcaron la reanudación de la lucha por llevar a su feliz conclusión la obra inconclusa de Bolívar. El movimiento iniciado en Puerto Rico fue sofocado por las fuerzas españolas en 48 horas, pero el de Cuba dio inicio a una guerra que duró diez años hasta que, en 1878, se firma el Pacto del Zanjón, descrito más tarde por Hostos como "el pacto lastimoso". En todo caso, lo que queremos indicar aquí es que el movimiento revolucionario del siglo XIX antillano sería la última clarinada de la gran epopeya bolivariana, dirigida a expulsar al colonialismo español de lo que el Libertador llamó "la América meridional".

Pero es menester señalar que estos movimientos insurreccionarios se escenifican en el contexto histórico universal de unas tendencias de signo contrario a la lucha por la independencia de los pueblos, que tiene como escenario a nivel global el auge imperialista que marca el periodo de 1870 a 1920. Nos referimos aquí a *the scramble for empire*, o "la rebatiña por el imperio", como le han llamado algunos historiadores. Se trata, ni más ni menos, del hecho que las grandes potencias capitalistas industriales se repartieron el mundo colonial. La más joven de esas potencias, pero también la más pujante, había iniciado, desde los comienzos mismos de su fundación como república, un proceso expansionista que nos ha descrito con rigurosidad el historiador R. W. van Alstyne en su libro *The Rising American Empire*, así como el historiador cubano Ramiro Guerra y Sánchez en su obra *La expansión territorial de los Estados Unidos*.

La entrada en el escenario histórico de la nueva república imperial tuvo profundas implicaciones para toda América Latina y, desde luego, para la situación de las colonias españolas que serían descritas, entonces, como los "últimos florones" de la Corona española. Sabido es que la naciente república miró siempre con los ojos codiciosos hacia las Antillas y que la postura de su clase dirigente frente a los reclamos de independencia para las Antillas, hechos, por instrucciones de Bolívar, ante el Congreso de Panamá, de 1826, encontraron la más tenaz oposición del entonces secretario de Estado norteamericano, Henry Clay. La política exterior de la Casa Blanca referente al destino final de Cuba y Puerto Rico, a partir de la enunciación de la Doctrina Monroe, fue la de mantener el *statu quo* en ambas hasta que los Estados Unidos estuviesen en posición de adquirirlas, ya fuese por compra o por conquista. De ello hay prueba fehaciente en los anales históricos. Porque, al iniciarse el movimiento emancipador en las Antillas durante el último tercio del siglo XIX, éste se daría a contrapelo de una tendencia contraria de carácter expansionista e imperialista. La lucha emancipadora, que fue en sus inicios contra un colonialismo español decadente, aferrado a los últimos símbolos de su gloria pasada, pronto tendría que enfrentarse a un nuevo imperio nada decadente, sino en pleno apogeo y con pretensiones hegemónicas sobre todo el hemisferio.

Eugenio María de Hostos no era ajeno a esa realidad. Cuando los Estados Unidos intenta, bajo la presidencia de Grant, anexarse a la República Dominicana en connivencia con el presidente dominicano Buenaventura Báez, tanto Hostos como Betances, que se encontraban a la sazón en Nueva York, llevaron a cabo una intensa campaña contra la anexión de Santo Domingo. Esta postura antianexionista, que cobra hoy en día sorprendente vigencia en nuestro medio, es expresada por Hostos en su *Diario* el 12 de enero de 1870, con las siguientes palabras:

> Las Antillas tienen condiciones para la vida independiente, y quiero absolutamente sustraerlas a la acción [norte]americana. Los otros creen que sólo se trata de libertarlas y libertarlos de la opresión de España, y conculcan la lógica, la dignidad y la justicia con tal de conseguir su fin. Yo creo que la anexión sería la absorción, y que la absorción es un hecho real, material, palpante, tangible, numerable, que no sólo consiste en el sucesivo abandono de las islas por la raza nativa, sino en el inmediato triunfo económico de la raza anexionista, y por lo tanto, en el empobrecimiento de la raza anexionada.

Y, en 1870, mientras se encuentra en Cartagena de Indias, escribe el siguiente juicio histórico acerca de los Estados Unidos:

> No rencor, admiración es el sentimiento que tengo hacia los hombres del Norte. Pero la admiración, como todo movimiento de mi espíritu, es reflexiva en mí: admiro, porque estimo; estimo lo que es bueno. No es bueno, es malo que los norteamericanos tengan las tendencias absorbentes que han demostrado en la guerra con Méjico, en la conquista de territorios mejicanos que han disfrazado bajo el derecho de anexión, y en las tentativas de dominio sobre Santo Domingo: no es bueno, es malo el injusto sentimiento de repulsión que los angloamericanos poderosos manifiestan hacia y contra los latinoamericanos débiles: no es bueno, es malo que hayan erigido en doctrina el principio egoísta de primacía continental que se llama "doctrina de Monroe", y el principio de exclusión que Sumner fundaba en su despreciativa condenación de la raza latina del Nuevo Continente; no es bueno, es malo que una gran democracia, como la que ejemplarmente impera en los Estados Unidos, no tenga otra idea de vida interior y exterior que su ocupación de todo el continente del Norte, desde Behring hasta el Istmo, éste y el Archipiélago incluidos; no es bueno, es malo que la sabia amonestación

de Washington al recomendar el principio de no intervención se haya interpretado tan imprevisora, tan mezquina, tan cobardemente, que el Gobierno federal haya por sistema contribuido a la prolongación de las guerras de Independencia en todo el continente del Sur; no es bueno, es malo que esa interpretación agravada por una conducta sinuosa, se haya opuesto a la idea de Bolívar antes y después del Congreso de Panamá, y se oponga hoy a la independencia de Cuba; no es bueno, es malo que un poder tan vigoroso como el de los Estados Federados de Norte América no se emplee francamente en servir a la justicia y la dañe por torpe ambición, por maquiavélica esperanza de usufructuar la desgracia y la debilidad de sus hermanos; no es bueno, es malo que en vez de servir a la fraternidad de todos los pueblos y todos los hombres del Nuevo Continente, sólo sirva a la infecunda vanidad de los norteamericanos la fuerza de atracción que les dan sus tradiciones, sus instituciones, sus costumbres racionales y la fortuna singular que han tenido en el desarrollo de su vida.

Nótese que Hostos fue siempre un gran admirador de las instituciones políticas y jurídicas de los Estados Unidos, sobre todo del federalismo y del régimen del estado de derecho basado en la tradición legal anglosajona como aspiración de los Estados Unidos. Pero ello no le impide ver el tapiz por el revés de la sociedad norteamericana, salvándose de esa forma de aquella efusividad con que otros pensadores latinoamericanos del siglo XIX aclamaron a la nación norteamericana, sin parar en mientes sobre la verdadera naturaleza de ésta en el contexto de su época.

Hostos regresaría a los Estados Unidos luego de concluir su primer viaje por el sur del Continente que lo llevó a Colombia, Perú, Chile y Brasil. Desde el puerto de Boston saldría, en 1875, en una expedición con destino a Cuba, junto al prócer cubano Francisco Vicente Aguilera. El fracaso de esta expedición llevaría a nuestro pensador a la República Dominicana donde, al amparo del héroe de la Restauración dominicana, el general Gregorio Luperón, y al lado del doctor Ramón Emeterio Betances, Padre de la Patria puertorriqueña, continuaría su incansable labor propagandística en favor de la independencia de Cuba y Puerto Rico.

Más tarde se vería obligado a abandonar la República Dominicana por razones que no podemos abordar aquí. Lo hallaremos de nuevo en Nueva York, en 1876. Allí publica una serie extraordinaria de artículos en el semanario de los emigrados cubanos llamado *La Voz de la Patria*. Éstos constituyen, a mi juicio, el más acabado y completo de los proyectos históricos para la liberación de Cuba y Puerto Rico de que yo tenga noticia. Se trata del Programa de la Liga de los Independientes, y allí queda consignado que "el objeto de la Liga es trabajar material, intelectual y moralmente en favor de la independencia absoluta de Cuba y Puerto Rico, hasta conseguir su total separación de España y su indiscutible existencia como naciones soberanas". Como secuela de lo antes dicho nuestro autor elabora todo un esquema constitucional que tiene como piedras angulares la democracia representativa, el estado de derecho y la defensa de los derechos humanos. Se trata de un documento excepcional, sin duda uno de los más importantes en la historia del pensamiento libertador iberoamericano. Este proyecto, sin embargo, no pasó de ser eso mismo, aunque no pasó inadvertido para José Martí quien, desde México, le dedicaría unas páginas memorables con el título significativo de "Catecismo democrático".

Luego, el infatigable viajero reanuda su peregrinación por el sur del continente. En 1877 lo tendremos en Venezuela, lugar donde, como señalamos anteriormente, sentó las bases para el estudio de las ciencias sociales en América Latina. En 1878, al producirse el Pacto del Zanjón, aprovecha la amnistía decretada para hacer una corta visita a Puerto Rico junto con su recién desposada, doña Belinda Otilia de Ayala.

Uno de los momentos culminantes de su vida será, sin embargo, su segunda estadía en la República Dominicana. Su amigo el general Gregorio Luperón asciende a la Presidencia de la República y de inmediato provee al Maestro con los instrumentos necesarios para poner en práctica sus ideas pedagógicas. Es así como nace la Escuela Normal de Santo Domingo, uno de los grandes proyectos educativos de América Latina. Una vez interrumpidas, veremos que temporalmente, las hostilidades en Cuba en 1878, Hostos concentrará toda su atención en la formación intelectual, moral y espiritual del pueblo dominicano. El más elocuente de los monumentos literarios en ese sentido, su imperecedero "Discurso de la Normal", sigue siendo uno de los grandes clásicos del pensamiento pedagógico de nuestra América.

La marca indeleble de Hostos en la educación dominicana requeriría una larga, larguísima disquisición. Baste con decir que desde el momento del inicio de su gestión pedagógica al frente de la Escuela Normal hasta su partida del país en protesta por la dictadura de Lilís, Hostos contribuye a formar toda una generación de hombres y mujeres que constituirían lo que se conoce como la "escuela hostosiana" en la historia de Quisqueya. Escuela que perduraría en la República Dominicana hasta su destrucción por el dictador Rafael Leónidas Trujillo, seis décadas más tarde.

Para 1888, año en que se publica, por cierto, su magna obra *Moral social* en la República Dominicana, Hostos acepta la invitación que le extiende el presidente de Chile, José María Balmaceda, para que regrese a esa república austral donde tan buenos recuerdos había dejado desde su breve visita en 1872. Acepta la invitación, e irá a Chile para lo que había de ser una estadía prolongada que duraría una década. Opta por volver a Puerto Rico en los albores de la ocupación militar norteamericana de la isla que ocurrirá el 25 de julio de 1898. Merece destacarse, como un hecho histórico interesante, que en 1888, el 10 de octubre para ser más exactos, José Martí reanudaría su apostolado político mediante un discurso pronunciado en el Masonic Temple, de Nueva York. Las vidas de estos dos libertadores se entrecruzarán de múltiples maneras, pero vale la pena señalar que nunca se conocieron personalmente, ni siquiera como corresponsales. Lo cierto es, en todo caso, que cuando Hostos va camino a Chile, Martí comienza al propio tiempo a sentar los cimientos del Partido Revolucionario Cubano, si bien la fundación formal de esta entidad política no tendría lugar hasta el 6 de enero de 1892.

A su arribo a Chile, Hostos dirige primero el Liceo de Chillán, y más tarde, será el primer rector del Liceo Miguel Luis Amunátegui, de Santiago. El inicio de su labor pedagógica en Chile es digna de destacarse, sobre todo por la acogida que tuvieron en ese país sus ideas acerca de "la educación concéntrica".

Pero con la fundación por José Martí del Partido Revolucionario Cubano se avivan nuevamente las esperanzas de Hostos por unas Antillas libres e independientes del colonialismo español. A partir de ese momento, Hostos reiniciaría nuevamente sus votos por la lucha de la independencia de Cuba y Puerto Rico. Con el inicio de la Revolución Martiana en 1895, la llama revolucionaria se enciende en él nuevamente, y vuelve a la palestra en defensa de las dos Antillas subyugadas. Hasta su regreso a Puerto Rico por vía de Caracas, Curazao y Nueva York, en julio de 1898, Hostos será, una vez más, el propagandista ardiente de la causa revolucionaria de Cuba y Puerto Rico en Chile y el resto de América Latina.

Si el Programa de la Liga de los Independientes, escrito por él en 1876, constituye una excepcional expresión teórica de su proyecto histórico, la Liga de Patriotas, su creación al filo de la ocupación militar norteamericana, es en realidad la expresión de un clamor suyo en favor de que Puerto Rico entre en el pleno ejercicio de los derechos que deberían corresponderle bajo los postulados del derecho internacional vigente. Hostos concibe la invasión norteamericana como un acto de fuerza bruta, como un ejercicio descarnado del inexistente "derecho" de conquista. Quiere él, por lo tanto, que la isla entre en condiciones de derecho, que deje de ser una simple prenda que pasa de mano en mano sin nunca ser dueña de su propio destino. Es con el propósito de educar al pueblo puertorriqueño en el ejercicio de eso que hoy llamamos "el derecho a la autodeterminación de los pueblos" que se funda la Liga de Patriotas. No era ésta, ni aspiraba a convertirse, en un partido político. Sus fines eran, más bien, de carácter cívicoeducativo. Era necesario e imperativo educar al pueblo puertorriqueño en el conocimiento y ejercicio de las libertades democráticas. En el manifiesto "A los puertorriqueños", escrito en Nueva York el 10 de septiembre de 1898, nuestro educador define los propósitos de la Liga de Patriotas de la siguiente manera:

> La Liga de Patriotas se ha constituido con dos fines: uno, inmediato, que es el poner a nuestra Madre Isla en condiciones de derecho; otro, mediato, que es el poner en actividad los medios que necesitan para educar a un pueblo en la práctica de las libertades que han de servir a su vida, privada y pública, industrial y colectiva, económica y política, moral y material.

Es en ese contexto que Hostos propone la celebración de un plebiscito en Puerto Rico, de forma tal que nuestro pueblo fuese consultado acerca de su destino final.

> Buscar el plebiscito para ser o no ser ciudadanos [norte]americanos, y para seguir siendo o dejar de ser ciudadanos de nuestra patria geográfica e histórica; buscar y seguir el ejemplo del pueblo [norte]americano, para dejar de ser representantes

del pasado y ser hombres de nuestro tiempo y sociedad del porvenir, ésos son los deberes de nuestra historia en este instante. Para cumplirlos se ha fundado la Liga; para tratar de hacerlos efectivos, vuelvo yo a mi patria.

Pero la idea de la Liga de Patriotas no germinó en suelo puertorriqueño. El clamor de Hostos cayó en oídos sordos. Ya en 1899 las dos facciones principales del Partido Autonomista que se disputaban el poder bajo el colonialismo español se reorganizaban, bajo el palio de la nueva dominación norteamericana. Ambos terminarían pidiendo la anexión de Puerto Rico a los Estados Unidos. En medio de esta situación desesperanzadora, cae Lilís en la República Dominicana. Hostos es llamado por sus antiguos alumnos de la Escuela Normal para que se ponga al frente del sistema educativo dominicano. Acepta la invitación del presidente Horacio Vázquez y abandona Puerto Rico, esta vez para siempre. Su muerte, a la edad de 64 años, acaece el 11 de agosto de 1903, en la ciudad de Santo Domingo de Guzmán.

Permítaseme, antes de concluir, algunas someras reflexiones acerca del significado histórico del pensamiento social de Eugenio María de Hostos, cuando lo ubicamos en el contexto de lo que el maestro José Gaos llamó "el pensamiento de lengua española".

En una obra caracterizada por la vastedad de su conocimiento enciclopédico y por una insaciable búsqueda de la verdad, lo menos que podemos decir es que Hostos pone a la sociología y a las ciencias humanas en general a hablar en español. Con su obra el conocimiento científico de la realidad social de nuestros pueblos no necesita de intérpretes foráneos que acudan desde otras latitudes con el propósito de explicarnos cómo y por qué somos. Sin sentimientos de inferioridad de clase alguna, sin sucumbir al síndrome colonialista que pretende verlo todo a través del cuadriculado de las grandes metrópolis, Hostos nos brinda, en la lengua que domina tan soberbiamente, un modelo de rigor, método y sistema, es decir, un modelo de lo que debe ser todo quehacer científico. Y lo hace en sociedades que eran, y aún son, muestras palpables del desarrollo desigual de las formaciones sociales. Crear y escribir bajo esas condiciones es, hoy en día, un reto difícil. Hacerlo en la época de Hostos tiene que haber sido doblemente difícil. Por eso no podemos sino rendir homenaje a quien puso la piedra original que ha permitido la edificación de la sociología iberoamericana como disciplina científica en nuestro medio.

XI. EUGENIO MARÍA DE HOSTOS: ABOLICIONISTA

EN UNA obra reciente del antropólogo francés Claude Meillassoux, titulada *Antropología de la esclavitud*,* éste concluye su excelente trabajo de investigación histórica con las siguientes reflexiones:

> En Pompeya, en un fresco que ilustra la realización de las tareas domésticas y artesanales, el artista sustituyó a los viles esclavos que las desempeñaban habitualmente por dulces y sonrientes angelitos. Los pompeyanos vivían un mito en el que todo les parecía venir del cielo como gratificación material y merecida de su refinamiento obtuso. Como todas las explotaciones, la esclavitud no sólo conduce a la enajenación de los explotados, sino también a la de los explotadores. Conduce a la negación de la humanidad de los hombres y de las mujeres, a su desprecio y a su odio. Incita al racismo, a la arbitrariedad, a las crueldades y a los asesinatos purificadores, armas características de las luchas de clases más crueles. Si es cierto que la esclavitud contribuyó a algún progreso material, nos legó también como pensadores a filósofos y políticos cuya conciencia era el producto de esa ceguera y de esos prejuicios. ¿No es porque se comunicó hasta nosotros, acarreada por una cultura indiscutida e ininterrumpida de explotadores, que su enajenación sigue para nosotros siempre imperceptible y nos presenta todavía como humanistas a sociedades construidas sobre el saqueo del hombre?

Meillassoux realizó un estudio exhaustivo y minucioso de la esclavitud desde una perspectiva antropológica y ha contribuido, como pocos, a verter luz sobre el tema, especialmente por lo que respecta a sus experiencias en África. Resulta difícil, luego de leer este libro, continuar prisionero de viejos esquemas ideológicos que, por su propia rigidez, sólo contribuyen a opacar más bien que aclarar el tema que nos preocupa, que no es otro sino el de la abolición de la esclavitud en Puerto Rico y la posición que asumiera frente a esta realidad nuestro gran pensador Eugenio María de Hostos.

No es posible que pasemos por alto el hecho de que cuando Eugenio María de Hostos nace, el 11 de enero de 1839, en el barrio Río Cañas de Mayagüez, la esclavitud negra imperaba en Puerto Rico.

Tiene que haber influido sobre el espíritu alerta de Hostos niño y adolescente la tragedia colectiva que significaba la esclavitud negra, no sólo para los esclavos, sino también para los amos. Reveladoras son, en tal sentido, sus palabras escritas en *El Ferrocarril* de Santiago de Chile, el 20 de junio de 1873, a los pocos meses de decretarse la abolición de la esclavitud en la isla:

> Reconocimiento de superioridad en el respeto cariñoso, humildad manifiesta en el fácil perdón de la injusticia, nada la ha impuesto artificialmente en el espíritu

* Edición en español (México, Siglo XXI Editores, 1990.

del hombre con tan firmes caracteres como la naturaleza y su propia desventura la señala en el alma racional del negro esclavo. Las virtudes espontáneas de esa raza llenaban de tanta admiración mi espíritu, siempre enemigo de la iniquidad, siempre rebelde contra el mal, que, siendo niño, me decía con honda convicción: "Esta raza es superior en virtudes a la nuestra; estos esclavos valen infinitamente más que sus amos."

Como puede notarse, desde su niñez el espíritu justiciero de Hostos se rebela contra la injusticia que significa la esclavitud negra. Consideramos, además, que esta percepción de la iniquidad reinante bajo el sistema esclavista debe de haberse agudizado durante sus años de formación en la escuela secundaria, si bien no tenemos constancia de que haya escrito su reacción sobre el tema en sus años de adolescencia.

En todo caso, la postura de nuestro héroe intelectual se perfilará con nitidez durante los años formativos de sus mocedades en España.

Sabido es que, durante esos años, nuestro pensador tuvo dos influencias decisivas que dejaron una impronta profunda en su obra: el krausismo español y el positivismo comteano. Del primero, Hostos obtuvo su sentido de profunda indignación moral y su fe en la razón humana como fuerza motriz de las transformaciones sociales. Del segundo podemos señalar su firme creencia de que podría elaborarse una ciencia de la sociedad con un rigor comparable al que caracteriza a las ciencias de la naturaleza.

Sede importante de la comunidad intelectual progresista de la época lo era el Ateneo Artístico, Científico y Literario de Madrid, lugar frecuentado por Hostos en sus veladas madrileñas. Allí el boricua captó la atención de don Benito Pérez Galdós, quien dejó consignada la presencia del joven antillano en alguna de sus páginas.

Lo cierto es que tanto el tema de la esclavitud negra como el del colonialismo español eran inseparables cuando del destino de las Antillas se trataba. Cuba y Puerto Rico eran las últimas dos posesiones coloniales españolas en el mundo americano y abordar el asunto de la emancipación de ambos yugos era para el educador mayagüezano asunto que revestía primerísima prioridad. España marchaba a la zaga de las otras potencias coloniales en lo referente a la abolición de la esclavitud. Inglaterra y Francia habían sentado las pautas para el establecimiento del trabajo libre o asalariado en sus territorios ultramarinos mientras que el Gobierno peninsular se rehusaba, obstinadamente, a dar el paso definitivo hacia la emancipación y la supresión de la trata negrera en el ámbito caribeño.

No debemos pasar por alto, sin embargo, que como contrapartida de los defensores de la trata negrera se dio en la sociedad española una fuerte corriente abolicionista en la cual participaron destacadamente tanto peninsulares como antillanos. La abolición de la esclavitud en los Estados Unidos, como secuela de la guerra civil que tuvo como contendientes al norte industrial contra el sur agrario y esclavista, fue un acontecimiento histórico singular que abrió una brecha más en el ya maltrecho muro de los incondicionales —peninsulares y criollos a la vez— que eran ejemplos vivientes de aquello que el doctor Arturo Morales Carrión llamó, tan atinadamente, los "africanófobos". La "africanofobia" se convirtió entonces en la ideología de unas clases privilegiadas que se sentían amenazadas por lo que ellos entenderían que era la pleamar de la africanización en las sociedades antillanas. La Revolución haitiana, las insurrecciones de los esclavos rebeldes, la cimarronería y los palenques habían puesto sobre aviso a quienes habían amasado su riqueza mediante la explotación inmisericorde de lo que Aristóteles, en el siglo IV a.c. describiría como "propiedad animada" y ellos, a su vez, como "piezas de Indias". Como ha demostrado mediante evidencia histórica inexpugnable el doctor Manuel Moreno Fraginals, la "sacarocracia" cubana, es decir, los dueños de los grandes ingenios azucareros, constituían una clase social con un poderío económico y político que muchas veces hacía palidecer a los propios capitales españoles. Combatieron, pues, con tesón y eficacia, todo esfuerzo por emancipar a la población esclava de Cuba, constituyéndose, en la Metrópoli, como un grupo de presión que las autoridades españolas no podían ignorar o desconocer sino a su propia cuenta y riesgo. No me parece que en Puerto Rico hayamos tenido el equivalente de esa poderosa clase social estudiada por el eminente historiador cubano, porque lo cierto es que la transición hacia el régimen del trabajo libre se logró con relativa armonía social el 22 de marzo de 1873.

Bien vistas las cosas, la oposición de Hostos a la esclavitud negra era la consecuencia lógica e inexorable de su compromiso moral o intelectual contra toda manifestación de discriminación racial o social. Profundamente imbuido del legado humanístico del Iluminismo, aborrecía como cuestión de principios la categorización de unos seres humanos como inferiores por el simple hecho de que la pigmentación de su piel fuese más oscura o más clara. Cuando escribe su primera obra literaria *La peregrinación de Bayoán* (1863) podemos palpar lo que podríamos llamar su vocación antillanista e iberoamericanista, así como su concepción bolivariana, visión histórica según la cual los destinos de Cuba y Puerto Rico estaban inextricablemente ligados con la liberación de todo ese conglomerado de pueblos que, en uno de sus escritos publicados en 1874, Hostos designaría con el nombre genérico de "la América Latina".

Sabido es que nuestro pensador cultivó el periodismo —lo concebía, según sus palabras, como un "sacerdocio"—, de lo cual pueden dar fe muchos de sus artículos publicados en la prensa española durante el decenio de 1860. Merece destacarse, en tal sentido, lo que nos dice sobre la abolición de la esclavitud cuando era redactor de *La Nación*. "La esclavitud, como todas las monstruosidades sociales, es una enfermedad que no se cura con música ni palabras. Ni música, ni anodinos. Abolición inmediata, ése es el medio y el fin." En consonancia con lo antes dicho, podemos asociar este pensamiento desde luego, con el justiciero reclamo hecho, en tal sentido, ante las Cortes españolas, en 1867, por los comisionados puertorriqueños Segundo Ruiz Belvis, Francisco Mariano Quiñones y José Julián Acosta (sería injusto dejar de mencionar, en el contexto presente, la ardiente labor abolicionista del doctor Ramón Emeterio Betances, figura patriarcal de aquello que el doctor Andrés Ramos Mattei llamó "el ciclo de la revolución antillana").

Para comprender cabalmente el compromiso hostosiano contra el racismo y la discriminación en todas sus formas y matices es necesario remitirnos al contexto histórico del pensamiento político de la época, sobre todo a aquellas teorías irracionalistas que con tanto acierto disectara György Lukács en su seminal estudio titulado *El asalto a la razón*. Las teorías racistas que se pusieron en boga en algunos círculos intelectuales europeos y que luego servirían como caldo de cultivo para el nazi-fascismo en Italia, Alemania y España en el siglo xx, iban dirigidas a poner en tela de juicio la capacidad de determinados grupos étnicos para figurar, en el plano de la igualdad, con las poblaciones blancas residentes en Europa y los Estados Unidos. Partiendo de esa base fue que se buscó establecer, mediante espurias y tendenciosas teorías seudocientíficas, que la población negra africana, por ejemplo, carecía, por razones genéticas, de la capacidad para realizar otras labores que no fueran las estrictamente manuales. Como el último cuarto del siglo xix dejará constancia del auge del expansionismo europeo, así como de la adquisición de nuevas colonias en el reparto del botín imperial, las teorías raciales según las cuales los africanos carecían por completo de toda capacidad intelectiva se utilizó para remachar los antiguos prejuicios africanófobos que signaron todo el proceso de esclavización de una población trasplantada por la fuerza a las tierras de América, tanto por lo europeos como por los norteamericanos, amparándose todos ellos en una presunta superioridad racial disfrazada, no muy sutilmente a veces, por un insufrible paternalismo que se sustentaba en los más burdos estereotipos y prejuicios raciales. Se propusieron, así, conscientemente, inferiorizar y deshumanizar a las poblaciones de origen africano en el nuevo hábitat que se les impuso por la fuerza de las armas.

Conviene puntualizar el hecho de que los argumentos de Hostos contra el régimen esclavista son una combinación de la rigurosidad científica y la indignación moral. Pero, sobre todo, merece destacarse el hecho de que cuando nuestro pensador clama contra la injusticia reinante, lo hace no sólo en favor de las poblaciones de origen africano, sino también en favor de todos los sectores oprimidos de las sociedades latinoamericanas.

Importa mucho recalcar la preocupación del autor por todos los oprimidos, los desheredados, los condenados de la tierra. Su preocupación por los rotos y los huasos en Chile no es una simple alusión pasajera. Obedece, más bien, al convencimiento que tenía Hostos acerca de que la inmigración de poblaciones asiáticas a tierras de América, con el propósito de que éstas sustituyesen o complementaran a los esclavos negros emancipados en 1847, las había convertido en presas de la más terrible explotación económica. Su indignación por el trato a los chinos en el Perú se reflejaría en sus escritos sobre el tema durante su estadía en suelo peruano en 1872. En cuanto al cholo, su aguda crítica del trato recibido por éste, que ha dejado consignada en varios artículos constituye, por así decirlo, una vindicación de las aportaciones positivas del mestizaje a la civilización americana. Mientras que, a su paso por Brasil en 1874, reaccionaría indignado ante el espectáculo de un barco negrero que servía como macabro contraste con la hermosura del paisaje tropical circundante. "Una iniquidad como la esclavitud en medio de aquella armonía de la naturaleza, me parecía una monstruosidad disonante."

Es esta convicción, expresada de múltiples maneras a lo largo de toda su vida y obra lo que caracteriza de manera singular a aquel gran puertorriqueño. Lo que queremos recalcar en este trabajo, no obstante, es no sólo el pensamiento abolicionista del Maestro, sino también su oposición tenaz al racismo como tal.

Para dar fe de lo que acabamos de afirmar consideramos de vital importancia hacer referencia a lo que, a nuestro juicio, constituye el proyecto histórico más completo para la liberación de Cuba y Puerto Rico que haya visto jamás la luz pública. Creemos que las bases del Partido Revolucionario Cubano, aprobadas en 1892 por los emigrados cubanos gracias a la iniciativa de José Martí, no hacen otra cosa sino dar concreción institucional a aquel magno proyecto enunciado por Hostos en 1876 con el título de "Programa de los Independientes".

El Programa de la Liga de los Independientes establece un pacto de lucha por la independencia y soberanía de Cuba y Puerto Rico, y consigna, en su artículo 3º, "el principio de igualdad absoluta ante la ley, sin distinción de razas ni nacionalidades, fundada en la igualdad natural de los derechos individuales y políticos de todos los seres humanos". Cuando Hostos elabora aún más su proyecto histórico para la liberación antillana escribe las siguientes palabras:

> El hombre no deja de ser hombre por ser de color claro u oscuro, o lo que es idéntico, porque proceda del tronco caucásico o mongólico o etíope o americano o malayo de la especie humana. El ser racional no deja de ser racional porque su ciudadanía nativa sea carabalí, tagala, china, japonesa o europea. Cualquiera sea su color, cualquiera su nacionalidad, en cualquier parte es el mismo ser racional el ser humano. Por lo tanto en todas partes se le debe la consideración que llevan consigo la moralidad, la dignidad y la actividad de su naturaleza. Por lo tanto, en todas partes es un ser de derecho natural, y en todas se le debe el reconocimiento de sus derechos naturales.

Conviene, sin duda, hacer hincapié en este enunciado programático porque es revelador de la devoción hostosiana por el principio de la igualdad humana, principio que, en su caso, era extensivo tanto a la mujer como al hombre. De ahí también emanaba la importancia medular que el Maestro mayagüezano le asignaba a la educación como arma para la liberación humana. Ante la tiniebla de la ignorancia, la superstición y el prejuicio que nos legaba la doblemente nefasta herencia colonial maculada por el racismo con toda su secuela de males, Hostos proponía el método de investigación científica, "educar la razón según la ley de la razón", nos dice, he ahí la meta que debe servir como norte a todo genuino proceso educativo.

El pensamiento de Eugenio María de Hostos, refractario a toda forma de racismo, merece nuestra más profunda atención, sobre todo cuando podemos palpar, a nuestro alrededor, que el prejuicio racial dista mucho de ser una cosa del pasado. Lo admirable es el hecho de que nuestro educador haya manifestado, no sólo su profunda convicción igualitaria en todos sus escritos, sino también su extraordinaria devoción por la justicia social.

Hoy, en pleno siglo XX, y cuando nos abocamos al inicio del siglo XXI, es de vital importancia reconocer que el prejuicio racial está lejos de ser una cosa del pasado y que sigue siendo uno de los peores obstáculos para que la humanidad alcance niveles superiores en el proceso civilizatorio.

Hostos fue abolicionista porque una persona como él no podía ser otra cosa conforme a los principios que sustentó y fiel a los cuales vivió.

En todo caso la antropología moderna se ha encargado de darle la razón a nuestro pensador, al afirmar que no hay evidencia científica alguna tendiente a demostrar que existe tal cosa como razas superiores y razas inferiores.

Hostos combinó magistralmente el celo reformador del visionario con el riguroso análisis del científico social. Su oposición tenaz a toda forma de opresión o explotación rebasó por mucho la batalla en favor de la abolición de la esclavitud negra en las colonias españolas de las Antillas. Su mensaje, tan vigente hoy como en aquel entonces, fue en el sentido de que la democracia racial era tan importante y necesaria como la democracia política.

Hoy vemos, conforme a sus agudas observaciones en torno al tema del prejuicio racial, que la abolición de la esclavitud negra en el ámbito puramente jurídico no es suficiente, sino que se requiere una profunda transformación espiritual del género humano para que podamos superar, en la práctica, el terrible legado que nos conduce a la calle sin salida de la discriminación contra otros seres humanos tan sólo porque la pigmentación de su piel sea más oscura o más clara, o porque sus ojos sean más o menos oblicuos que los de otros, etcétera.

Eugenio María de Hostos fue un abanderado, un precursor de la igualdad racial y social cuando estos legítimos reclamos eran aún vistos por muchos como rayanos en el ámbito de las utopías. No habremos alcanzado aún la utopía hostosiana de una sociedad automáticamente igualitaria, pero sí podemos afirmar que todo cuanto se ha logrado en términos de la conquista relativa de esa elusiva meta tiene que remitirse, necesariamente, a quienes como él desbrozaron el camino para la creación de una más justa sociedad humana en el porvenir.

CUARTA PARTE

XII. ARTÍCULOS PERIODÍSTICOS EN TORNO A HOSTOS

BETANCES Y HOSTOS

LAS TRES figuras cimeras del siglo XIX antillano son Ramón Emeterio Betances (1827-1898), Eugenio María de Hostos (1839-1903) y José Martí (1853-1895). Decimos figuras cimeras porque son ellos tres quienes marchan a la vanguardia del pensamiento de lo que el doctor Andrés Ramos Mattei ha denominado "el ciclo de la revolución antillana". Betances, Hostos y Martí eran, al propio tiempo que eminentes pensadores, hombres de acción revolucionaria. Poseedores de una sólida formación intelectual producto de su conocimiento de las más importantes corrientes del pensamiento europeo decimonónico, los tres ponen ese conocimiento al servicio de las grandes transformaciones requeridas por las Antillas: la abolición de la esclavitud negra y de otras formas de trabajo servil, el fin del oprobioso sistema colonial que nos acogotaba, el establecimiento de regímenes republicanos que sirviesen a nuestros pueblos eludiendo en el proceso los errores cometidos por las repúblicas hermanas que habían conquistado su independencia medio siglo antes.

Betances era, sin lugar a dudas, la figura patriarcal y señera venerada y respetada por Hostos y Martí. Ha surgido, sin embargo, una versión histórica en el sentido de que existieron diferencias profundas entre Betances y Hostos que distanciaron a ambos próceres. Creemos necesario, en aras de la verdad histórica, hacer las siguientes aclaraciones que estimamos imprescindibles para aclarar en lo que se basa esa información parcial e incorrecta.

Para ello nada mejor que remitirnos al testimonio del propio Hostos. Primero debemos dejar establecido que Hostos y Betances se conocen personalmente en Nueva York cuando coinciden en esa ciudad junto con otros emigrados cubanos y puertorriqueños que habían constituido en 1865 la Junta Republicana de Cuba y Puerto Rico. El propio Hostos consigna en su *Diario* que tuvo algunas diferencias con él en esos momentos. Sin embargo, su gran estimación y respeto por Betances puede palparse en varios de sus escritos acerca del prócer caborrojeño. Pero, sobre todo, ello es patente cuando se encuentran en Puerto Plata en 1875 junto al general Gregorio Luperón, héroe de la Restauración dominicana. A partir de ese momento las diferencias que pudieran haber existido entre ambos fueron superadas plenamente.

Basta con señalar que Hostos, al referirse a Luperón, dice que fue puesto en contacto con él por su "maestro, guía y amigo, el noble y primer ciudadano de Puerto Rico, el siempre desterrado doctor Betances". No son palabras escritas a la ligera, desde luego.

Pero prestemos atención a lo que nos dice Hostos al conocer de la muerte del Padre de la Patria en un artículo titulado "Recuerdos de Betances" que es, al propio tiempo, un importante documento autobiográfico. Escribe Hostos: "algunos años de ausencia y veintitrés de vida tenía yo, cuando en mi segundo regreso temporal a mi prohibida patria, conocí a Betances. Apenas lo conocí de vista. Era entonces un joven de poco más tal vez de treinta años bien vividos: vividos como naturaleza robusta, en esfuerzo por lo verdadero, lo bello, lo bueno. Así era su aspecto tan atractivo y así se justificaba tan por sí misma la simpatía que despertaba en todo el mundo". Luego, continúa diciendo Hostos, supo nuevamente de Betances en Madrid cuando recibió una carta suya con referencia a la primera edición de *La peregrinación de Bayoán* (1863) que le había enviado. Sobre su respuesta a Betances comentaría: "hubo de aparejar la contestación que me lo presentó de alma entera: cuando se quiere una tortilla hay que romper los huevos: tortillas sin huevos rotos o revolución sin revoltura no se ven". He ahí al Betances revolucionario que todos hemos aprendido a admirar. Y Hostos le dará la razón: "Era persistir en la ilusión de hacer tortilla sin romper huevos, porque escrito ha sido a costa de un millón de seres inhumanos a quienes no se les ha ocurrido verter sangre por su patria, que la independencia con sangre entra, y que Borinquen no había de ser independiente por voluntad sin sacrificios de unos cuantos sino por voluntad y sacrificio de todos, por sangre y lágrimas de todos."

Hoy, cuando celebramos un natalicio más del doctor Ramón Emeterio Betances, importa consignar estas palabras de Hostos, impregnadas, como todo lo que éste escribió, con el hálito de su generosidad y profundo sentido del deber. Esta profunda admiración por nuestro gran revolucionario antillano la expresará también Martí en luminosas palabras al describir a Betances como "aquel que, en el consuelo de su trabajo, ni recuerda, mezquino, la riqueza que puso para el beneficio futuro de su patria, la semilla de la libertad, ni vacila, cobarde, de poner su pecho a la hora necesaria, con el pecho de los hombres en quienes se asila el porvenir, de sus paisanos buenos en quienes se asila el decoro".

¿Qué mejor homenaje a la memoria de Betances que estos testimonios de sus compañeros en la lucha por la liberación antillana? Sea ése, también, nuestro mayor tributo a su memoria.

El Reportero, San Juan, Puerto Rico, 8 de abril de 1986

HOSTOS, EDUCADOR SOCRÁTICO

Si FUESE necesario escoger un ámbito acogedor, un lugar que Eugenio María de Hostos pudiese llamar su casa, su hogar por derecho propio, ése debería ser, quién podría dudarlo, la Universidad de aquella Madre Isla que él tanto amó y veneró y cuya libertad defendió en todos los confines del continente americano, así como en la propia península ibérica. Porque la Universidad, cuando logra verdaderamente convertirse en el centro mismo de las inquietudes de una sociedad, cuando contribuye a afinar y refinar las aristas del pensamiento crítico, cuando es capaz de servir como una fuente siempre renovable de las más ricas expresiones creativas de una sociedad, no hace otra cosa sino poner en vigor y proveerle vigencia a los principios pedagógicos de hombres como Hostos.

El ideal pedagógico hostosiano es un llamado a la excelencia académica, un reclamo para el cultivo de las facultades racionales que caracterizan a la especie humana. Todo ello, debemos consignarlo, es concebido de manera abierta, generosa, no dogmática. Porque para el Maestro mayagüezano el dogmatismo es la antítesis de la pedagogía, la camisa de fuerza que impide el pleno desarrollo de las facultades racionales del ser humano y que frena el potencial de éste en el proceso hacia su plena realización como ser pensante.

La idea misma de la Universidad, de todo cuanto ésta representa para el porvenir de la humanidad, es consustancial a la visión que Hostos tiene acerca de la pedagogía. Ciencia ésta que, según sus palabras, no consiste en otra cosa sino en "educar la razón según la ley de la razón". A lo cual añade:

> Como esa ley no es otra cosa que la establecida por la naturaleza con objeto de hacer que la razón se desarrolle poco a poco y según que se vayan fortaleciendo las facultades que primero aparecen, educar la razón y sujetarse a la ley de su desarrollo son dos cosas que se completan la una con la otra.

En efecto, la Universidad, nuestra Universidad, tiene en estas palabras de Hostos el proyecto histórico fundamental que puede servir como pauta para su desarrollo institucional. Pues bien, vistas las cosas, el Maestro no hace otra cosa sino aplicar a las realidades específicas de nuestras sociedades aquella sabia máxima del gran pedagogo que fue Sócrates cuando aseveró que él no enseñaba filosofía, sino sólo a filosofar.

Medítese el alcance de esta admonición socrática y podrá verse que, dentro de su aparente sencillez, encierra el carácter raigal del verdadero quehacer universitario. Hombre quizá lo suficientemente sabio como para nunca haber escrito una palabra, no obstante Sócrates brindó, en medio del convulso panorama de la Atenas de su época, aquello que ningún universitario que se precie de serlo puede ignorar sin que corra el riesgo de que se le considere ignorante: la mayéutica y la dialéctica.

Por eso cuando Hostos elabora su proyecto para la Escuela Normal de Santo Domingo, o esboza sus principios pedagógicos, o hace que todo el esfuerzo del educador tenga como eje al educando, no está haciendo otra cosa sino dándole vigencia, en el contexto de una sociedad diferente a la griega, a los principios de mayéutica y dialéctica socráticas. Precisamente la grandeza de Hostos como educador reside en que supo aplicar el método dialéctico de la investigación filosófica en sociedades aquejadas por los males del colonialismo, del despotismo, de la miseria material y espiritual; en fin, de todas las lacras que hoy asociamos con lo que se denomina el subdesarrollo.

Para nuestro gran educador, como para el gran Sócrates, si la educación ha de servir para algo ha de ser para constituirse en la base para el proceso de la liberación humana. Educación es, pues, sinónimo de liberación, vista ésta como un proceso perennemente renovable pero nunca felizmente concluido.

Ese proceso pedagógico libertador no se da, sin embargo, en un vacío social ni político. Tiene a cada paso que librarse una dura batalla frente a las fuerzas del oscurantismo ideológico aliadas de aquellas que son retardatarias del cambio social. En las sociedades coloniales, allí donde impera, conforme nos dice Hostos, la "atmósfera mortífera del coloniaje", el proceso educativo tiene forzosamente que servir como un elemento perturbador y subvertidor de los mitos y ficciones urdidos por quienes detentan el poder político.

Toda la obra hostosiana, a nuestro juicio, constituye una sonora repulsa del colonialismo en todas sus formas. Descolonizar es libertar y libertar es al propio tiempo descolonizar. Educar no puede ser otra cosa sino el proceso hacia la producción de hombres y mujeres libres en el ámbito espiritual y moral. Es, por lo tanto, sinónimo de descolonizar, es decir, de liberar.

De más está decir que este proceso de liberación a nivel personal no puede ser fructífero si no marcha al propio tiempo con la liberación en el orden colectivo. Los grandes proyectos históricos de Hostos expresados magistralmente, por ejemplo, en su "Programa de los Independientes" de 1876 y en los estatutos de la Liga de Patriotas de 1899 estaban basados en la premisa de que Puerto Rico debía ser sujeto, por derecho propio, en el seno de la comunidad internacional, condición que sólo podría alcanzarse mediante la autodeterminación e independencia de nuestro pueblo. Queda meridianamente claro en su obra que nuestra isla no podía pasar de manos de un imperio a otro sin que se le pusiese en el pleno ejercicio de su soberanía, así como en el uso pleno de las atribuciones que necesariamente tendrían que conferirle el carácter de una nación con personalidad jurídica internacional.

Este proceso de liberación individual y colectivo mediante la educación científica del niño y de la mujer lo hace Hostos extensivo a todos los pueblos de América Latina. Es allí donde pone en práctica sus principios pedagógicos de manera admirable y ejemplar. Se trata de su vocación latinoamericanista, es decir, su deseo, según sus palabras, "de situarme en mi teatro, en esa América a cuyo porvenir he dedicado el mío". Conforme a esa vocación latinoamericanista, el Maestro concibe a la sociedad puertorriqueña como parte integral e indisoluble de ese gran conglomerado de pueblos que se extiende desde el Río Bravo hasta la Tierra del Fuego.

La Universidad puertorriqueña y todo el sistema de instrucción pública y gratuita que Hostos favorecía para nuestros pueblos debía tener como norte la idea de que América Latina es una realidad que requiere y reclama que se culmine la obra inconclusa iniciada por Bolívar en 1810. En tal sentido era asunto prioritario para nuestro autor la independencia de Puerto Rico y su afirmación como pueblo latinoamericano.

José Martí nos dice en "Nuestra América", escrito en 1891: "La universidad europea ha de ceder a la universidad americana. La historia de América, de los incas acá, ha de enseñarse al dedillo, aunque no se enseñe la de los arcontes de Grecia. Nuestra Grecia es preferible a la Grecia que no es nuestra. Nos es más necesaria." Este proyecto histórico martiano, es imperativo señalarlo, había sido expresado por Hostos con igual luminosidad años antes de que lo señalara Martí. Y es que el reclamo de lo universal sólo puede tener como punto de partida la realidad nacional de cada sociedad para que aquél no tenga un carácter vacuo e intrascendente. Ésa es la lección que debemos aprender de Hostos, nuestro Sócrates antillano y latinoamericano, que puso su aguda y fina inteligencia al servicio de todo un continente y de la humanidad.

Ambos, Hostos y Sócrates, pautaron el camino que deberá desbrozar todo quehacer auténticamente intelectual. La Academia nace, precisamente, en la Atenas de Sócrates gracias a la amorosa devoción por su vida y su obra, de su discípulo Platón.

El Reportero, San Juan, Puerto Rico, 14 de enero de 1986

SOBRE LA MUERTE DE HOSTOS

EL 11 de agosto de 1903, es decir hace ochenta y cuatro años, murió en Santo Domingo de Guzmán, República Dominicana —o Quisqueya, como gustaba referirse a aquella tierra de sus amores— el prócer puertorriqueño Eugenio María de Hostos. Tenía, al momento de su muerte, sesenta y cuatro años quien naciera "una tarde lluviosa" en el barrio Río Cañas de Mayagüez el 11 de enero de 1839. Conforme al dictamen médico, el Maestro latinoamericano murió víctima de una pulmonía, pero sus amigos, que bien le conocieron, dijeron que la verdadera causa de su deceso —atribuible sólo a causas espirituales— podría únicamente ser descrita como "asfixia moral".

Entiéndase, desde luego, que hay seres cuya extraordinaria sensibilidad moral puede ser perfectamente capaz de reflejarse sobre su condición orgánica, y todo parece indicar que Hostos, al momento de su muerte, atravesaba por una profunda depresión emocional producto de largos años de sacrificios y penurias, fruto de una vida cuyo norte había sido definido meridianamente en unas palabras sublimes; quería, escribió, "compartir todas las pesadumbres de la libertad y ninguna de las delicias del poder".

Y así fue, en efecto. Porque "compartir las pesadumbres de la libertad" implicó, y ha implicado siempre, entre otras cosas, el camino plagado de abrojos, lo que uno de los discípulos más conspicuos de Hostos —que nunca lo conoció en vida— llamaría tres décadas más tarde el camino del "valor y el sacrificio".

Ése fue el camino recorrido por Hostos y al finalizar aquella jornada que tan fructíferamente contribuyera a hermanar a todos los pueblos latino-americanos y caribeños, su muerte fue como un estremecimiento colectivo que sacudió los cimientos de la conciencia, no sólo del pueblo dominica-no que tanto supo amarlo, sino de todos los pueblos componentes de aquello que Martí llamaría "Nuestra América". Vale la pena destacar, en el contex-to presente, que cuando Hostos se halla en el lecho rodeado por un pe-queño grupo de amigos y discípulos —atendido en sus últimos momentos, hay que señalarlo, por su médico de cabecera y entrañable amigo, el doctor Francisco Henríquez y Carvajal— presiente el acecho de la muerte. Afuera ruge una furiosa tormenta tropical que azota, con fuerza extraordinaria, la naturaleza circundante. En ese momento el moribundo, poco antes de exhalar, pide que le abran las ventanas de su aposento para presenciar el fenómeno. Ha sido el profesor Bosch, en su magnífico libro *Hostos el sem-brador* quien nos ha descrito magistralmente aquel último momento. Escribe el gran maestro latinoamericano en su clásica biografía: "El 11 cumple sesenta y cuatro años y siete meses de haber nacido. Como en el remoto Mayagüez de aquel 11 de enero de 1839. Un viento aciclonado ame-naza desatarse. Buen símbolo: nació entre vientos huracanados, vivió entre ellos, acaso también muera en otro. Vida de una sola pieza, hasta la natura-leza se presta a que así sea. Pobre sembrador antillano, semilla y flor él mismo, el ciclón no le ha dejado recoger su cosecha." Luego añade el profe-sor Bosch esta página magistral que no podemos menos sino citar con su integridad:

> Entra del todo la noche. Arrecia el viento afuera y crece adentro el desesperado silencio. Los hijos rondan el lecho. Muda, Inda trata de secarse las lágrimas... No terminan las horas. Nueve, diez, once. El tiempo se torna plomo. Cada minuto pesa como una eternidad. La luz y la angustia desfiguran los rostros. El huracán ruge afuera. Deshoja los mangos; hace silbar las pencas de los cocoteros. Es el mal viento, de saña implacable; el que malogra la cosecha esperada, el que desa-rraiga los troncos y vuelca los bohíos, el castigo de las islas. Se le siente enfurecer. Busca, colérico, una ventana mal cerrada, una rendija. Logra paso, al fin, y entra de golpe, en danza frenética. La tenue luz que brilla en el fondo de los grises ojos, tiembla, disminuye, vacila y se apaga...Son las once y treinta y cinco minutos. El viento sigue bramando entre los cocoteros y sobre el mar.

Así murió Hostos o, mejor dicho, murió físicamente aquel 11 de agosto de 1903 en Quisqueya. Pues, como dijera en una ocasión su compañero de luchas por la liberación antillana, José Martí: "Cuando se ha vivido bien, la muerte es una victoria y el féretro es un carro de triunfo." Y así fue, en efec-to. Hostos fue sepultado en Quisqueya, donde yace hoy, por derecho propio, en el Panteón Nacional. El gran prócer dominicano, don Federico Henríquez y Carvajal, en palabras de despedida a nuestro Maestro, emitió la siguiente oración fúnebre que ha tomado un carácter de frase lapidaria: "¡Oh! América infeliz, que sólo sabes de tus grandes vivos cuando son tus grandes muertos."

Decía también Martí, refiriéndose a la muerte, que no le temía, porque ella era como una "levadura", como un nuevo renacer de la vida. Hostos, anticipando esta concepción, dice en el entierro del ilustre chileno don Manuel Antonio Matta en septiembre de 1892: "Éste, señores, es uno de los muertos que no muere por completo; al día siguiente de dejarlos en la tumba, los encontramos en la historia." Así fue Hostos, y en toda América conmemoramos hoy con recogimiento los 84 años de su muerte. Por eso lo vemos como semilla, como sementera, como fuerza inamovible de la historia de nuestros pueblos. Por eso lo encontramos en la historia.

El Reportero, San Juan, Puerto Rico, 11 de enero de 1987

HOSTOS: EL PERIODISMO COMO SACERDOCIO

EN VARIOS de sus escritos sobre el tema, pero sobre todo en su gran obra *Moral social* (1988), Eugenio María de Hostos nos habla del periodismo como un sacerdocio, como una vocación de carácter sagrado. Acudimos al diccionario en demanda de auxilio y éste nos indica que la palabra "sacerdocio" tiene, entre una de sus acepciones, la siguiente, que viene como anillo al dedo: "Consagración activa y celosa al desempeño de una profesión o ministerio elevado y noble."

El carácter de elevada profesión que el Maestro mayagüezano le adjudica al periodismo es fruto, desde luego, del hecho de que él mismo ejerció, durante gran parte de su vida, ese oficio con una vocación que sin lugar a dudas puede calificarse como sacerdotal. Aunque debemos añadir de inmediato que la devoción hostosiana por el cumplimiento del deber hizo que su vida misma fuese el más vivo ejemplo de lo que significa la consagración activa a las causas más nobles y elevadas. Pero, en todo caso, es importante destacar el papel importantísimo que desempeña, en la vida y la obra hostosianas, el periodismo como quehacer y vocación.

Conviene, a tales efectos, volver sobre sus escritos para extraer de éstos las agudas observaciones que emanan del pensamiento del sociólogo, del educador y del moralista en torno al ejercicio periodístico. Ello va, desde luego, no sólo para quienes realmente han atendido el alto llamado de la profesión periodística y la ejercen con la devoción y el sentido de responsabilidad que reclama, sino también para recabar la recapacitación de aquellos que aún no han acertado a ver la trascendental importancia del periodismo como instrumento al servicio de la verdad y la justicia.

La primera mención de Hostos sobre el tema, que yo sepa, la encontramos en su primera obra publicada, *La peregrinación de Bayoán* (1863), en la que nuestro autor dice, refiriéndose a Bayoán, que "uno de los pesares que más le abatieron, fue el que le produjo su falta de recursos que le impedía la creación de un periódico; medio, a sus ojos, no sólo de conseguir un nombre, sino de llegar a uno de los fines de la vida. Era demasiado amante de la verdad; pero se negaba a someter sus ideas a otras ideas y quería defender la libertad y pedir la justicia y aclamar la verdad, sin someter sus opiniones a otro hombre". Y ello era así, continúa diciendo Hostos, porque Bayoán estaba "en la creencia firme de que la prensa es uno de los medios que más rápidamente llevan al fin que un alma generosa se propone, cuando anhela el perfeccionamiento de la humanidad". Nótese que el periodista es, pues, un humanista, un devoto de los fines superiores que pautan el camino hacia el progresivo perfeccionamiento de la especie humana.

En 1866 el sociólogo mayagüezano escribe un artículo sobre "El periodismo", en el que explora el sentido etimológico de la palabra sacerdocio y añade que "si toda función social es sacerdocio y, por lo tanto, sagrada, todo oficio, toda profesión, todo empleo de nuestras fuerzas y nuestras potencias exigen la autoridad, la sencillez de corazón, la fe, la buena fe con que se llega a lo sagrado". El periodismo debe ser, por lo tanto, un sacerdocio conforme con las razones y valores recién expuestos, toda vez que "el periódico es, debe ser, la razón, la actividad y el sentimiento de los pueblos... Sin periódicos la luz de la esperanza no penetraría en esas capas de la sociedad donde las tinieblas engendran el horror o la maldad... El periódico es la voz del ciudadano, el grito del gobernado, la indignación del pueblo maltratado".

De la estadía de Hostos en Argentina, unos años más tarde, recogeremos los siguientes pensamientos: "El periodismo impone el deber que menos aceptan los hombres en el mundo y que menos se cumple en el mundo de los hombres: el deber de tener un carácter basado en una conciencia." Y, ¿qué significa conciencia?, se pregunta el Maestro. Nos responde que ésta "es sencillamente la facultad que el espíritu humano tiene de conocer en su principio lo que es bueno y lo que es malo, lo justo y lo injusto, lo equitativo y lo inocuo... tener conciencia es lo mismo que tener el deber de abstenerse del mal bajo todas las formas conocidas, de la injusticia bajo todos sus aspectos de la iniquidad en todas sus deformidades". Vale decir que el deber y la responsabilidad del periodista son de una índole eminentemente moral; es decir, que la vocación del periodismo, su íntima razón de ser, sólo cobra sentido cuando el periodista se convierte en aliado, en voz y portavoz de aquellos que no tienen voces ni portavoces.

No es de extrañarse, por lo tanto, si en una de sus magnas obras, *Moral social*, a la cual ya hemos aludido, Hostos vuelve sobre el tema del periodismo sentenciando que éste

no es la esencia una fuerza rivativa, como la han hecho en realidad. Es una fuerza expansiva y comprensiva, que debe extenderse a todo y abarcando todo en el sentido de la verdad, del bien, de la libertad y la justicia. Es en esencia una historia continua de una fracción de humanidad que por fuerza ha de exponer indignidades e iniquidades, pero ha de exponerlas como están, en continua lucha con la dignidad y la justicia. Su norma, como la del historiador, ha de ser la imparcialidad, no sólo del juicio, que declara la verdad por ser verdad, sino la imparcialidad de la conciencia, que aprueba enérgicamente el bien por ser el bien y condena categóricamente el mal por ser el mal.

Precisamente por esas razones es que Hostos reitera una vez más en su obra: "No hay ningún sacerdocio más alto que el del periodista; pero, por lo mismo, no hay sacerdocio que imponga más deberes, y por lo mismo, no hay sacerdocio más expuesto a ser peor desempeñado."

No cabe duda de que la visión hostosiana del periodismo merece servir como arquetipo o modelo de lo que deba ser un buen periodista. Hostos fue periodista y vivió a la altura de ese llamado. ¿Cuántos de nosotros podríamos decir lo mismo? Que cada cual conteste, en su fuero más íntimo, esta pregunta.

El Reportero, San Juan, Puerto Rico, 13 de enero de 1989

HOSTOS: EL VALOR DE LA PALABRA

La EXACTA dimensión de un personaje histórico ha de medirse, no por lo que éste haya sido capaz de aportar a su contorno y entorno inmediatos, sino por lo que éste haya logrado reflejar, con fuerza singular, en los proyectos históricos con que los pueblos, a veces de manera manifiesta y otras de forma casi subterránea, contribuyen a forjar su porvenir. Por eso, las grandes figuras de la historia dejan su impronta y logran que su recuerdo se perpetúe generación tras generación: sencillamente porque han logrado plasmar, en su vida y sus obras, esos anhelos populares de superación y liberación, esas corrientes que revelan, en su más íntimo y recóndito venero creativo, todo cuanto representa a la expresión acabada, que otros quizás no han logrado articular con entera lucidez, de esa excepcional devoción por el bienestar y la definitiva liberación del género humano; devoción que ha marcado la historia de la humanidad desde aquello que Ortega y Gasset llamó, no sin cierta ironía, "la confusa madrugada del génesis".

Pero, exactamente, en esa "confusa madrugada del génesis", nos añade el filósofo español, es que surge la palabra, aquello que él describe como "nada, un poco de aire estremecido que desde la confusa madrugada del génesis tiene el poder de creación".

De eso se trata, precisamente. Porque acudimos todos, convocados justamente por un gran Maestro, un sublime creador de la palabra. Un hombre puertorriqueño, caribeño, iberoamericano y universal. Su palabra resuena siempre vivífica y vibrante, para conminarnos hacia el cumplimiento del deber. Al calor de su palabra vienen todos los iberoamericanos de buena voluntad, porque Eugenio María de Hostos rebasa los límites del partidarismo estrecho y del sectarismo ideológico para emerger como una figura histórica unificadora, ecuménica, restañadora de viejas heridas, salvadora de las distancias que pugnan por separarnos en estériles luchas fratricidas.

Eugenio María de Hostos pertenece, no sólo al pueblo puertorriqueño que le vio nacer el 11 de enero de 1839, sino que su figura histórica rebasa los límites de Puerto Rico para insertarse, como un personaje de magnitud latinoamericana y universal, en el panorama intelectual puertorriqueño.

La palabra de Hostos tiene, conforme a lo que hemos dicho, un valor curativo, catártico, esclarecedor, iluminador. El mensaje hostosiano es uno que nos conmina, que nos galvaniza, que nos exige, con paternal pero firme convicción, el cumplimento del deber. Deber que, en su vida y su obra, se manifiesta en la necesidad de defender, no importa las consecuencias que ello pueda acarrear, todas las causas justas y nobles.

Por eso fue opositor del colonialismo y del imperialismo; por eso fue defensor insobornable de la independencia de Puerto Rico; por eso se opuso a toda forma de discriminación racial o social; por eso fue un adelantado, un precursor de los derechos de la mujer. Por eso debemos inscribir con letras de oro en todos nuestros corazones esta sentencia suya: "La razón no tiene sexo, y es la misma facultad con sus mismas operaciones y funciones en el hombre y la mujer."

Es por ese motivo que, al amparo de su palabra siempre firme y disipadora de tinieblas, ha nacido el Comité del Sesquicentenario de Hostos.

Una palabra más: el verbo fue, para Eugenio María de Hostos, algo más que un "poco de aire estremecido": fue, por sobre todas las cosas y, antes que ninguna otra cosa, un arma eficaz, un sonoro instrumento de liberación, tanto a nivel individual como nacional. Pedagogo por antonomasia, nos enseñó que la educación, si ha de servir para algo a la humanidad, será para liberarla de las trabas y rémoras impuestas por la superstición, el prejuicio, el oscurantismo, el dogmatismo. He ahí la justa, la precisa ubicación que nos brinda su gran figura histórica cuando logramos palparla en toda su luminosa proyección para el porvenir de nuestro pueblo y el de todos los pueblos del mundo. ¿Por qué no decirlo de una vez? Eugenio María de Hostos fue, además de tantas otras cosas, un libertador que portó un mensaje, una palabra que conserva para nuestro pueblo una sorprendente vigencia en nuestros días. A nosotros, a todos nosotros y a las generaciones presentes y por venir, nos toca la urgente tarea de rescatar para la posteridad mediante hechos concretos, todo cuanto su fecundísima palabra nos legó. De ahí el enorme, el inmenso valor de su verbo liberador, de su vida y su obra fundidas en una como gran sinfonía universal dedicada al género humano. Por esto, hoy, como siempre, Eugenio María de Hostos tiene la palabra.

El Mundo, San Juan, Puerto Rico, 31 de octubre de 1988

HOSTOS, FIGURA INTERNACIONAL

La Organización de las Naciones Unidas para la Educación, la Ciencia y la Cultura (UNESCO), mediante Resolución aprobada por su Consejo Ejecutivo en su 130ª reunión, celebrada en París del 13 de octubre al 9 de noviembre de 1988, aprobó una importantísima declaración pública donde se reconoce a Eugenio María de Hostos como personaje importante de la historia universal. Así queda consignado en el texto de la Resolución en cuyas partes relevantes se consignan, entre otras cosas, los planteamientos siguientes:

> *Considerando* que el 11 de enero de 1989 se cumple el sesquicentenario del nacimiento de Eugenio María de Hostos, eminente filósofo, educador y sociólogo de su época.
> *Reconociendo* que la vida y la obra de Hostos estuvieron consagradas al fomento de la libertad y la independencia de América Latina y el Caribe.
> *Reconociendo* asimismo que las obras de este filósofo contribuyeron a la modernización de las técnicas educativas de los países del continente americano donde desarrolló sus actividades de educador y publicista.
> *Invita* a los Estados Miembros a que se sumen a la conmemoración del sesquicentenario del nacimiento del filósofo y educador Eugenio María de Hostos:
> *Pide* al Director General que asocie a la UNESCO a la conmemoración y a las actividades organizadas en esa ocasión.

Se trata de una declaración de profundo significado histórico para Puerto Rico, por cuanto el más alto organismo cultural internacional le reconoce a nuestro pueblo, a través de uno de sus más grandes valores intelectuales, una personalidad propia a nivel internacional. Nada más ni nada menos podemos concluir al terminar la lectura de este singular documento de profunda trascendencia histórica para nuestro pueblo.

El reconocimiento tardó en llegar, pero nos llega oportunamente, precisamente cuando celebramos, junto a todos los pueblos del mundo, el 150 aniversario del natalicio de este pensador que, más que puertorriqueño es caribeño e iberoamericano, y por sobre todas las cosas, ciudadano ejemplar de la humanidad.

El hecho de que la UNESCO le confiera a Eugenio María de Hostos el carácter de figura internacional a que era acreedor por derecho propio desde hace mucho tiempo no debe ser visto como un hecho aislado o accidental. Por el contrario, este hecho marca la entrada en escena, a nivel internacional, de toda una pléyade de pensadores que, como resultado de las peculiares circunstancias históricas y sociales en que les tocó vivir, no habían recibido, como en justicia lo merecían, el reconocimiento por unos méritos que nada tienen que envidiarle a las grandes figuras del pensamiento universal.

La vigencia del pensamiento de Hostos, su pertinencia, tanto a nivel nacional como internacional, es cada día más patente. La entrada, en el ámbito internacional, de pueblos previamente marginados de los grandes procesos históricos, ha planteado la necesidad de revisar concienzudamente toda la concepción eurocéntrica de la cultura universal, así como, también, ha obligado al reexamen de las principales corrientes del pensamiento que se produjeron en el contexto de los países subdesarrollados o periféricos. El conflicto entre el norte industrial y opulento y el sur agrario y empobrecido no es nada nuevo, sino que hunde sus raíces en cinco siglos de la historia universal. Escribir en el contexto de países tales como la República Dominicana o Chile —para dar sólo dos ejemplos— como lo hizo Hostos durante su estadía en estos países hermanos durante el siglo XIX condenaba, en gran medida, al escritor a la oscuridad relativa o al reconocimiento tardío y reluctante de las élites intelectuales que desde Europa o la América del Norte, sentaban las pautas para el predominio ideológico de las grandes escuelas del pensamiento político y filosófico de aquella época. El pensamiento europeo sentó la tónica del debate ideológico, no sólo porque fue, en el Viejo Continente, donde se iniciaron las grandes revoluciones científicas y tecnológicas, sino también porque los países europeos fueron los países hegemónicos que colonizaron a ese mundo que hoy llamamos "Tercer Mundo". Europa y, más tarde, pero no por ello menos seguramente, los Estados Unidos, trataron de conquistar y colonizar a los países tercermundistas, no sólo desde el punto de vista económico, político y militar, sino también —y vale enfatizarlo— desde el punto de vista espiritual. Se explica, por lo tanto, que en nuestros países los pensadores más prominentes, como Hostos, fuesen relegados, en los textos y enciclopedias escritos por los pensadores europeos o norteamericanos dominantes, al papel en blanco o a la nota al calce escueta y lacónica.

Debemos añadir, a lo dicho, un hecho muy importante. Hostos es pensador de la lengua española. No sólo eso, sino que fue uno de los grandes entre los escritores de nuestra lengua. Pero las lenguas, como sabemos, están estrechamente vinculadas, en la difusión del pensamiento, a las realidades del poder económico y político. El español fue la lengua de un imperio decadente, hablado en países empobrecidos donde grandes sectores de la población se hallaban y aún se hallan sumidos en la más abyecta miseria y el analfabetismo que es secuela de ésta. Los grandes sistemas filosóficos eran hablados en otras lenguas: el francés, el alemán, el inglés. Poner a la filosofía, a la pedagogía o a la sociología a hablar en español era por lo tanto una tarea titánica porque los modelos del pensamiento provenían de otras latitudes y habían sido articulados en otras lenguas. Era necesario, por ello, apropiarse de aquel gran legado filosófico y científico europeo y norteamericano, no para imitarlo y calcarlo, sino para transformarlo e integrarlo a nuestras propias realidades específicas. Pero, sobre todo, era necesario que todo ello se hiciese en español. Ésa fue, entre otras muchas cosas, una de las grandes gestas de Eugenio María de Hostos.

Fue precursor de lo que contemplamos, orgullosos, hoy cuando el pensamiento de lengua española reclama y ocupa el lugar que legítimamente le corresponde en el contexto de la literatura universal. Es gracias a figuras como él que nuestro idioma florece y retoña desde Cervantes, hasta García Márquez, desde José Martí hasta Alejo Carpentier.

La internacionalización de la personalidad de Eugenio María de Hostos es, sin lugar a dudas, un paso de trascendental importancia para todos cuantos queremos que Puerto Rico alcance una identidad propia en el campo de la educación, la ciencia y la cultura, de igual manera que lo ha hecho en el ámbito de los deportes olímpicos. Nada más apropiado, ni más atinado, que quien abra nuevos surcos para nuestro pueblo en la comunidad internacional sea, precisamente, quien contribuyó, de manera significativa, a ponernos rutilantemente en el mapa cultural de todo el Continente. Hostos, como el Cid legendario, sigue ganando batallas aún después de su desaparición física.

El Mundo, San Juan, Puerto Rico, 3 de abril de 1989

HOSTOS Y BOSCH: SEMBRADORES DE IDEAS

EN SU "Prólogo para una edición puertorriqueña de *Hostos el sembrador*", el profesor Juan Bosch nos dice que "el hecho más importante de mi vida hasta poco antes de cumplir 29 años fue mi encuentro con Eugenio María de Hostos que tenía entonces casi 35 años de muerto". Y luego añade, a manera autobiográfica, las siguientes luminosas palabras, reveladoras de la profunda huella que dejó aquel gran Maestro antillano sobre este otro gran maestro de todos nosotros que es el profesor Juan Bosch:

> Eugenio María de Hostos, que llevaba 35 años sepultado en la tierra dominicana, apareció vivo ante mí a través de su obra, de sus cartas, de papeles que iban revelándome día tras día su intimidad: de manera que tuve la fortuna de vivir en la entraña misma de uno de los grandes de América, de ver cómo funcionaba su alma, de conocer en sus matices más personales el origen y el desarrollo de sus sentimientos. Hasta ese momento yo había vivido con una carga agobiante de deseos de ser útil a mi pueblo y a cualquier pueblo, sobre todo si era latinoamericano, pero para ser útil a un pueblo hay que tener condiciones especiales. ¿Y cómo podía saber yo cuáles condiciones eran ésas, y cómo se las formaba uno mismo si no las había traído al mundo, y cómo las usaba si las había traído?

El joven Juan Bosch se interrogaba, a la sazón, cómo podía servir a nuestra América, a la liberación de todos nuestros pueblos, tan amados por Hostos. Desde aquel momento, hasta el día de hoy, cuando vuelve a estar en suelo de la Madre Isla tan querida por el hijo del barrio Río Cañas, este dominicano y latinoamericano ejemplar, se habrán cumplido cincuenta años de su primer encuentro con el polígrafo sin par que había expresado, inequívocamente, su propósito de "situarme en mi teatro, en esa América a cuyo porvenir he dedicado el mío". En esa misma América, en ese mismo teatro, se ha ubicado meridianamente el profesor Juan Bosch y ha dedicado su porvenir a estas tierras y a estos pueblos que Martí llamó "nuestras dolorosas repúblicas".

Hostos el sembrador ha dicho el profesor dominicano. Nada más apropiado que el símil tan sabiamente forjado por él en su estudio seminal, pues el propio Hostos nos recuerda, en sus "Nociones de la ciencia de la pedagogía", que "educar es conducir" y añade:

educar es como conducir de dentro a fuera; en cierto modo, es como cultivar, y, empleando una comparación, educar la razón es hacer lo que el buen cultivador hace con las plantas que cultiva: penetrar en el fondo o medio en que la planta arraiga; facilitar el esparcimiento de las raíces de la planta; proporcionarle un terreno que tenga las condiciones que han de favorecerla facilitándole luz, calor, aire y agua; tratar de que el tallo o tronco crezca recto, evitarle cambios violentos de temperatura, y cuando esté formada y esté fuerte, abandonarla a su libre desarrollo.

En suma, la educación es sementera, cultivo, semilla y sembradío. Educar, para todo verdadero educador, significa, por ello mismo, ser sembrador de ideas, de inquietudes, de interrogantes.

Cuando citábamos al profesor Bosch en el comienzo de estas palabras, nos decía éste que se había hecho unas preguntas que, como veremos, le fueron contestadas por el propio Hostos. Con la humildad de los grandes de espíritu escribe Bosch las palabras que no sabía él entonces —no podía saber— que pronunciaríamos aquí nuevamente cuando rendimos un merecido homenaje a los dos sembradores, justo en el inicio del año del natalicio del más joven de ambos. Dice así: "Si mi vida llegara a ser tan importante que se justificara algún día escribir sobre ella, habría que empezar diciendo: 'nació en La Vega, República Dominicana, el 30 de junio de 1909, y volvió a nacer en San Juan de Puerto Rico a principios de 1938, cuando la lectura de los originales de Eugenio María de Hostos le permitió conocer qué fuerzas mueven, y cómo la mueven, el alma de un hombre consagrado al servicio de los demás'."

En efecto, nada más apropiado que el reencuentro de estos dos maestros ejemplares aquí en suelo borinqueño. Cuando escribe el prólogo a la segunda edición de *Hostos el sembrador*, en 1976, nos indica el profesor Bosch que, al releer su obra 38 años después, "aunque al releerla sabía que Hostos fue un idealista como lo fui yo cuando salí de sus manos vivas después de 35 años de su muerte", no obstante añade, "no me avergüenzo de haber sido idealista. Me hubiera avergonzado traicionar a Hostos después de haberlo conocido. Y no lo traicioné. No soy el idealista que él formó, pero sé que si él viviera los dos estaríamos en las mismas filas, naturalmente, él como jefe y yo como soldado".

Magníficas y esclarecedoras palabras éstas, que contribuyen a poner en su justa perspectiva histórica ese gran proceso de continuidad que han contribuido a labrar el porvenir siempre inconcluso de nuestros pueblos americanos, de hombres como Eugenio María de Hostos y Juan Bosch. El idealismo de Hostos, como el idealismo del profesor Juan Bosch —heredero y continuador de la obra de su Maestro— se asientan, en definitiva, sobre la profunda fe de ambos en lo que nuestros pueblos, los pueblos caribeños y latinoamericanos, pueden ser capaces de ofrendar al gran concierto del proceso civilizatorio universal.

Eugenio María de Hostos fue, conforme a Antonio S. Pedreira, "el ciudadano de América". El profesor Juan Bosch, cuyo fecundo natalicio celebraremos todos los latinoamericanos en 1989, ha sabido ser también un gran maestro de América, un gran pedagogo en el sentido etimológico del vocablo. Por ese motivo no vacilamos, con estas palabras, en pedirle que nos permita, humildemente, a todos cuantos hemos abrevado en su gran obra intelectual, que estemos en las mismas filas que su Maestro y que él. Naturalmente, que con ellos como jefes y nosotros como soldados.

El Mundo, San Juan, Puerto Rico, 11 de enero de 1989

ANTE EL SESQUICENTENARIO DE HOSTOS

"Los pueblos deben consagrar sus grandes natalicios. No tanto a regocijarse cuanto a examinarse; no tanto a enorgullecerse cuanto a estimularse; no tanto a hincharse de vanidad, cuanto a enriquecerse de conciencia." Son palabras de Eugenio María de Hostos, nuestro sin par pensador, hoy, cuando nos aproximamos al aniversario 150 de su natalicio, el cual celebraremos el 11 de enero de 1989. Es imperativo, nótese, que la consagración de los grandes natalicios debe tener, como su propósito cardinal, el enriquecimiento de la conciencia de los pueblos. Esta toma de conciencia histórica es, a juicio de nuestro gran Maestro, la base sobre la cual deben erigirse el cultivo y el fortalecimiento de una moral social predicada sobre el sentido del deber.

Hostos no cesa de recordárnoslo: la clave para la comprensión de las sociedades ha de buscarse en la historia. Historia crítica, de paso sea dicho, no la oficial, ni tampoco la que se circunscribe a la recopilación incesante de datos y más datos.

Conste que la consagración de un gran natalicio como el que habremos de celebrar el 11 de enero de 1989 no tiene, no puede tener, el propósito de convertir a Eugenio María de Hostos en una figura casi mitológica. No, el hijo del barrio Río Cañas fue, como somos todos, humano, demasiado humano. Tenía, como es natural, virtudes y defectos, como todos los seres mortales. Cuando honramos su memoria no lo hacemos con el vano empeño de convertirlo en una figura de tamaño sobrehumano, sino más bien como medio para resaltar las razones por las cuales merece que se le recuerde y se le conmemore.

Las razones son, en verdad, muy sencillas, lo cual no las hace menos significativas. El pueblo puertorriqueño y todos los pueblos del mundo rinden homenaje a aquel ilustre pedagogo porque nos legó una obra de valor imperecedero que ha perdurado y habrá de perdurar mucho más allá de todos nosotros. Y ésa es la señal inequívoca de que nos hallamos frente a una obra que podemos, sin hipérbole, denominar como clásica. Porque los grandes clásicos nunca pierden su lozanía, ni su frescura, ni su vigencia a través de los años. Todo lo contrario: con el correr del tiempo los vemos agigantarse, enriquecerse, enriqueciéndonos, mostrándonos quizás, en un pasaje de su obra, tantas veces leído, un nuevo ángulo, un nuevo giro, una nueva revelación.

La humanidad sería pobre, muy pobre, si no hubiese generado, de su claustro materno, estos grandes espíritus que cotidianamente siembran y abonan el conocimiento de las complejidades y reconditeces de la historia humana. Pero lo sería más aún si estos seres excepcionalmente dotados no hubiesen unido al ejercicio de sus grandes inteligencias una gran devoción, un extraordinario amor por el género humano. Porque la inteligencia no basta si no se pone al servicio de las causas justas, si no se utiliza como ariete para golpear la ignorancia y el prejuicio.

Eugenio María de Hostos fue, es y será grande justamente porque se encarnó en su propia vida lo que más tarde recogería José Martí en uno de sus famosos aforismos. "Hacer es la mejor manera de decir." Cuando estudiamos la vida y la obra de Hostos no podemos menos que asombrarnos ante la casi perfecta adecuación entre su palabra y su acción, entre su teoría y su *praxis*.

En su gran obra *Moral social*, Hostos enumera como uno de los deberes fundamentales de todo ser humano el deber de la gratitud. La ingratitud es la antítesis, desde luego, del susodicho valor. Los pueblos no pueden, no deben, ser ingratos con sus grandes benefactores. Por eso compete que se les recuerde y se les honre cuando, por olvidos voluntarios o involuntarios, se pretende relegarlos al museo de antigüedades de la historia. Benefactores de pueblos son aquellos que supieron y quisieron dedicar sus vidas, desinteresadamente, al servicio de la liberación de los pueblos y de todas las mujeres y los hombres que los constituyen. Uno de esos benefactores fue, sin lugar a dudas, Eugenio María de Hostos. Por eso nuestro pueblo, aún dentro de la madeja de mentiras que ha tejido a su alrededor el colonialismo, reconoce en él sus grandes méritos y lo hace suyo de muchas maneras, algunas a menudo imperceptibles. Puerto Rico, con todos sus defectos, pero también con todas sus virtudes, se merecía a Hostos. Y éste, a su vez, se merecía un pueblo como el nuestro, pedazo integral de la América que el tanto amó.

Con la salvedad de que su radio de acción, la circunferencia de su actividad intelectual y política, rebasó los límites de lo que él llamaba la Madre Isla para proyectarse a un nivel continental como no ha logrado hacerlo ningún otro escritor puertorriqueño. Más aún, podemos decir que la proyección de Hostos, más que continental, es ya de carácter universal, hecho palpablemente demostrado por el reconocimiento a su obra que acaba de hacerle el Consejo General de la UNESCO.

Hoy, cuando los pueblos mal llamados "sin historia" se encargan de labrar su propia historia, rehusando el papel que se les había asignado previamente como simples espectadores de los grandes procesos sociales y políticos, figuras como la de aquel gran Maestro nuestro que fue, precisamente, abanderado de esas sociedades que hoy reclaman, justicieramente, un lugar digno y equitativo bajo el sol, se agigantan y crecen sin cesar.

A Hostos le tocó vivir, desde el momento de su natalicio el 11 de enero de 1839 hasta el de su muerte el 11 de agosto de 1903, un periodo signado por el apogeo de los grandes imperios. Precursor de la idea de la autodeterminación de los pueblos, jurista internacional de gran valía, acertó a captar, con singular profundidad, que el derecho de todos los pueblos a su independencia nacional era de carácter inalienable e imprescriptible.

La historia, a 86 años de su muerte física, se ha encargado de darle la razón a Hostos. Los imperios otrora prepotentes y soberbios han tenido que reconocer los límites de sus ansias de hegemonía universal. Aquella prédica suya, tan utópica al parecer cuando fue enunciada, es hoy parte integral del derecho internacional.

Nuestro pueblo y todos los pueblos del mundo por eso consagran el 150 aniversario del natalicio de Eugenio María de Hostos. Y lo consagran, nos apresuramos a señalar, no quizás porque capten en toda su profundidad y extensión su obra, sino porque presienten y sienten que habló en nombre de quienes nunca les había sido permitido hablar. Y él les sirvió como voz radiante y sonora. Con eso basta. Porque de lo demás se encargarán los propios pueblos, a medida que logren, en palabras del propio Hostos antes citadas, "robustecerse de conciencia".

El Mundo, San Juan, Puerto Rico, 9 de enero de 1989

1989, SESQUICENTENARIO DE HOSTOS

EL 11 de enero de 1839 nació en el barrio Río Cañas de Mayagüez don Eugenio María de Hostos y Bonilla, figura cimera de las letras latinoamericanas y universales. Por lo tanto, este año se cumplirán 150 años de aquella venturosa fecha, extendiéndose la celebración de la efemérides hasta el 11 de enero de 1990, fecha en que se clausurará el año del sesquicentenario de nuestro gran personaje histórico.

Corresponde a los pueblos atesorar, en su memoria colectiva, el recuerdo de sus grandes benefactores. Puerto Rico no puede ser desagradecido con Eugenio María de Hostos porque aquello que él llamó la Madre Isla fue siempre motivo de sus querencias y desvelos. Desde los inicios de sus grandes luchas emancipadoras en suelo español hasta su muerte el 11 de agosto de 1903, en la República Dominicana —su bienamada Quisqueya— el norte de la vida y la obra de Hostos fue la liberación nacional de Puerto Rico y la redención y reivindicación de América Latina. Redención y reivindicación, añadimos, que deberían lograrse mediante la lucha cívica y educativa con el propósito de forjar un porvenir americano más digno de nuestros pueblos.

Hostos erigió el deber en la piedra angular de todo su ideario político y moral. Deber que él siempre supo cumplir a cabalidad, dando fe con ello de una perfecta armonía entre lo que predicaba y lo que hacía. Su gran obra *Moral social* —el centenario de cuya publicación se cumplió en 1988— es una muestra palpable de cómo el gran Maestro nos mostró el camino de los valores que deben regir la conducta de todos los seres humanos. Pedagogo por antonomasia, concibió siempre a la educación como instrumento de liberación, de plenitud humana.

Los pueblos, decía Martí, han de tener una picota para quienes los azuzan a odios estériles y otra para los que no le dicen a tiempo la verdad. Al afirmar, con luminosas palabras, el gran predicamento de todo auténtico político, el héroe revolucionario antillano no hacía otra cosa sino expresar lo que tanto Betances como Hostos habían predicado antes que él. El propósito cardinal de la vida de Hostos fue precisamente ése: decirle a los pueblos la verdad, pero, sobre todo y por sobre todas las demás cosas, a este pueblo suyo tan amantísimo. Lamentablemente, sus admoniciones, su prédica cívico-educativa encarnada en sus dos grandes proyectos históricos: el Programa de los Independientes (1876) y la Liga de Patriotas (1898), no lograron germinar en nuestro suelo patrio y Hostos optó por regresar a Quisqueya, donde moriría en 1903.

Por muchos años, demasiados muchos años, Eugenio María de Hostos fue nuestro gran olvidado. La educación colonialista y asimilista bajo el signo de la norteamericanización de Puerto Rico que se nos impuso desde 1898 no podía, desde luego, incorporar una figura como la suya a una auténtica reforma educativa. Comenzando con la imposición del idioma inglés como una verdadera monstruosidad pedagógica, se intentó torcer el rumbo de nuestra sociedad por el camino opuesto al trazado por Hostos.

No sería hasta la década del treinta cuando, gracias a la gestión eficaz y la amorosa devoción de Antonio S. Pedreira en su clásico estudio *Hostos, ciudadano de América*, que comenzaría a estudiarse, nuevamente, su pensamiento. En 1939, bajo el signo infausto de la Coalición y del Winshipato, se celebraría el centenario de Hostos. A pesar de ello, fue una gestión sin duda importante, que culminó con la publicación, en 20 volúmenes, de sus *Obras completas*, así como con la aparición de otra gran obra sobre el Maestro: *Hostos el sembrador*, escrita por el profesor Juan Bosch.

Una vez concluida la celebración del centenario, sin embargo, se retornó al lamentable error de convertir a Hostos en objeto de museo. Pero no faltaron las voces de quienes rehusaron permitir que su memoria fuese sepultada. Y fue así como aquel gran maestro hostosiano, el doctor Francisco Manrique Cabrera, se convirtió en el abanderado del rescate de la figura histórica de nuestro más grande pensador. Espoleados por el doctor Manrique Cabrera y por otros estudiosos y devotos del pensamiento hostosiano como Carlos N. Carrera, José Emilio González, Francisco Matos Paoli, José Ferrer Canales, Julio César López, Manuel Negrón Nogueras y otros muchos que ahora sería prolijo enumerar, las generaciones mas jóvenes pueden hoy contar con un acervo hostosiano de gran riqueza y profundidad.

El 11 de enero de 1985, gracias a la iniciativa tomada en tal sentido por el licenciado Juan Mari Brás, quedó constituido en Mayagüez el Comité del Sesquicentenario de Eugenio María de Hostos. A partir de ese momento y, hasta el presente, el Comité Hostos ha velado porque el legado cultural e histórico del sociólogo y pedagogo mayagüezano se incremente y enriquezca.

Podemos afirmar hoy, aunque no sin cierto temor y temblor, que hemos hecho cuanto ha estado a nuestro alcance para que nuestro pueblo tome conciencia de la extraordinaria aportación que hizo Hostos a nuestro quehacer cultural.

Pero todavía queda mucho por hacer. Se ha hablado mucho de realizar una reforma educativa integral en Puerto Rico. Pues bien, proponemos, en el inicio del año 1989, año del Sesquicentenario de Hostos, que los encargados de esta ingente e inconclusa labor tomen, como punto de partida, los lineamientos generales de la pedagogía hostosiana. No hay que ir a otras latitudes para buscar los modelos que puedan servir como norte para una auténtica reforma educativa. En eso, como en tantas otras cosas, Eugenio María de Hostos, como todo gran clásico del pensamiento universal, continúa vigente.

El Mundo, San Juan, Puerto Rico, 2 de enero de 1989

LA CLAUSURA DEL SESQUICENTENARIO DE HOSTOS

EL 11 de enero de 1990 tuvo lugar la clausura del Sesquicentenario del natalicio de Eugenio María de Hostos. Vale decir que en dicha fecha culmina, y al propio tiempo termina, el proceso mediante el cual nuestro pueblo rindió homenaje a la más importante figura intelectual de nuestra historia como pueblo. Lo dicho no es hipérbole. No hay una pizca de exageración en este tributo que rendimos a quien Martí llamó "una hermosa inteligencia puertorriqueña" y Antonio S. Pedreira denominó "el ciudadano de América".

Luego de haber vivido la experiencia de cinco años dedicados al estudio y divulgación de la obra de nuestro gran prócer nacido en el barrio Río Cañas de Mayagüez podemos afirmar, sin temor a equivocarnos, que la simple mención del nombre de Eugenio María de Hostos ha sido suficiente para que se hayan concitado y aunado los esfuerzos y la devoción de miles de puertorriqueños, más allá de los estériles partidarismos políticos y los espíritus de sectas egoístas y excluyentes. Personaje histórico de veras ecuménico éste, que rebasa, mediante su ejemplo luminoso, las fronteras nacionales para de esa forma alcanzar dimensiones continentales y universales.

"Sembrador" le llamaría con gran acierto uno de sus más ilustres estudiosos: el profesor Juan Bosch. Sembrador sembrable, añadimos nosotros, porque el rico pensamiento de Hostos es cultivo, sembradío, huerto, surco, labranza, lo que vale tanto para la fecundidad, germinación, retoño, florecimiento, y, ¿por qué no?, parto.

Rendir frutos, esparcir semillas, dar rienda suelta al vuelo de la imaginación intelectual, concebir el proceso hacia el conocimiento humano como uno que se inicia y se reinicia con cada nueva interrogante, con la aparición súbita e inesperada de algún nuevo problema que nos obliga a pensar y repensar aquello que dimos una vez como verdad inmutable, he ahí la razón de ser del porqué, ciento cincuenta años luego de su natalicio, podemos volver una y otra vez a abrevar en la rica herencia que nos legó Eugenio María de Hostos. Herencia que, como la de todos los grandes clásicos del pensamiento universal, nunca terminaremos de estudiar. Al aproximarnos, como hemos hecho, a la multiplicidad y variedad de las facetas de su obra, así como a la extensión y profundidad de su espíritu perpetuamente inquisitivo, no podemos sino manifestar nuestra admiración y sobrecogimiento ante la magnitud de su esfuerzo.

Porque, un siglo y medio después de su natalicio, el pensamiento social de Eugenio María de Hostos conserva una sorprendente vigencia en nuestros días. A riesgo de utilizar un término quizá demasiado trillado, podríamos decir que se trata de un clásico del pensamiento social iberoamericano. Podemos entonces preguntarnos: ¿qué es lo que define a un clásico, qué es aquello que lo distingue de aquellos que nunca alcanzarán esa categoría propia de la más decantada creación intelectual? Nos apresuramos a decir: la perpetua frescura, la lozanía y la lucidez de sus argumentaciones, la claridad expositiva reflejada en su dominio de la lengua, la capacidad para mostrarnos la naturaleza de la condición humana en todo su esplendor, pero también en toda su miseria. En suma, que obra clásica es aquella perpetuamente sugerente y problemática a la vez, que nunca dice la última palabra sino que nos obliga a volver sobre nuestros pasos en la búsqueda de la primera palabra, del verbo primigenio, del origen de las cosas. La obra de Eugenio María de Hostos es un clásico precisamente por esas mismas razones, porque constituye un monumento inmortal a la gran historia, a la gran aventura que representa el desarrollo del pensamiento humano desde los tiempos prehistóricos hasta el presente.

¿Por qué leer, pues, a Eugenio María de Hostos, ciento cincuenta años después de su nacimiento y ochenta y siete años después de su muerte? Mi respuesta es muy sencilla: porque el rico legado de la cultura nacional puertorriqueña quedaría trunco, mutilado, yermo, si no figurase, como lectura obligada de todos los puertorriqueños, la obra genial de quien, en palabras de Rufino Blanco Fombona, enseñó a pensar a un continente.

El peor tributo que podría rendírsele a Hostos, en una fecha como ésta, sería el de convertirlo en objeto de museo; el de pretender deificarlo y canonizarlo para situarlo más allá de toda crítica, el de crear un culto de su figura, entronizándolo como objeto y sujeto de nuestra historia oficial. Aquel fino espíritu iconoclasta que, en sus propias palabras, tenía el terrible sino de explicárselo todo, sería el primero en protestar ante tamaña distorsión del filo crítico de su pensamiento.

Creemos, al propio tiempo, que la clausura del Sesquicentenario de Hostos no debe ser tomado como el final de un acontecimiento sino, más bien, como el inicio de renovados esfuerzos por profundizar en el alcance de su obra así como para contribuir a la divulgación de los múltiples aspectos de su pensamiento y de su acción.

Nuestro pueblo, la Madre Isla que él tanto amó, necesita hoy, más que nunca, de su ejemplo como preclaro despertador y forjador de conciencias. Y en estos momentos en que la humanidad vive momentos de una sin par dramaticidad, se requieren, como émulos dignos de imitarse por la juventud, a aquellos hombres que, como nuestro Hostos, pusieron su vida, desinteresadamente, al servicio del enaltecimiento y perfeccionamiento del género humano. Al celebrar, pues, esta efemérides, lo hacemos, desde luego, con nuestras miras puestas en el legado histórico del cual somos orgullosos custodios pero, también, como quienes cumplimos con el deber de iniciar un nuevo milenio animados por todo cuanto su obra representa para el porvenir de la humanidad.

El Mundo, San Juan, Puerto Rico, 9 de enero de 1990

QUINTA PARTE

CRONOLOGÍA

1839— Nace el 11 de enero, en el barrio Río Cañas de Mayagüez, Puerto Rico.

1847— Estudia la primaria en el Liceo de San Juan, en Mayagüez.

1848— Obtiene premio como el mejor estudiante de aritmética en el Liceo de San Juan.

1852— Empieza su bachillerato en el Instituto de Enseñanza de Bilbao, España.

1854— Pasa a Puerto Rico.

1855— Termina el cuarto curso de latinidad en el Seminario de San Juan, Puerto Rico (San Ildefonso) y pasa a Bilbao.

1858— Ingresa en las Facultades de Derecho y Filosofía y Letras de la Universidad Central de Madrid, en la cual es discípulo de don Julián Sanz del Río.

1859— Pasa a Puerto Rico. Regresa a España.

1862— Muere en Madrid su madre, María Hilaria Bonilla. Pasa a Puerto Rico.

1863— Regresa a España. Publica *La peregrinación de Bayoán*. Miembro de la Sociedad Abolicionista de la Esclavitud y del Ateneo de Madrid.

1865— Escribe una carta al periódico *La Iberia* en que se refiere a los sucesos estudiantiles ocurridos el 10 de abril, conocidos como la Noche de San Daniel.

1866— Radica en Madrid y continúa su campaña por la independencia de Puerto Rico.

1868— Realiza esfuerzos en favor de la República española. Después del triunfo de los republicanos españoles, renuncia a la gobernación de Barcelona que le ofrecieron. El 20 de diciembre pronuncia en el Ateneo de Madrid su célebre discurso contra el régimen colonial español en América.

1869— Recomendado por el Partido Liberal de Puerto Rico como candidato a Cortes por Mayagüez. Se entrevista con el general Serrano, presidente del Gobierno provisional, pidiendo autonomía para las Antillas y amnistía para los presos por los sucesos de Lares. Parte a Nueva York. Primer encuentro con Betances. Continúa su propaganda en favor de la independencia de Cuba y Puerto Rico.

1870— Miembro del Club de Artesanos, de la Sociedad de Instrucción de la Liga de Independientes, de la Sociedad de Auxilios a los Cubanos. Colabora en el periódico *La Revolución*. Sale para Sudamérica. Visita Cartagena (Colombia), Panamá, El Callao y Lima (Perú). Fundador de la Sociedad de Inmigración Antillana en Cartagena.

1871— Permanece en Lima por un año. Funda con un peruano el periódico *La Patria*, y crea la Sociedad de Auxilio para Cuba y la de Amantes del Saber. En noviembre llega a Chile.

1872— Socio de la Academia de Bellas Letras de Santiago de Chile, funda la Sociedad de Auxilios para Cuba. Recibe primer premio por su *Memoria de la Exposición Nacional de Artes e Industrias*, y publica la *Biografía Crítica de Plácido*.

1873— Se publican sus conferencias sobre "La educación científica de la mujer", el *Ensayo crítico sobre Hamlet*, la segunda edición de *La peregrinación de Bayoán*. Sale de Valparaíso para Buenos Aires. Es miembro honorario de la Sociedad Fraternal Boliviana. Funda la Sociedad de Auxilios para Cuba.

1874— José Manuel Estrada le ofrece, a nombre del rector Vicente F. López, la cátedra de filosofía o la de literatura en la Universidad de Buenos Aires, la cual declina Hostos. Visita Brasil, de Río de Janeiro sale hacia Nueva York pasando por Saint Thomas. En Nueva York publica en *La América Ilustrada*. Continúa su campaña en favor de la independencia de Cuba y Puerto Rico.

1875— Sale del puerto de Boston en compañía del general Aguilera en expedición armada hacia Cuba. Regresa a Boston después del fracaso de la misma. Se establece en Puerto Plata, República Dominicana, y funda y dirige los periódicos *Las Tres Antillas* y *Los Antillanos* y colabora en *Las Dos Antillas*. Conoce a Gregorio Luperón, Segundo Imbert, Federico Henríquez y Carvajal. El Club Cubano de Puerto Plata lo nombra socio honorario y le comisiona ante los Gobiernos de Venezuela y Colombia.

1876— Funda la sociedad-escuela La Educadora, destinada a educar y concientizar al pueblo. Vocal de la sociedad patriótica La Liga de La Paz. Sale de Puerto Plata hacia Nueva York donde redacta el Programa de la Liga de los Independientes. Se va a Venezuela y se inicia en la labor pedagógica.

1877— Contrae matrimonio en Venezuela con doña Belinda Otilia de Ayala, natural de La Habana. Director de colegios en la isla Margarita y en Puerto Cabello.

1878— El 6 de junio pasa a Puerto Rico, pero no desembarca. Se traslada a Saint Thomas, donde permanece por una temporada. Pasa a Santo Domingo y de allí, en septiembre, a Puerto Rico, donde permanece hasta marzo de 1879.

1879— Llega a Santo Domingo e inicia su labor educativa y cívica. Nace su primer hijo, Eugenio Carlos.

1880— Funda y dirige la primera Escuela Normal del país y dicta cátedras de derecho y de economía política en el Instituto Profesional.

1881— Funda la Escuela Normal de Santiago de los Caballeros, en República Dominicana. Publica el opúsculo *Los frutos de la Normal*, exposición de pedagogía práctico-científica escrita por encargo del Gobierno dominicano. En marzo nace su hija Luisa Amelia.

1882— Viaja por el interior de la República Dominicana (San Cristóbal, Baní y Azua). Nace su hijo Bayoán Lautaro.

1883— Inaugura la cátedra de economía política en el Instituto Profesional. Dicta a sus alumnos las lecciones de sociología que más tarde formarán parte del *Tratado de sociología*.

1884— En septiembre se efectúa la investidura de los primeros maestros normalistas. Pronuncia un memorable discurso, que se publica con el título de "Apología de la Verdad".

1885— Llega a Santo Domingo el general Máximo Gómez, Hostos le da la bienvenida a nombre de la juventud capitalina. Participa como delegado de Chile en el Congreso Histórico de Colón, reunido en Santo Domingo. El presidente chileno Domingo Santa María le extiende invitación, que Hostos declina, para que colabore en la educación pública de ese país.

1886— En febrero se realiza la investidura del segundo grupo de maestros normalistas.

1887— Socio correspondiente del Ateneo de Lima. Publica en Santo Domingo sus *Lecciones de derecho constitucional*. Nace su hijo Adolfo José. Se gradúan las primeras maestras normalistas, alumnas del Instituto de Señoritas dirigido por Salomé Ureña de Henríquez.

1888— Miembro del Congreso Jurídico Internacional de Lisboa. Miembro honorario de la Sociedad de Estudios, Santo Domingo. En agosto funda en Santo Domingo la Escuela Nocturna para la clase obrera. Publica en Santo Domingo su obra *Moral social*. Llamado por el Gobierno de Chile para trabajar en la reforma de la enseñanza. El 18 de diciembre parte para Chile, por vía de Curaçao-Panamá. Le acompañan su esposa, y sus hijos Eugenio Carlos, Luisa Amelia, Bayoán y Adolfo, nacidos en Santo Domingo.

1889— Llega a Valparaíso. Es nombrado rector del Liceo de Chillán, puesto que ocupa hasta 1890. Escribe *Reforma de la enseñanza en Chile y Reforma del plan de estudios de la Facultad de Leyes* en Santiago de Chile. Presidente honorario de la Academia Carrasco Albano, en Chillán. Colabora con Valentín Letelier y Julio Bañados Espinosa en el libro *La reforma de la enseñanza del derecho*.

1890— Dirige el Liceo Miguel Luis Amunátegui de Santiago hasta 1898. Escribe su *Gramática general*. Voto de gracias de la sociedad dominicana por su labor educativa en Santo Domingo. Primer premio en el certamen Varela del Club del Progreso de Santiago, por su trabajo *Descentralización administrativa*. Profesor de derecho constitucional en la Universidad de Chile. Director del Congreso Pedagógico de Chile y del Ateneo de Santiago.

1891— Cofundador de la Société Scientifique du Chili en Santiago. Escribe *Crisis constitucional de Chile*.

1892— Miembro honorario de la Academia Literaria Diego Barros Arana en Santiago.

1893— Confecciona programas de castellano, historia y geografía. Escribe estudio sobre Manuel Antonio Matta.

1894— Director del Congreso Científico de Chile. Escribe su *Ensayo sobre la historia de la lengua castellana* y la *Historia de la civilización antigua*.

1895— Director del Centro de Profesores de Chile. Socio correspondiente del Centro Propagandista Cubano Martí, de Caracas. Agente de la Junta del Partido Revolucionario de Cuba y Puerto Rico de Nueva York, en Santiago (1895-1898). Hijo adoptivo del Ayuntamiento de Santiago.

1896— Director de la Sociedad Unión Americana (pro Cuba) en Santiago. El 14 de febrero nace su hija María Angelina.

1897— Miembro honorario de la Academia Literaria La Ilustración. Inicia la serie de *Cartas públicas acerca de Cuba*, publicadas en la prensa de Chile y de la República Dominicana.

1898— Renuncia al rectorado del Liceo Amunátegui y a sus cátedras y tareas periodísticas y se embarca para Nueva York a continuar su apostolado por la independencia de las Antillas. Acepta comisión del Gobierno de Chile para estudiar los Institutos de Psicología Experimental de los Estados Unidos de América, y embarca en Valparaíso con rumbo a Panamá. Llega a Caracas y sale para Nueva York comisionado por los emigrados cubanos y puertorriqueños de Colombia y Venezuela. En Nueva York funda la Liga de Patriotas, de la cual es nombrado presidente. Llega a Puerto Rico, funda en Juana Díaz el Primer Capítulo de la Liga de Patriotas y el Instituto Municipal. Se le designa en comisión a Washington junto a Julio J. Henna, Manuel Zeno Gandía y Rafael del Valle.

1900— Se entrevista en Washington con el presidente William McKinley en compañía de Henna y Zeno Gandía. Regresa a Puerto Rico, funda en Mayagüez el Instituto Municipal. El Gobierno dominicano le llama a reorganizar la enseñanza pública en ese país.

1901— Dicta a sus discípulos conferencias sobre sociología, que, junto a las dictadas en 1883, serán publicadas póstumamente como *Tratado de sociología*.

1902— Es nombrado director general de Enseñanza. Desempeña a la vez la dirección de la Escuela Normal de Santo Domingo.

1903— Muere en su residencia de Las Marías, Santo Domingo, en donde aúr
reposan sus restos.

BIBLIOGRAFÍA SELECTA

I. De Hostos

a. *Obras Completas*

Hostos y Bonilla, Eugenio María de, *Obras completas*, 20 vols., La Habana, Cuba, Cultural, S. A., 1939. Edición conmemorativa del Gobierno de Puerto Rico. Contenido: I-II, *Diario*; III, *Páginas íntimas*; IV, *Cartas*; V. *Madre Isla*; VI, *Mi viaje al sur*; VII, *Temas sudamericanos*; VIII, *La peregrinación de Bayoán*; IX, *Temas cubanos*; X, *La cuna de América*; XI, *Críticas*; XII-XIII, *Forjando el porvenir americano*; XIV, *Hombres e ideas*; XV, *Lecciones de derecho constitucional*; XVI, *Tratado de moral*; XVII, *Tratado de sociología*; XVIII-XX, *Ensayos didácticos*.

———, *Obras completas*, 20 vols., edición facsimilar de la edición conmemorativa del centenario, San Juan, Puerto Rico, Instituto de Cultura Puertorriqueña-Editorial Coquí, 1969.

———, *Obras completas* (edición crítica). *La peregrinación de Bayoán, Diario recogido y publicado por Eugenio María de Hostos, Literatura*, vol. I, tomo II. Edición revisada y anotada por Julio César López, Vivian Quiles Calderín y Pedro Álvarez Ramos, prólogo por José Emilio González. Río Piedras, Puerto Rico, Editorial de la Universidad de Puerto Rico, Instituto de Cultura Puertorriqueña, 1988.

———, *Obras completas* (edición crítica). *Tratado de sociología, Sociología*, vol. III, tomo I. Edición revisada y anotada por Julio César López y Vivian Quiles Calderín, con la colaboración de Pedro Álvarez Ramos, prólogo por José Luis Méndez. Río Piedras, Puerto Rico, Editorial de la Universidad de Puerto Rico, Instituto de Cultura Puertorriqueña, 1989.

———, *Obras completas* (edición crítica). *Diario 1866-1869*, vol. II, tomo I. Edición revisada y anotada por Julio César López y Vivian Quiles Calderín, con la colaboración de Gabriela Mora y Pedro Álvarez Ramos, prólogo de Gabriela Mora. Río Piedras, Puerto Rico, Editorial de la Universidad de Puerto Rico, Instituto de Cultura Puertorriqueña, 1990.

b. *Antología de Eugenio María de Hostos*

América: la lucha por la libertad, comp. e introducción de Manuel Maldonado-Denis. México, Siglo XXI Editores, 1980. 2a. ed., San Juan, Puerto Rico, Ediciones Compromiso, 1988.

Antología, comp. Eugenio Carlos de Hostos (prólogo de Pedro Henríquez Ureña), Madrid, Juan Bravo, 1952.

Eugenio María de Hostos. Obras, comp. Camila Henríquez Ureña. La Habana, Casa de las Américas, 1976.

Eugenio María de Hostos. Textos, comp. José Luis González. México, SEP-UNAM, 1982.

España y América, comp. Eugenio Carlos de Hostos. París, Ediciones Literarias y Artísticas.

Essais. Traducido del español por Max Daireaux. París, Institut International de Coopération Intellectuelle, 1936.

Hostos, comp. Pedro de Alba. México, Ediciones de la Secretaría de Educación Pública, 1944.

Hostos (ensayos inéditos), selección y anotación Emilio Godínez Sosa; síntesis biográfica Loida Figueroa. Río Piedras, Puerto Rico, Editorial Edil, Inc., 1987.

Hostos y Cuba, comp. Emilio Roig de Leuschenring. La Habana, Cuba, Editorial de Ciencias Sociales, 1ª ed., 1939; 2ª ed., 1974.

Hostos en Santo Domingo, comp. Emilio Rodríguez Demorizi, 2 vols. Ciudad Trujillo, República Dominicana, Imprenta J. R. Vda. García Sucs., 1939-1942.

Hostos en Venezuela, comp. y prólogo de Oscar Sambrano Urdaneta y José Ramos. Caracas, Venezuela, Fundación La Casa de Bello, 1989.

Meditando... París, Sociedad de Ediciones Literarias y Artísticas, 1909.

Moral social-Tratado de sociología, comp. y prólogo de Manuel Maldonado-Denis. Caracas, Venezuela, Biblioteca Ayacucho, 1982.

Obra literaria selecta, comp. y prólogo de Julio César López. Caracas, Venezuela, Biblioteca Ayacucho, 1988.

Páginas escogidas, comp. José Forgione. 1ª ed., Buenos Aires, A. Estrada, 1952.

II. Sobre Hostos

a. *Libros*

Araya Grandón, Juan Gabriel, *Eugenio María de Hostos en Chile*, Chillán, Chile, Instituto Profesional de Chile, 1987.

Borda de Sainz, Joann, *Eugenio María de Hostos: Phylosophical System and Methodology*, Nueva York, Senda Nueva Ediciones, 1989.

Bosch, Juan, *Hostos el Sembrador*, 1939, Río Piedras, Puerto Rico, Ediciones Huracán, 2ª ed., 1976.

————, *Mujeres en la vida de Hostos*, 1938, San Juan de Puerto Rico, Asociación de Mujeres Graduadas de la Universidad de Puerto Rico, 2ª ed., 1939; 3ª ed., 1989.

Carreras, Carlos N., *Hostos, apóstol de la libertad*, 1950, San Juan, Cordillera, 2ª ed., 1971.

Comisión Pro Celebración del Centenario del Natalicio de Eugenio María de Hostos (Puerto Rico), *América y Hostos*, La Habana, Cuba, Cultural, S. A., 1939.

Díaz Laparra, Marco. *Eugenio María de Hostos y fray Matías de Córdova, dos panoramas biográficos*, Guatemala, Ministerio de Educación Pública, 1950.

Esténger, Rafael, *Hostos, biografías para niños*, La Habana, Editorial Alfa, 1942.

Eugenio María de Hostos y Bonilla, ofrendas a su memoria, Santo Domingo, Imp. Oiga, 1904.

Ferrer Canales, José, *Martí y Hostos*, San Juan, Puerto Rico, Centro de Estudios Avanzados de Puerto Rico y el Caribe.

Freire de Matos, Isabel, *Eugenio María de Hostos para la juventud*, Mayagüez, Puerto Rico, Comité del Sesquicentenario del Recinto de Mayagüez, 1989.

García Carrasco, Félix, *El Evangelio vivo de Hostos*, San Juan, Puerto Rico, 1989.

Geigel Polanco, Vicente, *Ensayos hostosianos*, Boston, Florentina Publishers, 1976.

González, José Emilio, *Vivir a Hostos*, San Juan, Puerto Rico, Comité Pro Celebración del Sesquicentenario del Natalicio de Eugenio María de Hostos, 1989.

Henríquez Ureña, Camila, *Las ideas pedagógicas de Hostos*, Santo Domingo, edición de la Revista Educación-Talleres Tipográficos La Nación, 1932.

Hostos, Bayoán, *Eugenio María de Hostos, Íntimo*, Santo Domingo, Imp. Montalvo, 1929.

Hostos, Eugenio Carlos de, comp. *Eugenio María de Hostos, biografía y bibliografía*, Santo Domingo, Imprenta Oiga, 1904.

———, comp. *Hostos hispanoamericanista*, Madrid, Imp. J. Bravo, 1952.

———, comp. *Hostos, peregrino del ideal* (introducción por Miguel Ángel Aloy), París, Ediciones Literarias y Artísticas, 1954.

Hostos, Adolfo de, *Índice hemero-bibliográfico de Eugenio María de Hostos*, San Juan, Puerto Rico, 1940.

———, *Tras las huellas de Hostos*, Río Piedras, Puerto Rico, Editorial de la Universidad de Puerto Rico, 1966.

La influencia de Hostos en la cultura dominicana (Respuestas a la encuesta de El Caribe), Ciudad Trujillo, Editora del Caribe, C. por A., 1956.

Lugo, Guernelli, Adelaida, *Eugenio María de Hostos, ensayista y crítico literario*, San Juan de Puerto Rico, Instituto de Cultura Puertorriqueña, 1970.

Maldonado-Denis, Manuel, comp. y prologuista, *Visiones sobre Hostos*, Caracas, Venezuela, Biblioteca Ayacucho, 1988.

———, *Eugenio María de Hostos; sociólogo y maestro*, Río Piedras, Editorial Antillana, 1981.

Mora, Gabriela, *Hostos intimista. Introducción a su diario*, San Juan, Instituto de Cultura Puertorriqueña

Oraa, Luis María. *Hostos y la literatura*, Santo Domingo, Editora Taller, 1982.

Pascual Morán, Anaida, *Hostos precursor de la educación por la paz*, San Juan, Puerto Rico; Guaynabo, Puerto Rico, Comité del Sesquicentenario de Eugenio María de Hostos; Editorial Sonador, 1989.

Pedreira, Antonio Salvador, *Hostos ciudadano de América*, 1931, San Juan, Puerto Rico, Editorial Edil, 1968.

Rodríguez Demorizi, Emilio, *Luperón y Hostos*, Ciudad Trujillo, República Dominicana, Editora Montalvo, 1939.

Roig de Leuchsenring, Emilio, *Hostos, apóstol de la independencia y de la libertad de Cuba y Puerto Rico*, La Habana, Municipio de La Habana, 1939.

Rojas Osorio, Carlos, *Hostos, apreciación filosófica*, Humacao, Puerto Rico, Colegio Universitario de Humacao; Instituto de Cultura Puertorriqueña, 1988.

Romeu y Fernández, Raquel, *Eugenio María de Hostos, antillanista y ensayista*, Madrid, 1959.

Tejada, Francisco Elías de, *Las doctrinas políticas de Eugenio María de Hostos*, Madrid, Ediciones Cultura Hispánica, 1949.

ÍNDICE

QUINTA PARTE

Este libro se terminó de imprimir y encua-
dernar en el mes de octubre de 1992 en los
talleres de Encuadernación Progreso, S. A. de
C. V., Calz. de San Lorenzo, 202; 09830 México,
D. F. Se tiraron 2 000 ejemplares.

La edición, cuya tipografía y formación
elaboró *Susana Guzmán de Blas* en el Taller de Composición del Fondo de Cultura Económica, estuvo al cuidado de
Dana Gelinas.

Lara, Jesús. *La poesía quechua.*

Lavrin, Asunción. *Las mujeres latinoamericanas. Perspectivas histó-ricas.*

Menley, Michel. *La política del cambio.*

Miró Quesada, Francisco. *Despertar y proyecto del filosofar latino-americano.*

Miró Quesada, Francisco. *Proyecto y realización del filosofar lati-noamericano.*

Morín, Claude. *Michoacán en la Nueva España del siglo XVIII.*

Mutis, Álvaro. *Caravansary.*

Mutis, Álvaro. *Los emisarios.*

Meale-Silva, Eduardo. *Horizonte humano.*

Nuño, Juan. *La filosofía de Borges.*

O'Gorman, Edmundo. *La incógnita de la llamada "Historia de los indios de la Nueva España", atribuida a Fray Toribio Motolinía.*

O'Gorman, Edmundo. *La invención de América.*

Orozco, Olga. *La noche a la deriva.*

Ortega, Julio. *La cultura peruana.*

Ortega y Medina, Juan A. *La evangelización puritana en Norteamérica.*

Padilla Bendezú, Abraham. *Huamán Poma, el indio cronista dibujante.*

Pasos, Joaquín. *Poemas de un joven.*

Rodríguez-Luis, Julio. *Hermenéutica y praxis del indigenismo.*

Roig, Arturo Andrés. *Teoría y crítica del pensamiento latinoamericano.*

Rojas, Gonzalo. *Del relámpago.*

Ronfeldt, David. *Atencingo.*

Silva Castro, Raúl. *Estampas y ensayos.*

Skirius, John. *El ensayo hispanoamericano del siglo XX.*

Sucre, Guillermo. *La máscara. La transparencia. Ensayos sobre poesía hispanoamericana.*

Tangol, Nicasio. *Leyendas de Karukinká.*

Tovar, Antonio. *Lo medieval en la conquista y otros ensayos ameri-canos.*

Valcárcel, Carlos Daniel. *Rebeliones coloniales sudamericanas.*

Varela, Blanca. *Canto Villano.*

Villanueva, Tino. *Chicanos.*

Westphalen, Emilio Adolfo. *Otra imagen deleznable.*

Zavala, Silvio. *La filosofía política en la conquista de América.*
Zea, Leopoldo. *Filosofía de la historia americana.*